MEGAN HART

TIENIMI VICINO

traduzione di Barbara Piccioli

HarperCollins *Italia*

ISBN 978-88-6905-116-6

Titolo originale dell'edizione in lingua inglese:
Hold Me Close
Mira Books

Traduzione di Barbara Piccioli

Prima edizione HC
luglio 2016

Tienimi vicino

Questo libro è per i folli che a occhi sbarrati contemplano il buio della notte, che amano quando non dovrebbero; per coloro che contano le stelle e ne ricavano conforto.

Questo libro è per chi preferisce essere ossessionato e tormentato, piuttosto che venire lasciato indietro.

. 1 .

Pelle liscia e calda sotto la punta delle sue dita. Il profumo di lui la avviluppava... sigarette, ammorbidente per tessuti, l'aroma lievissimo della colonia. Quel sentore familiare di sudore. Lui sapeva di sale e liquore e di qualcosa di dolce e indescrivibile. Conosceva quell'uomo come più non sarebbe stato possibile. C'erano stati momenti nel corso degli anni in cui lei aveva avuto l'assoluta certezza che non lo avrebbe toccato mai più. Non avrebbe dovuto toccarlo neppure adesso, ma lo faceva comunque, perché non toccare Heath sarebbe stato perfino peggio che voltargli le spalle.

Lo sentì rabbrividire quando risalì con la punta del dito lungo i muscoli tonici dell'addome per tracciare dei cerchi intorno al capezzolo scuro. Lo faceva sempre quando lo toccava così. Rabbrividiva e gemeva, la bocca socchiusa quanto bastava per permettere a lei di cogliere un bagliore di denti e di lingua prima che serrasse le labbra. Imbarazzato.

Era sempre sconcertato dalle proprie reazioni, proprio come Effie ne era sempre eccitata.

Bisbigliò il suo nome finché non seppe di avere la sua attenzione, le pupille così dilatate che gli occhi verde chiaro sembravano quasi neri. Allora strinse il capezzolo fra due dita, prima gentile, poi con più forza, strappandogli un altro gemito. Quando si protese a baciarlo, la mano di Heath salì alla sua nuca, affondando tra i capelli. Lei gli succhiò la lingua e lo sentì aprirsi per lei. Solo allora interruppe il bacio, ma senza ritrarsi. Le loro labbra si sfioravano ancora mentre riprendeva a sussurrare sommesse parole d'amore oscene.

Per lunghi istanti rimasero così, il cuore di Heath batteva sempre più rapido sotto il suo palmo. Lui le teneva ancora la mano affondata nei capelli che, non più costretti nello chignon, le ricadevano fino a metà schiena in una massa arruffata.

«Dillo» alitò Effie.

Heath non parlò, ma tirò con più forza. Dolorosamente. Effie non poté trattenere un'esclamazione quando le rovesciò la testa all'indietro, ma di quel dolore, oh, sì, ne voleva ancora. Arricciò le dita sul suo cuore, penetrando nella pelle. Più forte. Più in profondità.

«Dillo» ripeté. «Dimmi che vuoi scoparmi in bocca, Heath. Dimmi di inginocchiarmi e di prendere in bocca il tuo uccello, di prenderlo fino in gola. So che lo vuoi. Dillo!»

Nel vederlo serrare le labbra in una linea sottile, fece per staccarsi da lui, ma Heath la teneva saldamente, e lei sussultò ancora, questa volta più forte. Aveva i capezzoli turgidi e doloranti e la vulva si contraeva in sintonia con le dolorose pulsazioni che avvertiva al cuoio capelluto.

Lo schiaffeggiò. Una volta. Con forza. Quando ci riprovò, Heath la fermò bloccandole il polso.

Effie tentò di morderlo. «Dillo.»

«Vuoi il mio uccello» capitolò infine Heath con una voce bassa e rauca che era più di ciò di cui lei avesse bisogno per scivolare sull'orlo dell'orgasmo. «Vuoi metterti su quelle fottute ginocchia e succhiarmi fino a prosciugarmi? È questo che vuoi?»

Ma lei non lo avrebbe detto, non gli avrebbe dato la soddisfazione di sapere che sì, sì, oh cielo, sì, era tutto il giorno che ci pensava. Tutta la settimana, e l'interminabile weekend, fino a che non ce l'aveva fatta più e lo aveva chiamato per dirgli di raggiungerla.

Quell'ammissione lui avrebbe dovuto strappargliela. Prendendola a schiaffi. Fottendola fino a farle male. Era così che funzionava tra loro, ed era qualcosa che lei amava almeno quanto lo odiava.

Effie lottava, ma la stretta di Heath era tale che non riusciva neppure a muoversi. Poi, lentamente, lui la attirò a sé fino a che le loro bocche si sfiorarono. Lei gli morse il labbro inferiore, e continuò a mordere finché Heath le strattonò la testa. Aveva in bocca il sapore del sangue, ma sapeva che il marchio lasciato su di lei era poca cosa.

Smise di dibattersi per un momento e lo guardò. Heath stava passando la punta della lingua sulla piccola ferita... forse lei non vedeva l'effetto causato dai suoi denti, ma di sicuro Heath lo avvertiva.

Il senso di colpa la investì come un'ondata nel rendersi conto di avergli fatto male. Si costrinse a restare nuovamente immobile. Immobile e in silenzio.

Senza lasciarla andare, Heath la spinse giù, giù, in ginocchio, e Effie chiuse gli occhi come a voler resistere. Lui era più forte. Lo era sempre stato. Si ritrovò in ginocchio, la testa piegata all'indietro e il dolore che la attraversava incandescente ed elettrico come il piacere; tanto minima era la differenza tra le due sensazioni che lei non avrebbe saputo dire quale stesse effettivamente provando. Tutto era intricato, annodato e contorto, ciascun sentimento inutile senza l'altro.

Continuando a tenerla per il polso, Heath le lasciò finalmente andare i capelli per poter slacciare il bottone dei jeans e abbassare la cerniera. Lungo e grosso, il prepuzio già luccicante dell'umore pre orgasmo... Dio, Effie adorava il suo uccello.

Chiuse gli occhi e di nuovo bisbigliò: «Dillo».

«Voglio scoparti in bocca, Effie.»

Lei allora gridò, un grido sommesso e sofferente, e aprì gli occhi per guardarlo. Heath, il suo Heath. Che si accarezzava il pene e infine glielo accostava alle labbra, premendo fino a fargliele schiudere. Lei lo prese con voracità, fino in fondo, rilassando i muscoli della gola.

Questa era la sola cosa che contasse. Il sapore di lui. La sensazione della sua pelle contro la propria, le sue mani che le stringevano la testa, costringendola a fare esattamente ciò che lei gli aveva ordinato. Scoparlo con la bocca lentamente e profondamente, poi più veloce, fino a che i suoi denti lo graffiarono e lui la obbligò ancora una volta a piegare la testa all'indietro per poterla guardare.

La. Sua. Fottuta. Bocca.

La bocca di Heath la faceva impazzire di desiderio. Avrebbe voluto che la baciasse. Che la divorasse viva per poi risputarla. Che pronunciasse il suo nome come aveva fatto in quel momento, come un monito, ma con una dolcezza più pericolosa di qualunque minaccia. Il suono del suo amore per lei.

Faceva più male di qualunque altra cosa, quel suono. Le rendeva impossibile fingere che lui fosse solo uno dei tanti. Che ci fossero stati altri che non erano lui.

Effie aprì la bocca, offrendoglisi tutta. Più di una volta in passato si era abbassata a supplicarlo; poteva farlo di nuovo, se pretendere non avesse funzionato.

Ancora una volta Heath le accostò il pene alle labbra. Ne fece scorrere la punta lungo il labbro inferiore. Poi quello superiore. Le concesse un assaggio della carne calda, liscia, prima di ritirarlo di nuovo.

E a quel rifiuto, Effie ebbe un gemito.

«Lo vuoi.» La sua voce. Profonda. Dura. E in qualche modo, sempre, sempre con una lievissima nota di stupore, quasi non riuscisse a credere a quello che lei faceva.

Un dubbio, quello, che la spingeva a odiarlo.

Heath dovette notare la sua espressione, perché il suo viso si indurì. Ancora una volta la afferrò per i capelli, e ripeté: «Lo vuoi».

«Sì. Scopami in bocca. Fammi sentire il tuo sapore. Lo voglio...» Aveva smarrito le parole. Restava solo il piacere sofferenza. E l'oblio.

Heath glielo infilò in bocca, lo ritirò. Una, due volte. Effie si smarrì in quella ripetitività, nel gesto sempre uguale, ma ogni volta che lui si ritraeva, mormorava una protesta.

«Ti voglio» disse Heath.

Mi hai, pensò Effie, ma rimase in silenzio. *Mi avrai sempre.*

Si alzò e si volse mentre lui le sollevava il vestito, e quindi le abbassava le mutandine lungo i glutei e le cosce e gliele sfilava. Le fece divaricare le gambe, obbligandola a chinarsi sulla spalliera del divano. Una mano saldamente piantata sulla sua nuca, con l'altra le infilò dentro il pene. Lei gridò ancora nel sentire dentro di sé quel calore proibito.

Heath era sempre rischio e pericolo.

Era sempre il suo porto sicuro.

Allungò le braccia, premendo la guancia contro i cuscini, poi sollevò le natiche per invitarlo a scoparla più in profondità, così a fondo da farle male.

«Adoro che mi scopi.»

Le dita di lui affondarono nella poca carne appena sopra i fianchi. Avrebbe lasciato dei segni che lei sarebbe stata costretta a giustificare. O forse no. Forse non avrebbe detto nulla, lasciando che fossero i lividi a parlare.

«Toccati» intimò Heath con voce roca.

Effie insinuò la mano tra le cosce, trovò il clitoride e prese a titillarlo mentre lui si muoveva dentro di lei. Sarebbe venuta per la masturbazione, o per gli affondi di lui, o magari solo per il pensiero che la stava scopando. Era successo anche questo.

La pressione, l'umido delle dita, la spinsero più vicina all'orgasmo. Sempre più in fretta, per adattarsi al ritmo di Heath. La velocità del suo respiro, l'accelerazione degli affondi le dissero che anche lui era vicino. Effie smise di toccarsi.

A Heath non piacque. La schiaffeggiò sulla natica, un colpo secco, duro. «Devi venire per me, Effie.»

Lei *voleva* venire. Di fatto, forse non sarebbe neppure riuscita a impedirselo. Lo sapevano entrambi, anche se a volte si chiedeva se Heath dubitasse dell'inevitabilità dei suoi orgasmi così come dubitava del suo amore. Anche per questo a volte lo odiava.

Lui la colpì di nuovo, più volte questa volta. Altri ematomi. Fu il pensiero del porpora e del viola che sbiadivano nel verde e nel giallo sulla sua pelle chiara a spingerla a sollevare i fianchi. A riprendere il clitoride fra le dita. Fu questo, in ultima analisi, a farla venire con un grido rauco, quasi gutturale. Tremò in preda a un'estasi che le annebbiava la vista.

E Heath si staccò da lei. «Effie, Effie, Effie» ansimò. «Ti amo.»

Era questo il punto nodale dell'amore; quando amavi qualcuno, volevi dargli tutto il possibile. Volevi il meglio per lui, a qualunque costo. Volevi vederlo superare tutto quello che era orribile e doloroso, andare oltre qualunque cosa potesse ferirlo. Effie non sarebbe mai stata capace di farlo per Heath, né lui per lei.

Sarebbero stati per sempre il reciproco memento delle cose che Effie avrebbe voluto che entrambi dimenticassero.

Così, benché sapesse che lui aspettava di sentirla dire qualcosa, si accontentò di ascoltare.

. 2 .

«Polly dov'è?» Heath, i capelli ancora umidi della doccia, si annodò più strettamente l'asciugamano intorno ai fianchi snelli prima di issarsi su uno degli sgabelli.

«A scuola. Ciao.» Effie alzò gli occhi dal formaggio che stava grigliando per sbirciare l'orologio. Mezzogiorno appena passato e quel giorno aveva parecchio da fare, dipinti da terminare e scartoffie da ordinare. Neppure aggiornare il suo sito con le foto dei nuovi lavori sarebbe stato uno scherzo.

«A cosa stai lavorando?»

Lui glielo chiedeva sempre. «Niente di speciale» replicò con una stretta di spalle. «Ho dei nuovi ordini per la creazione di alcuni prodotti brevettati da una società nuova. Producono tazze e tappetini per mouse e non so che altro, oltre a T-shirt. E Naveen, sai chi è...»

«Il titolare di quelle due gallerie, no?»

Effie assentì. «Espone le mie cose negli intervalli fra una mostra e l'altra, hai presente, le cose che pubblico in rete, e si occupa di spedire i quadri che vendo. Be', ho un paio di cose da spedirgli, e di recente ho anche ricevuto qualche commissione.»

«Avrai il tuo daffare.»

«È lavoro. Paga i conti e riempie il frigo.»

Dal primo dipinto venduto, Effie aveva ricavato poco più di diecimila dollari, ma adesso era raro che il prezzo di un suo lavoro superasse i mille dollari. La sua era stata una decisione meditata: più vendite equivalevano a un reddito più regolare. Sapeva anche troppo bene quanto fosse precaria la sua popolarità... le persone che collezionavano poesie autografate di serial killer in prigione e ossa di pseudoartisti dimenticati da tempo, tendevano a essere volubili, e lei aveva fatto del suo meglio per mantenersi lontana dai riflettori sempre puntati sulle vittime. Avrebbe potuto vendere di più, e guadagnare di più, se solo fosse stata disposta a parlare della sua ordalia. Esistevano siti e forum dedicati a quella sorta di masturbatorio e voyeuristico sfruttamento. Invece, aveva scelto di vivere secondo i suoi mezzi e di sentirsi riconoscente per la possibilità di mantenersi con la propria arte.

Quel primo quadro era stato ceduto per una cifra così elevata perché lei lo aveva dipinto nella cantina di Stan Andrews. Aveva sentito dire che adesso era appeso nella sala giochi di un milionario, il che l'aveva spinta a domandarsi se non avesse dovuto chiedere di più, anche se all'epoca diecimila bigliettoni le erano sembrati una fortuna.

Effie si era fatta un nome dipingendo paesaggi dalla prospettiva bizzarra, in cui solo piegando leggermente la testa di lato potevi scorgere le folli figure danzanti, le larve che si dimenavano. La distruzione. E se guardavi con molta, molta attenzione, trovavi invariabilmente un orologio occultato in qualche punto fra i colori. Erano quei dettagli a far impazzire i collezionisti. Erano quelli a darle da vivere. Ma per Effie, non erano quei particolari a fare dei suoi dipinti arte vera. Le avevano impedito di perdere il senno, e questo, aveva sempre pensato, faceva la differenza tra un Elvis su un riquadro di velluto con i settori numerati da riempire e un dipinto che qualcuno aveva pagato diecimila dollari per poterlo appendere in casa propria.

Per molto tempo non aveva provato un desiderio autentico di creare qualcosa. Almeno un anno, forse perfino di più. Non se ne era preoccupata; dipingere su commissione e riesumare vecchi soggetti per qualche centinaio di dollari la tenevano comunque occupata. Le royalties sulle cartoline e le T-shirt, inoltre, pagavano i conti. Lei e Polly non avevano bisogno di molto, e a condizione di poter mettere regolarmente da parte qualcosa per il college della figlia, Effie non si sentiva in colpa per non regalarle vacanze costose o vestiti alla moda.

«Puoi permetterti qualcosa di meglio del formaggio alla griglia» disse ora Heath.

Lei gli posò davanti il sandwich e un piatto di patatine fritte. Gli aveva detto di prendere qualcosa dall'armadio, perché i suoi vestiti erano ancora nell'asciugatrice. Lui sapeva benissimo che c'erano camicie in abbondanza, e probabilmente anche un paio di boxer. Invece, aveva scelto l'asciugamano nel solo intento di irritarla.

«Forse» rispose. «Ma del formaggio alla griglia è quello che avrai.»

Heath esaminò il sandwich, poi sorrise come se avesse un segreto. «Ci hai messo i sottaceti.»

«Ovvio.» Effie incrociò le braccia mentre combatteva l'impulso di portarsi due dita alle labbra. Aveva smesso di fumare quando era incinta di Polly e non ci era più ricaduta, ma quella postura non era mai scomparsa. Avevano appena fatto sesso e lei voleva una sigaretta. Disperatamente. Se gliel'avesse chiesta, Heath gliel'avrebbe data, ma naturalmente, proprio come i biscotti e gli orgasmi, una non bastava mai.

«Non mangi?» domandò Heath. Aveva posato il panino e la guardava, le sopracciglia aggrottate, la bocca, la sua fottuta bocca, stretta in un'espressione preoccupata.

Doveva guardare altrove, oppure baciarlo, e allora

dove sarebbero finiti? I suoi baci erano perfino peggiori delle sigarette. «Devo lavorare. E comunque non ho fame.»

«Dovresti mangiare.»

Questa volta lei non replicò. Proprio lui parlava. Aveva le ossa dei fianchi sporgenti, ogni costola chiaramente visibile. Heath era forte e in forma, ma un tempo era stato più robusto. Quanto a sé, stava cominciando a notare curve e nuove morbidezze là dove fino a poco prima c'erano solo angoli.

Quando lui spezzò in due il sandwich e gliene porse metà, scosse la testa. Lo vide rimetterlo sul tavolo e sedersi con le spalle più erette.

Si costrinse a restare calma. «Te lo giuro, dentro non c'è polvere di vetro. Non ci sono capelli, né robaccia spazzata da terra o pillole.» Effie si costrinse a soffocare un conato. L'inappetenza si era trasformata in una leggera nausea.

«Lo so.» Heath fece ruotare più volte il piatto prima di prendere una patatina. Senza staccarle gli occhi di dosso, se la cacciò in bocca e masticò rumorosamente.

«Puoi aprire il sandwich e guardarci dentro» continuò lei a voce troppo alta. Troppo aspra. Che poi tremò e si ruppe. «Coraggio! Assicuratene!»

In un secondo Heath lasciò lo sgabello e la prese fra le braccia. Per un secondo Effie lottò per liberarsi, ma sapeva che era inutile e infine cedette. La sua guancia premeva contro il petto di lui. Gli aveva lasciato tracce di sé, piccoli segni a forma di mezzaluna che avrebbero fatto la crosta prima di rimarginarsi.

Ma quelle ferite, pensò, almeno sarebbero guarite. Altre non lo fanno mai.

«Credevo che avessi fame» bisbigliò. «Tutto qui. E l'ho preparato io. Dovresti sapere che qualcosa preparato da me non ti danneggerebbe mai... che io mai...»

«Lo so. Shh.» Lui le accarezzava i capelli. «Stavo solo facendo l'idiota, Effie. Mi dispiace.»

Parole che le aveva rivolto innumerevoli volte, ma Effie non ricordava se da quando si erano conosciuti lei si fosse mai scusata a sua volta. Si aggrappò a lui ancora per qualche istante prima di costringersi ad allontanarlo. Lasciarlo andare. L'asciugamano scivolò lentamente a terra.

«Devi metterti addosso qualcosa» disse Effie.

Lui sogghignò. «Sicura?»

«La tua roba sarà asciutta fra un'oretta. Non hai freddo?» Dal frigo, prese due bottigliette piene di un liquido insolitamente chiaro che versò in altrettanti bicchieri. Si girò per offrirne uno a Heath, ma il suo imbarazzato cenno di diniego la fermò. «Che c'è?»

«L'hai preparato tu.»

Aggrottando la fronte, lei posò il bicchiere sul banco con tanta forza da rovesciarne un po'. «Sì. Be'. Non è roba che abbia prodotto tu, se volevi fare dello spirito.»

Heath tornò ad avvolgersi nell'asciugamano e cominciò a mangiare lentamente il sandwich. Guardandolo, lei si sentì un po' più rilassata. Dunque non avrebbero litigato. Non per il sandwich, almeno.

Non lo riprese perché mangiava troppo lentamente, strappando piccoli bocconi di pane e formaggio. C'erano cose che non cambiavano mai, poco importava da quanto tempo si fossero trasformate in abitudini o quanto uno si sforzasse. Come la postura che lei assumeva pur non fumando più, per esempio.

«Ho dei biscotti, se hai ancora fame» lo informò, ma Heath scosse la testa.

Quando le tese la mano, Effie la prese e lasciò che lui la tirasse vicino. Perfino da seduto restava un po' troppo alto per posarle la testa sul petto, ma ci riuscì. Si accoccolò contro di lui; e il calore del suo respiro attraverso la T-shirt leggera le arrivò fino alla pelle. Anche il vestito di Effie era finito in lavatrice.

Restarono in quella posizione un minuto o giù di lì prima che Effie cercasse di tirarsi indietro. Inutilmente. Allora sospirò e chiuse gli occhi, mentre gli accarezzava i capelli scuri e folti. Era passato troppo tempo dall'ultima volta che si erano trovati soli in quel modo.

E perché? Per il motivo più stupido.

Una discussione degenerata in un litigio, e loro due troppo testardi per cedere prima che fosse passato il tempo sufficiente a fingere che non fosse accaduto nulla.

Heath aveva seppellito il viso nell'incavo della sua spalla. «Posso restare finché non rientra Polly?»

«La porto da mia madre.»

Lui sollevò il viso, la sua espressione così deliberatamente neutra era di uno, sapeva lei, che stava per ascoltare qualcosa che non voleva. Ma non era costretta a dirlo, pensò di colpo Effie. Non era neppure costretta a farlo. Poteva fermarsi. Se era quello che voleva.

Gli prese il viso fra le mani. «Più tardi esco. Polly passa la notte da lei.»

Heath rimase imperturbabile. Voltò la faccia per schiacciarle la bocca sul palmo, ma non la baciò. «Okay» disse.

«Heath.» Ancora una volta Effie cercò di allontanarsi, e ancora una volta le mani di lui la trattennero. Heath non aprì gli occhi né volse la testa. Il suo respiro era caldo, quasi bollente. «Piantala.»

«Chi è?» chiese lui.

«Non lo conosci.»

«Oh, sì che lo conosco. Porta magliette polo e pantaloni cachi» fece Heath con scherno. «Lavora in un ufficio e guida una berlina.»

«Non sono affari tuoi.»

«Ha conosciuto Polly?»

Lei aveva incontrato il suo appuntamento di quella sera su LuvFinder. Era stato lui a scriverle per primo. Succedeva sempre così. Da quando si era iscritta, sei mesi prima, Effie era andata a un certo numero di primi appuntamenti, e quello doveva essere il tredicesimo. «Certo che no» disse ora.

Heath la lasciò andare. «Lo scoperai? Oh no, aspetta. È per questo che mi hai invitato, giusto? Quindi no, immagino di no.»

Lei lo schiaffeggiò. Leggermente, non da fargli girare la faccia. Lui non batté ciglio. Effie gli prese nuovamente il viso tra le mani, lo guardò negli occhi. «Scoparti ora non cambierà di una briciola quello che farò stasera.»

Heath alzò le mani a circondarle i polsi. «Farai quello che vuoi fare, Effie. È sempre stato così. E tutto quello che posso fare io è aspettarti, giusto?»

«Vorrei che tu non lo facessi!» gridò allora lei. Riuscì finalmente a liberarsi, e quando Heath fece per afferrarla, era pronta e le fu facile tenersi fuori dalla sua portata.

Quando nell'indietreggiare urtò uno sgabello e barcollò, Heath fu pronto a sostenerla prendendola per gli avambracci. La tenne stretta fino a che lei smise di dibattersi. «Ma lo faccio. Sai che lo faccio, Effie. E lo farò sempre. Ti amo. Ti amo. Ti amo.»

«Devi smetterla» disse Effie.

Questa volta fu lui a cadere in ginocchio. Con uno strattone le tirò giù i pantaloni del pigiama di cotone e le mutandine, e quando lei tentò nuovamente di schiaffeggiarlo, di respingerlo, le imprigionò i polsi lungo i fianchi. Si insinuò fra le sue gambe. Il tocco della sua lingua la aprì.

Effie lottò ancora un momento, i polsi già indolenziti.

Il destro, che si era fratturata, una frattura trascurata troppo a lungo, era quello che le doleva di più, e su quel braccio la stretta di Heath era meno forte. Perché lui sapeva. Heath sapeva tutto di lei. Non la lasciò andare, tuttavia. Invece, premette la bocca contro di lei e la sua lingua trovò il clitoride senza esitazioni.

Lei non venne; si sciolse, piuttosto. Acuto e quasi feroce, il piacere la travolse fino a farla ansimare e a sentire le membra liquefarsi e le ginocchia cedere. Solo allora Heath la lasciò andare per sorreggerla. Guardandola in faccia, si passò la lingua sulle labbra.

«Non smetterò mai di amarti» disse. «Se anche vivessimo mille vite, non smetterei.»

In silenzio Effie si tirò su gli slip e i pantaloni prima di indietreggiare. Avrebbe voluto che lui si rialzasse, ma Heath restava ostinatamente in ginocchio. Allora gli volse le spalle, per non doverlo guardare.

«Non abbiamo mille vite, Heath. Ne abbiamo solo una. Solo questa.»

Fu allora che lui si alzò. Effie continuava a rifiutarsi di guardarlo. Pensava che stesse per toccarla e si preparò mentalmente, ma Heath non lo fece.

«Allora questa deve bastare, giusto?»

Almeno una dozzina di volte in passato lei gli aveva detto di andarsene. Glielo aveva urlato. Lo aveva supplicato. Era stata fredda e cortese. Ma non aveva mai funzionato, non nel lungo periodo. Lui tornava, oppure era lei a tornare da lui, uno le onde e l'altra la costa. Così questa volta non disse nulla, e lasciò che il silenzio crescesse tra loro fino a che lui non ebbe altra scelta che sospirare.

«Di' a Polly che le voglio bene. Che più tardi la chiamerò. Magari potrei portarla al cinema. Se a te va bene.» Era già sulla porta, e quando lei non rispose, aggiunse: «Effie».

Lei continuò a tacere, per nulla sicura di trovare una voce che non tremasse e si spezzasse sotto il peso delle emozioni. Attese che lui uscisse, non sbattendo la porta, ma chiudendola con uno scatto deciso, solido e incontestabile.

Per quasi vent'anni, l'amore di Heath per lei era stato solido e incontestabile come la chiusura di quella porta. Gli credeva quando diceva che non avrebbe mai smesso di amarla; non era quello il problema. Il problema era che lei invece lo avrebbe fatto.

. 3 .

«Non mangiarlo.» Il ragazzo in piedi sulla porta era troppo magro per la sua altezza. I capelli scuri gli ricadevano senza vita sugli occhi e arrivavano fin quasi alle spalle. Indossava un paio di jeans laceri con i buchi all'altezza delle ginocchia e una camicia di flanella sporca con le maniche rimboccate a rivelare polsi ossuti. Sotto, una T-shirt nera. «Ci mette della roba dentro.»

«Che genere di roba? Sputo?»

«A volte. O peggio.»

Effie non riusciva a immaginare nulla di più ripugnante dello sputo che aveva trovato nella scodella posata sul tavolino accanto al letto con la farina d'avena fredda dentro. La farina d'avena la aspettava al suo risveglio, accompagnata da un biglietto che diceva MANGIA. Niente cucchiaio. Più tardi avrebbe capito fino a che punto quell'uomo potesse essere orribile, ma, per ora, l'idea della saliva era sufficiente a farle allontanare il piatto. Non stava morendo di fame, dopotutto.

Non ancora.

Avrebbe dovuto sorprendersi quando il ragazzo aveva parlato, ma ogni cosa era ancora avvolta nella foschia, e anche se sbatteva più volte le palpebre, non riusciva a mettere del tutto a fuoco la situazione. Colpa della strana luce aranciata proveniente dalle applique, ma anche del mal di testa che si rifiutava di andarsene.

«Dove sono?»

«In una cantina.»

Lei si guardava intorno, poi mise giù la fondina e si fregò gli occhi. La foschia si stava diradando. Sulla coscia destra aveva un livido, e quando lo premette il dolore la fece sussultare. Rammentava vagamente un ago, e chiuse gli occhi. «Mi ha fatto un'iniezione.»

«Già. Gli piacciono. A volte usa pillole frantumate, ma gli piacciono anche le iniezioni. Durano di più.»

Il ragazzo entrò. Il soffitto della stanza era così basso che doveva incassare la testa fra le spalle, ma anche se di fronte a Effie c'era una sedia, lui non accennava a sedersi. Invece, lanciava un'occhiata circolare al minuscolo spazio umido e incrociava le braccia. Quando la guardava, la sua espressione era simile a quella di una marionetta. Neutra, ma in qualche modo minacciosa.

«Come ha fatto a prenderti?» domandò.

Effie non voleva dirlo. Si sentiva così stupida, ora. Avrebbe dovuto capire che non era il caso di fidarsi quando l'uomo le ha chiesto se voleva vedere il cucciolo che aveva sul furgone. Sapeva che bisognava stare in guardia dagli sconosciuti. E quando aveva cercato di scappare via, lui l'aveva ripresa in meno di mezzo minuto. Aveva le vesciche ai piedi per colpa di quelle stupide scarpe, le scarpe nuove che la mamma aveva insistito per farle indossare, e zoppicava. Avrebbe potuto correre molto più veloce, e salvarsi, non fosse stato per le scarpe.

«A me ha detto che la mamma aveva avuto un incidente» racconta il ragazzo. Troppo disinvolto. Come se avesse in mente uno scherzo, anche se non sembrava esserci una battuta conclusiva. «Ha detto che l'avevano portata in ospedale e che mio padre mi aveva mandato a prendere.»

«Sei stato sciocco a credergli.»

Il ragazzo la guardava con gli occhi verdi che si intravedevano tra la frangia aggrovigliata e, incredibilmente, scoppiò a ridere. Rise sul serio, come se lei avesse detto la cosa più divertente del mondo.

«Vero? Insomma, a mio padre non potrebbe importare di meno se la mamma venisse fatta a pezzettini, e, sicuro come l'oro, lei non glielo direbbe, se avesse un incidente. E in ogni caso lui non avrebbe mai mandato qualcuno a prendermi. Non lo vedo da otto anni. Se mi vedesse ora, neppure mi riconoscerebbe.»

Effie sbatté le palpebre. Aveva qualche amico con i genitori divorziati, ma questi intrattenevano rapporti amichevoli, almeno quanto bastava. Lei non frequentava il genere di bambini che i genitori dimenticano.

A quel punto i suoi dovevano essere in preda al panico. Non sapeva con esattezza quanto tempo fosse passato da quando il tizio col furgone l'aveva rapita e rinchiusa in quella stanza, ma a sua madre bastava che tornasse dal corso di arte con un quarto d'ora di ritardo per perdere il controllo. E doveva essere passato molto più tempo.

Si passò le mani sulla gonna a pieghe, ma erano ancora sporche e appiccicose. «Perché sei andato con lui, allora?» domandò.

«Uno spera sempre, no?»

«Speravi che tuo padre ti avesse mandato a prendere?» Effie era confusa.

«No» disse il ragazzo. «Che mia madre avesse avuto un incidente.» Stava scherzando? Effie non sapeva cosa rispondere. Perfino essere rapita e cacciata su un furgone per poi svegliarsi in una cantina puzzolente era meno raccapricciante dell'idea di essere felice quando la propria madre aveva un incidente.

«È una cosa parecchio incasinata» si decise a dire.

Il ragazzo annuì; un angolo della bocca che tremava

vistosamente. «Già. Sono parecchio incasinato.»

«Mi ha afferrata» disse improvvisamente Effie. «Mi ha detto di avere un bel cucciolo sul furgone, e quando ho cercato di scappare, è stato... è stato così veloce. Ha agguantato lo zaino e mi ha tirata indietro e io ho perso l'equilibrio. È stato allora che mi ha colpita alla testa e poi mi ha cacciato un ago nella gamba. E mi sono svegliata qui.»

«Merda, ti ha dato una botta in testa? Hai la nausea o qualcosa del genere? Non dovresti dormire, se c'è il rischio di una commozione cerebrale.»

Effie aggrottò la fronte. «Be', è troppo tardi ormai, ho già dormito. Mi fa male lo stomaco, ma è perché ho fame.»

«Quella non mangiarla» la ammonì di nuovo il ragazzo, e finalmente si sedette. Aveva le gambe così lunghe che le ginocchia sembravano arrivare al petto. Anche le mani erano grandi; le dita giocherellavano con i fili degli strappi da cui sporgevano le ginocchia.

«Lo hai già detto.» Effie occhieggiò la ciotola. «Tutto? Fa qualcosa a tutto quello che ti dà da mangiare?»

«A volte è solo troppo sale o troppo pepe, o salsa piccante, roba così. A volte invece sono pillole o... altre cose. Non riesci a capirlo. Alla fine hai così tanta fame che mangeresti qualunque cosa, ma io cerco di scegliere, di assicurarmi che non ci sia niente di davvero orrendo.»

«Più orrendo della saliva?» Era difficile da credere.

Il ragazzo la guardava con solennità. «Oh. Sì. Molto, molto peggio della saliva.»

E in quel momento, in quell'esatto momento, Effie capì che non c'era modo di uscirne. L'uomo l'aveva presa e l'avrebbe tenuta prigioniera, e probabilmente le avrebbe fatto cose ben peggiori dello sputare nella sua farina d'avena. Sentì lo stomaco che si contraeva, ma ricacciò indietro il conato. Non doveva perdere la testa. Era quello che avrebbe detto il suo papà. Se voleva andarsene da lì, non doveva perdere la testa.

«Da quanto tempo sei qui?» domandò.

Il ragazzo si strinse nelle spalle e tornò a distogliere lo sguardo, come se si preparasse a dire una bugia, ma questa volta non con le parole; bensì con quello che non disse. «Non lo so. Un po'.»

Trasalendo per il dolore alla testa, Effie mise a terra i piedi. Una cauta esplorazione del cranio rivelò alcuni punti dolenti, ma non sembrava esserci sangue. Il ruvido pavimento di cemento graffiò dolorosamente le vesciche. Quando si era svegliata, non aveva più le scarpe. Doveva averle prese l'uomo insieme con le calze bianche di cotone. Il pensiero che lui l'avesse toccata mentre era priva di sensi la fece rabbrividire. Se le aveva tolto calze e scarpe, l'aveva toccata anche in altri punti?

Piena di ripugnanza, avrebbe voluto passarsi le mani sul corpo, alla ricerca delle tracce di una violazione, ma si accontò di alzarsi. Diversamente dal ragazzo, lei era ben lontana dal toccare il soffitto con la testa.

«Mi chiamo Effie.»

«Un nome strano.»

Lei si strinse nelle spalle. «È Felicity, in realtà, ma lo detesto. L'ho abbreviato in F quando avevo dieci anni. Ora è Effie.»

«Heath.»

«Hai il nome di una barretta dolce e pensi che il mio sia strano?»

Heath emise un piccolo suono, non proprio una risata. Era più vecchio di lei, almeno di qualche anno. Abbastanza vecchio, probabilmente, da avere la patente. Neppure se si fossero conosciuti a scuola o in piscina, lei lo avrebbe trovato carino. A Effie piacevano i calciatori, mentre quel tipo assomigliava a un fattone, il genere che bazzicava i locali di musica metal e lanciava commenti volgari alle ragazze che passavano. Effie sapeva come trattare ragazzi di quel tipo. Li ignori anche quando dicono cose sgradevoli.

«Non hai mai cercato di scappare?» chiese.

Il ragazzo tornò a stringersi nelle spalle. Quando parlò, la sua voce era più bassa. Non ancora la voce di un uomo, ma quasi. Non ancora, no, eppure era facile immaginare come sarebbe suonata di qui a qualche anno. «Sì. Ci ho provato.»

Ovviamente non ce l'aveva fatta, ma Effie domandò ugualmente: «Cos'è successo?».

Questa volta, quando lui la guardò, non fu il freddo della stanza a farla rabbrividire. «Mi ha ripreso.»

A questo lei non seppe cosa rispondere. Si guardò intorno nella stanza: era arredata come una camera da letto, anche se era molto meno spaziosa della sua. Le applique proiettavano quell'orribile luce, aranciata e smorta; il letto matrimoniale su cui era seduta si infossava al centro, e solo una trapunta macchiata copriva il materasso nudo. I cuscini piatti erano infilati in copricuscini decorativi invece che in normali federe. In un angolo vi era un cassettone di laminato bianco che non si intonava con gli altri mobili, una sedia e il tavolo. La carta da parati gialli con un motivo di orologi vecchio stile si staccava dalle pareti a rivelare intonaco sporco. La stanza non aveva una porta, ma inutilmente lei cercò di vedere oltre la soglia. Troppo buio.

Indicò col dito. «Là cosa c'è?» chiese. «Un bagno? Devo assolutamente fare pipì.»

Il ragazzo sembrò prima sorpreso, poi imbarazzato. «Sì, ma lui ha chiuso l'acqua. Non puoi far funzionare lo scarico.»

Effie non sapeva se doveva avere paura a passargli

accanto, ma la vescica non le permise di rimandare ancora. La stanza adiacente, tuttavia, era buia. Guardò il ragazzo. «Non c'è una luce?»

«Mmh.» Lui scosse la testa. «La lampadina si è fulminata.»

«Puoi farmi strada, allora?» Solo quell'estate Effie aveva imparato quanto potesse essere potente un sorriso quando si aveva a che fare con i ragazzi. Non le fu facile sorridere, ma in qualche modo ci riuscì.

Ed evidentemente funzionò, perché lui si alzò di scatto tanto da sbattere la testa contro il soffitto. Gli sfuggì un'imprecazione sommessa. Non sabbe dovuto essere divertente, nulla di quanto stava accadendo lo era, ma lei rise ugualmente prima di soffocare con la mano le risatine. *Diventeranno singhiozzi se non stai attenta, e non puoi permettertelo.* Doveva mantenere la testa a posto.

«Per favore» disse. «Devo proprio andare.»

Con un cenno, lui la guidò in un locale non più grande della camera. Effie distinse i contorni di un divano e di quella che poteva essere una poltrona, allineati lungo una parete. Poi un leggero bagliore metallico, forse una maniglia. Lo stesso pavimento di cemento, e lei esitò, ferma nel piccolo riquadro di luce che filtrava dalla porta.

«Stai attenta. Ci sono cose conficcate nel cemento.»

I piedi le dolevano già. Non voleva peggiorare la situazione. «Che genere di cose?»

«Schegge di ceramica e vetro. Ce li ha messi apposta, credo. Camminare è difficile e non puoi aggredirlo quando entra. Ora ti accompagno in bagno. Andrà tutto bene.»

«Grazie.» Effie lo seguì. Tre gradini, poi quattro, ormai fuori dell'alone luminoso, lui la guidò con circospezione, indicandole i punti da evitare. Non era buio pesto, e nondimeno le ombre erano scure e profonde. Quando si fermò, Effie gli finì contro. «Scusa.»

«È qui.» Sorprendendola, il ragazzo le prese la mano e la allungò davanti a loro.

Lei tastò il telaio di legno di una porta che ancora una volta non c'era, e più oltre spazio vuoto. Niente luce, ma ormai il bisogno di orinare era tale che temette di non poter resistere ancora. Poi, come avrebbe fatto a tornare indietro muovendosi alla cieca? E se fosse tutto un trucco? Se il ragazzo avesse lavorato per l'uomo e l'avesse ingannata fin dall'inizio?

«La parete di destra» disse lui in quel momento. «Il water è lì. Non c'è asse e non puoi tirare l'acqua, a meno di non riempire il serbatoio. Di solito io... insomma... la faccio solo quando è pieno.»

Effie rabbrividì. «Oh. Che schifo.»

«Scusami.» Sembrò realmente mortificato.

Lei non poté più aspettare, rischiava di bagnarsi le mutandine. Con passi cauti, esitanti, si fece strada nell'oscurità, la mano resente il muro, fino a che urtò contro la tazza. Per non gridare si morse la lingua, ma il dolore era forte. Armeggiò con la gonna, poi con gli slip, e riuscì ad abbassarli mentre si accovacciava sopra quello che sperava essere il water. La mamma le aveva insegnato a non appoggiarsi alle tazze dei bagni pubblici, ma al buio Effie non era sicura di non stare facendosi la pipì addosso.

Rischia, e lascia andare il getto. La vescica si svuotò mentre l'urina scrosciò sonoramente contro la porcellana. Effie rilasciò un lungo sospiro di sollievo. Aveva i crampi alle gambe quando finì, e si era effettivamente bagnata un po', ma non tanto come aveva temuto.

«Ehi! Carta igienica ce n'è?» Guardò verso il punto da cui arrivava uno strascichio di piedi e vide muoversi un'ombra.

«No.»

«Un asciugamano di carta? Un foglio vecchio? Un asciugamano, qualcosa?» Non era facile restare asciutte, mantenere l'equilibrio e al tempo stesso evitare che la gonna si bagnasse.

«Ho usato quella che restava ieri. Mi dispiace.»

«Piantala di ripeterlo» sbottò Effie, tirandosi su le mutandine. «Tanto non puoi farci nulla, giusto?»

Il ragazzo non rispose. Effie tese la mano per cercarlo nel buio. Aveva paura a muoversi senza lui a guidarla, anche se i suoi occhi stavano cominciando ad abituarsi all'oscurità. «Dove sei?» chiese.

«Proprio qui.»

«Mi aiuti?»

Immediatamente sentì il calore delle dita di Heath che si intrecciavano alle sue. La mano del ragazzo era grande e ruvida. Non strinse troppo, solo quanto bastava per darle sicurezza e indurla a fare un passo verso di lui. Poi un altro.

La guidò nell'altra stanza, e quando vide il riquadro luminoso della camera, lei ebbe un piccolo sussulto. Non si era resa conto di quanto desiderasse vederlo.

Sopra le loro teste si sentì un cigolio di passi. Poi... musica? Effie si fermò di colpo.

Conosceva quella canzone. Qualcosa a proposito dell'oceano e di una nave che salpava. A volte sua madre ascoltava la stazione di musica soft rock in macchina, e quella canzone andava sempre in onda. Effie prendeva in giro la mamma quando la sentiva cantare, ma ora avrebbe dato qualunque cosa per trovarsi nella Volvo della mamma, e alzare gli occhi al cielo cercando di convincerla a cambiare stazione. Ci fu un bagliore e Effie fu costretta a coprirsi gli occhi.

«Presto.» Il tono di Heath era urgente, ma al tempo stesso curiosamente piatto. «Sta arrivando.»

. 4 .

Polly faceva i compiti seduta al bancone della colazione, mentre la mamma di Effie sfornava una teglia di biscotti con le uvette, i preferiti di Polly. Effie odiava l'uvetta in generale, ma soprattutto cotta. Morbide e appiccicose, le davano il vomito. D'altro canto, non mangiava neppure le scaglie di cioccolato, anche se ne apprezzava il gusto. Non riusciva a fidarsene, somiglianti com'erano a escrementi di ratto o frammenti di scarafaggio.

«Ci sarò anch'io nella recita della scuola, Nana.» La coda di cavallo bionda ondeggiò mentre la ragazzina si muoveva sullo sgabello.

«Stai ferma, o ribalterai la sedia» la ammonì Effie. Da perfetta preadolescente, Polly sospirò e alzò gli occhi al cielo, una sua versione in miniatura così perfetta che lei non riuscì a irritarsi. Che Dio la aiutasse quando la figlia fosse entrata nell'adolescenza, di lì a pochi anni. L'augurio di sua madre, di avere a sua volta una femmina, non era mai stato fatto con benevolenza.

Effie aveva una gran voglia di stringere la figlia, di baciarla, ma si trattenne. Polly lo avrebbe sopportato, naturalmente, ma fin da quando era incinta, lei aveva deciso che non sarebbe stata una madre soffocante. Di quelle che usavano la lingua per pulire le guance grassocce del figlio, o che incombevano su di lui. Perennemente ansiose. Che preparavano biscotti, pensò guardando la madre trasferire i dolcetti su un'altra teglia per farli raffreddare.

«Che parte avrai?» chiese sua madre con un sorriso.

Polly si strinse nelle spalle. «Non recito, sono nel coro. Sarò in tutte le scene dove c'è bisogno di gente sullo sfondo.»

«Sembra divertente.» Nana prese il bricco del latte dal frigo, riempì un bicchiere e glielo posò davanti.

«Non è una vera parte» disse questa.

«Sarà comunque divertente.» Effie aggirò la madre per aprire a sua volta il frigorifero. Prese una lattina di coca, la aprì e versò il contenuto in un bicchiere, quindi lo sollevò alla luce.

La madre la guardava con quell'espressione sul viso, quella che indicava che si stava sforzando di non fare commenti. Effie bevve con lentezza, senza distogliere gli occhi, sfidandola a criticare la sua abitudine e consapevole che non lo avrebbe fatto.

Non di fronte a Polly, in ogni caso.

«Lavo io il bicchiere, mamma, non preoccuparti» disse poi.

Non era quello il punto, non era mai stato quello. La madre era nel suo elemento quando strofinava e cuciva e infornava e puliva. Per lei, un bicchiere sporco non era niente. A disturbarla era che Effie usasse il bicchiere invece di bere direttamente dalla lattina, ma cosa avrebbe potuto farci lei? Certe cose non ti abbandonano, poco importa quanto lo vorresti.

Polly chiuse il libro di matematica. «Sarò un'impiegata e un venditore di hot dog, con il suo carrettino. Meredith Ross sarà il gelataio, che mi sembra meglio, ma non ci hanno permesso di scambiarci le parti. Meredith comunque è contenta. Posso avere un biscotto, Nana?»

La donna annuì. «Sicuro, ma solo uno. Non vorrai rovinarti l'appetito per la cena.»

«Certo che sì» replicò Effie. «Chi non preferirebbe biscotti al polpettone di carne?»

«A te il polpettone di carne piaceva.» La voce di sua madre era più secca del solito.

«Ma i biscotti mi piacevano di più.»

«A me il tuo polpettone piace, Nana» disse Polly. «E anche le patate al formaggio. E le barbabietole. Ma non i fagiolini!»

«Niente fagiolini» promise la nonna con un'altra lunga occhiata a Effie. Afferrò un biscotto e lo porse alla nipote. «Se hai finito i compiti, perché non vai in cortile a giocare un po' con Jakie, mentre aspettiamo l'ora di cena?»

«A che ora esci, mamma?»

«Presto.» Effie indugiò a osservare la figlia che saltava a terra. «Giacca.»

Appena la vide uscire dalla porta sul retro, con l'anziano Jack Russell della madre alle calcagna, si preparò mentalmente alla predica. Era meglio subirla che evitarla; in caso contrario, la volta successiva sarebbe stata due volte peggiore. Un po' come lasciare a scaldare una teiera senza il coperchio sul beccuccio... si evitava il fischio, certo, ma capitava di dimenticare la teiera sul fuoco, dove si bruciava una volta esaurita l'acqua.

«Sei troppo magra» disse la madre con voce piatta. «Devi mangiare, Effie, se no ti ammalerai, e allora che ne sarà di Polly? Non hai neanche un'assicurazione!»

Effie non si ammalava da anni, o comunque mai per più di un giorno o due, e mai nulla di più grave di qualche starnuto e un po' di tosse. «Invece ce l'ho, mamma. Ti ricordi della riforma sanitaria voluta da Obama?»

«E se ti ammali e non puoi lavorare, chi la pagherà?»

«Ho appena ricevuto un sostanzioso assegno per le royalties da *SweetTees*, e un secondo dovrebbe arrivare da *The Poster Place*.» Le due società più importanti a cui Effie aveva ceduto le sue immagini. «È questo il bello del mio lavoro. Finché i prodotti si vendono, il denaro continua ad arrivare, anche se non realizzo niente di nuovo. E anche tramite il *Crafty Store* arrivano regolarmente ordini. In più, non vivo al di sopra dei miei mezzi.»

«Un lavoro fisso con i suoi orari regolari...»

Effie rabbrividì. «Ho passato i primi anni di vita di Polly lavorando per pagare chi la accudisse, mamma. So com'è. Ma così è molto meglio. Sono a casa quando esce per andare a scuola. Ci sono quando rientra. Se voglio lavorare fino alle due del mattino, e poi dormire dalle dieci a mezzogiorno, posso farlo.»

«È solo che il tuo lavoro è... talmente instabile» disse sua madre. «Tutto qui. E io mi preoccupo.»

«Mangerò una mela al giorno per togliere il medico di torno, okay?»

«Ti servirà ben più di una mela. Guardati.» Le pizzicò una manica. «Pelle e ossa.»

«Agli uomini piacciono le donne magre.»

Un errore, Effie se ne rese conto all'istante, ma le parole le erano uscite di bocca prima che potesse trattenerle. Sua madre aggrottò la fronte, indietreggiò, si volse. Con gesti bruschi, cominciò a infilare i biscotti in un contenitore di plastica. Non potevano essere già freddi; si sarebbero attaccati fra loro, creando una poltiglia.

«Bene» disse. «Immagino che di uomini tu sappia tutto, non è così?»

Diventava difficile provare compassione per sua madre quando se ne usciva con una di quelle battute, lo sarebbe stato anche se Effie le avesse meritate. E così non era. Non proprio. Non più, almeno.

«Non c'è nulla di male nel conoscere gli uomini, mamma. Potresti provarci anche tu. Così non saresti costretta a startene seduta sola tutto il tempo.»

L'altra non si girò. «Forse stare sola mi piace.»

«La solitudine non piace a nessuno. E papà è morto da tanto tempo...» Effie ammutolì. Suo padre era morto troppo giovane per un attacco cardiaco. Le mancava ancora, e senza dubbio mancava a sua madre. «Dico soltanto che non ci sarebbe nulla di male se qualche volta ti andasse di uscire.»

«Ho tante cose che mi tengono occupata. Non ho bisogno di dipingermi la faccia e andare a sbattermi in giro, Felicity. Non credo che il mio valore come individuo dipenda dal fatto che un uomo voglia o meno infilare il suo pene dentro di me.»

«Apprezzare il sesso non fa di me una puttana.»

«No» disse sua madre. «Ma permettere agli uomini di trattarti come se lo fossi, sì.»

Effie si costrinse ad aprire le mani che aveva stretto a pugno. «Non siamo negli anni Cinquanta, va bene? Se una donna vuole uscire con parecchi uomini diversi, è la sua... la mia scelta.»

Il contenitore dei biscotti stretto contro il seno, la madre si voltò a guardarla. «Che esempio stai dando a Polly?»

«Questa è una vera bastardata.» Neppure nei momenti più intensi di quella a cui pensava come alla sua fase *sperimentale*, Effie aveva mai portato un uomo a casa. Né vi aveva portato nessuno dei finora molto scialbi appuntamenti di LuvFinder. «Sai bene che non la metto a contatto con sconosciuti. Gli affari miei di persona adulta sono appunto questo. Affari miei. Non azzardarti a rimproverarmi a causa di Polly.»

«No, non la metti in contatto con sconosciuti.» La voce di sua madre grondava derisione. «Di un uomo soltanto, probabilmente il peggiore di tutti. A lui permetti di strisciare per casa tutto il tempo, giusto?»

Era una questione vecchia e trita. «Heath vuol bene a

Polly come se fosse sua. E lei pure gli vuole bene. Lui è buono con lei.»

«Ma non per te» scattò sua madre. «È orribile per te, il che significa che non va bene neanche per Polly!»

«So che lo odi» cominciò Effie, e pensò a qualcos'altro da dire, ma si fermò. Che senso avrebbe avuto? Dopo tutti quegli anni, le stesse parole. Nulla di quanto potesse dire avrebbe fatto differenza.

«Certo che lo odio» rispose sua madre. «Quello che non capisco è come fai a non odiarlo tu.»

Per un momento Effie cedette allo scoraggiamento. Certe volte era troppo fottutamente difficile avere a che fare con sua madre, perfino nelle giornate migliori. E quando quella vecchia storia tornava fuori, tutto ciò che poteva fare era alzare le mani come fa chi si arrende. Scosse la testa, muta.

Sua madre sbatté il contenitore di plastica sul piano di lavoro. «Tu sei migliore di lui.»

«Perché? Perché i suoi genitori si sono separati quando lui era solo un ragazzino, o perché sua madre portava gonne troppo corte e suo padre lavorava in un minimarket? O magari perché non è mai andato al college?» Erano, quelle, tutte parte della causa di fondo, anche se dubitava che sua madre avrebbe ammesso di essere una tale snob. Distrattamente Effie si passò una mano sulla bocca e il rossetto le lasciò tracce sul palmo. Al diavolo; avrebbe dovuto applicarlo di nuovo.

«Farò tardi» disse. «Mi do una rinfrescata in bagno e vado. Torno a prendere Polly domani dopo la scuola, se per te va sempre bene.»

«E se dicessi di no, che voglio che stasera torni a un'ora ragionevole per riprendere tua figlia e portarla a casa, dove potrà dormire nel suo letto, com'è giusto che sia? Cosa diresti allora?»

Effie la guardò senza battere ciglio. «Direi che tua nipote adora stare con te e che per lei dormire qui è una festa, e che farsi accompagnare a scuola da te è una festa perfino più grande, perché tu e io sappiamo che lungo il tragitto vi fermate sempre al negozio di ciambelle. Polly adora stare qui. Ti vuole bene. E te ne voglio anch'io, mamma.»

L'altra prese la teglia ancora tiepida, poi tornò a posarla con tanta forza da sbatacchiarla. «Chi è quello di stasera?»

«Uno che ho conosciuto online. Uno di quei siti di incontri. È solo un appuntamento, okay?»

«Lo hai già conosciuto?»

«No.» Effie scosse la testa. «Questo è il primo incontro. Andremo a cena, e forse a un cinema. Tutto molto tranquillo e banale. Lavora nel campo dell'informatica, porta gli occhiali e non ha animali domestici.»

Sospirando, la mamma si strofinò il ponte del naso usando l'indice e il medio, un'abitudine che aveva da quando Effie riusciva a ricordare. «Che altro sai di lui? Hai lasciato il suo nome e i suoi dati da qualche parte, nel caso... succeda qualcosa?»

Effie aveva trovato spiritoso, addirittura affascinante, il profilo di Mitchell. Di sette anni più anziano di lei, era divorziato e senza figli, ma parlava con affetto dei nipoti. Non fumava, non si drogava e neppure beveva esageratamente, o se lo faceva, allora mentiva ed era estremamente abile nel nascondere le prove.

«È improbabile che sia un serial killer» disse, ma sua madre non rise. Allora le si avvicinò, la abbracciò, e dopo un momento l'altra cedette con un sospiro.

«Mi preoccupo per te, Effie» disse mentre lei le accarezzava la schiena. «Sono tua madre. È normale che lo faccia.»

E che aveva sempre fatto. Effie lo capiva, forse ancora più adesso che aveva una figlia sua. La strinse più forte, aspirando il profumo familiare di detersivo e più sotto, un lieve sentore di Wind Song. Anche sua madre si era fatta sottile, le scapole sporgenti sotto i suoi palmi.

Per un momento pensò di cancellare l'appuntamento con Mitchell. Poteva restare lì, con la mamma e Polly. Potevano vedere un film insieme, una pellicola divertente. La sua vecchia stanza era immacolata e in perfetto ordine, identica a com'era il giorno in cui lei se ne era andata definitivamente di casa. Un santuario all'incapacità di sua madre di lasciar andare le cose.

Ma lei ne era capace, e lo fece anche in quel momento. «Vengo a prendere Polly domani dopo la scuola. Ho già mandato un biglietto per avvertirli che scenderà qui con il bus.»

Sua madre annuì seccamente. «Bene.»

Ci sarebbe stato altro da dire, ma Effie non lo disse. Non avrebbe cambiato nulla di ciò che era accaduto, né avrebbe modificato qualunque cosa prevedesse il futuro. Niente avrebbe potuto.

«A domani» disse, e si lasciò dietro sua madre.

. 5 .

«Quando pensi che si alzerà?» Heath camminava a grandi passi a fianco del letto di Effie.

Che con un sospiro scostò le coperte per fargli posto. A casa loro faceva freddo ed era troppo presto per accendere il riscaldamento. «Ha tre anni. Si sveglierà con la luce, e allora sarà un delirio per il resto della giornata, quindi se fossi in te mi farei un'altra ora di sonno.»

Da bambina, Effie si svegliava prima dell'alba per sgattaiolare e sbirciare cosa aveva lasciato Babbo Natale sotto l'albero, ma Polly era ancora troppo piccola per progettare di alzarsi all'alba e correre a scartare i regali. Non che sotto l'albero ci fosse granché... frequentare la scuola significava per Effie lavorare solo part time, e c'erano un bel po' di conti da pagare prima di poter spendere denaro in giocattoli destinati a rompersi nel giro di un giorno o due. Durante la giornata sarebbero arrivati molti doni, probabilmente troppi, e Polly ne sarebbe stata sopraffatta, ma sarebbe stato inutile chiedere alla madre di non viziare la sua unica nipote.

«Non riesco a dormire.» Sospirando, Heath si girò sulla schiena, occupando troppa parte del letto.

Lei gli si accoccolò contro. Così stava più al caldo. Infilò i piedi gelati fra i suoi polpacci, e rise quando lui strillò la sua protesta. Quasi subito Heath si voltò verso di lei e le fece il solletico fino a che tutti e due ebbero il fiato corto.

Il peso della sua erezione contro la coscia era troppo familiare perché lei potesse negarsi. Ed era Natale, pensò ancora Effie mentre si muovevano insieme, mentre lui la baciava, mentre scivolava dentro di lei. Come avrebbe potuto dirgli di no a Natale?

Perché il *no* era vicino, ne era consapevole. Solo pochi giorni prima aveva ricevuto della corrispondenza indirizzata alla signora Heath Shaw, e questo benché non avesse mai firmato nulla con il cognome di lui, né lo avesse usato in alcun modo. Convivevano in quell'appartamento da quasi quattro anni, e quella che era stata concepita come una soluzione temporanea, aveva preso il sapore di qualcosa di gran lunga troppo permanente. Ciononostante era Natale, e lei permise al piacere di prevalere, perché era troppo difficile resistergli, anche senza luci ammiccanti e la promessa di qualcosa di speciale sotto l'albero.

Heath fece scivolare una mano tra loro per accarezzarla mentre la penetrava. Era vicino all'orgasmo, ma si trattenne perché lei venisse per prima. La soluzione perfetta. Lei non poteva fermarsi. Il tocco di Heath era magia, era fuoco, era luci pirotecniche e campanelle. Venne con un grido soffocato, e lui rise, così felice di ciò che aveva fatto per lei da raggiungerla in un istante.

Per qualche minuto rimasero sdraiati in silenzio. Lei contò il lasso di tempo fra ogni suo respiro e quello di lui. Le loro mani erano intrecciate. Heath si stava addormentando, ma Effie era perfettamente sveglia.

Sarebbe stato così facile restare con lui e Polly in quel minuscolo appartamento quasi decrepito. Facile continuare a dividersi fra scuola e lavoro, e tirare su la bambina insieme. Ciò che non sarebbe stato facile era questo, le loro dita intrecciate e il suono del suo respiro accanto a lei nel letto. L'amore non era facile, pensò mentre si alzava puntellandosi su un gomito per guardare il viso di Heath nella luce che ora filtrava dalla finestra. Si vietò di seguirne i contorni con la punta delle dita; non voleva svegliarlo.

Lo amava. Probabilmente non avrebbe amato mai nessun altro, non in quel modo. Ma come saperlo, se non provava? Se questo era tutto quello che avevano perché era tutto quello che credevano di poter avere, che bene sarebbe potuto mai venirne per l'uno o per l'altra? Non avere nemmeno l'illusione di poter scegliere?

In corridoio si sentì lo scalpiccio di piccoli piedi. Polly era sveglia. Effie scrollò Heath, poi si alzò per indossare la vestaglia mentre dal soggiorno arrivavano già squittii di gioia. Insieme, Effie e Heath seguirono il suono della risata: Polly danzava nel bagliore multicolore che circondava l'albero, le cui luci erano state lasciate accese tutta la notte proprio a quello scopo.

«Natale!» gridò Polly, battendo le manine. «È arrivato Natale!»

Heath si chinò a baciare Effie sulla guancia. «Vado a fare il caffè» sussurrò, ma lei lo fermò.

«Aspetta. Tienimi stretta.» Lo attirò a sé, e insieme guardarono Polly scuotere i vari pacchetti. Non aveva ancora capito che le era permesso lacerarne la carta.

Sarebbe potuto essere così facile, se solo non fosse stato tanto difficile.

Squillò il telefono. Sua madre, disperata e incoerente. Allarmata, Effie prese il ricevitore che Heath le tendeva e finalmente riuscì a farla calmare quanto bastava per parlare.

«Tuo padre è morto» fu quello che disse sua madre. «Devi venire in ospedale.»

Morto? Non poteva essere. Suo padre c'era sempre stato. Non poteva andarsene. Cosa avrebbe fatto lei?

Doveva andare all'ospedale e lasciare Heath con Polly. Doveva aiutare sua madre a sbrigare tutte le formalità. Telefonate. Servizio funebre. Per due giorni restò a casa dei suoi, dormì nel letto che era stato il suo e ascoltò i suoni bassi, laceranti che le arrivavano, incapace di andare dalla madre a offrirle conforto.

Il terzo giorno, la trovò seduta al tavolo della cucina con davanti una tazza di caffè e l'espressione cupa. Spinse verso Effie un fascio di carte.

«Sono soldi. L'assicurazione di tuo padre. Ce n'è abbastanza per permetterti di lasciare quell'appartamento. Per prenderti un posto tuo. A meno che tu non voglia tornare qui...» Davanti all'espressione di Effie, sua madre rise amara. «No, naturalmente. È ovvio che no.»

Effie guardò le cifre riportate sui fogli. Improvvisamente realizzò che, dopotutto, una scelta l'aveva. Con quella cifra avrebbe potuto comprarsi una casa. Mantenere se stessa e Polly mentre cercava di sfondare nel suo lavoro. Quel denaro era la libertà, e lei sapeva che lo avrebbe accettato. Doveva.

«Non ti supplicherò di restare» le disse Heath. «Non lo farò, Effie.»

«Non voglio che tu mi supplichi. Voglio che sia felice per me.»

Non si sentì di biasimarlo quando lui non la guardò. Effie stava sovvertendo la familiarità costruita insieme. Li stava separando. Non era in grado di spiegargli perché dovesse essere così, neppure lei lo comprendeva sino in fondo; se non che prima sentiva di non avere una scelta, ora il denaro ne aveva creata una. Prima, Effie pensava che Heath fosse il solo uomo che avrebbe amato, ma non aveva mai cercato di scoprire se fosse davvero così, non si era mai innamorata di qualcun altro.

Tutto quello che ciascuno aveva conosciuto, di fatto, era l'altra, ma a loro la scelta era stata imposta. Come avrebbero potuto scoprire se c'era o meno qualcosa di meglio, se lei non avesse preso quella decisione? Se non avesse provato, per il bene di entrambi?

Lasciò che lui la giudicasse egoista. Sopportò la sua rabbia. Poi si fece da parte per lasciarlo andare.

Doveva lasciarlo andare.

. 6 .

Effie amava la curva delle cosce maschili. Muscoli e peli spessi e ricci. Con la bocca seguì gli avvallamenti del suo ginocchio, prima di tracciare con la lingua un lento sentiero lungo il polpaccio e fino alla caviglia. Questa volta, quando premette i denti contro la pelle, lui ebbe un gemito.

Effie risalì per sederglisi cavalcioni, e gli affondò le unghie nel petto, ma non così forte da graffiare la pelle. A lui non sarebbe piaciuto. Quando Bill la afferrò per i fianchi, rovesciò la testa all'indietro. Sentì i capezzoli inturgidirsi per la sua voglia della sua bocca.

«Toccami» disse.

Obbediente, la mano di Bill scivolò tra di loro fino a premere le nocche contro il clitoride. Mosse le dita. La pressione era buona... insufficiente a farla venire, ma comunque gradevole. Bill aveva mani grandi, forti. Con una avrebbe potuto circondarle entrambi i polsi, anche se non lo aveva mai fatto e, pensava Effie, mai ci avrebbe provato. Aveva troppa paura di farle del male.

«Vuoi che te lo prenda in bocca?» chiese.

Bill gemette di nuovo. «Sai già che lo voglio.»

Lo voleva anche lei. Il profilo di Mitchell era senza dubbio spiritoso e accattivante, ma la serata insieme era stata banale e del tutto priva di nota. Lui era stato abbastanza carino. Educato. Aveva insistito per tenerle aperta la porta e scostarle la sedia, una sorpresa piacevole. Non le aveva dato il bacio della buonanotte.

Forse era troppo gentiluomo, o forse Effie non gli piaceva abbastanza. A Effie non importava davvero. Lui le aveva chiesto se avrebbe preso in considerazione la possibilità di rivederlo, e lei aveva detto *certo, volentieri*, ma non era affatto sicura che l'avrebbe chiamata. Non le importava neanche di questo.

Al momento, a Effie importava solo la lingua calda e bagnata di Bill sulla sua fica. Che la faceva venire. Tutto quello che voleva e di cui aveva bisogno era un grosso uccello duro dentro di sé.

«Mangiamela tutta» alitò, inarcando il bacino. La sua testa stretta fra le ginocchia, rimase sospesa sulle sue labbra, vicino ma non abbastanza per toccarla, e quando lui sollevò la testa, si allontanò ridendo, fuori della sua portata.

Con un piccolo grugnito, Bill le afferrò nuovamente i fianchi e la tirò a sé. Incollò la bocca al suo sesso. La sua lingua si muoveva esperta, penetrando in ogni piega, prima di concentrarsi di nuovo sul clitoride.

«Dio...» ansimò Effie. Si afferrò alla testiera del letto. Basta schermaglie. Basta giochi. Solo piacere puro.

Senza smettere di leccarla, Bill le infilò dentro un dito, poi due. La duplice sensazione la mandò quasi in orbita, eppure l'orgasmo la eludeva ancora. Aveva bisogno di qualcosa... di più.

«Più forte.» Girò la testa; lui si stava accarezzando il pene. Quell'uomo mancava di coordinazione; sarebbe venuto prima di lei. La loro era diventata una gara, e lei non voleva perderla.

Tenendosi aggrappata al letto, Effie spinse il bacino contro la sua bocca e le sue dita, che si muovevano con troppa violenza. Faceva male, e non era un dolore del tipo giusto. Sarebbe rimasta dolorante per giorni.

Così vicina, così terribilmente vicina, eppure ancora

non abbastanza. Bill accelerò il ritmo, una mano sul pene, l'altra che le brancicava la coscia. Aveva perso concentrazione, e gli affondi della lingua sembravano essersi fatti casuali.

Non ce l'avrebbe fatta. Effie si prese i seni fra le mani, titillando i capezzoli, poi pizzicandoli. Con forza. Il dolore scatenò una piccola ondata di dolore, ma neppure lontanamente sufficiente.

Con un grugnito, Bill si abbatté su di lei. Allungò la mano verso il comodino alla ricerca dei profilattici e ne infilò uno prima di penetrarla. Affondò in lei un paio di volte, rabbrividì.

E questo era quanto. Tutto finito. La vulva le doleva, ma per il resto si sentiva gonfia e pulsante, inappagata. Un po' come quando si avevano i crampi mestruali, ma peggio.

Rimasero spalla a spalla, fino a quando il contatto con il sudore di lui non la disgustò. Si spostò, un paio di centimetri appena, ma Bill se ne accorse. Se ne accorgeva sempre.

«Puoi alzare il culo quando vuoi, sai» disse, gettando il profilattico nel cestino accanto al letto.

Effie si girò a guardarlo. «Non fare così. Gesù, Bill, potrebbe essere un po' meno volgare.»

«Questa è buona.» Lui sbuffò piano mentre tornava a distendersi. Da qualche parte in casa un orologio batté le ore.

«Piombi qui mezzo ubriaca dopo essere stata fuori con un altro, e tutto quello che vuoi è scopare.»

Lei non era arrivata mezzo ubriaca e neppure ubriaca del tutto. Aveva bevuto un sorso di vino, tanto perché l'odore indugiasse nel suo alito. Una scusa per chiedere a Bill di rimanere finché la sbronza non le fosse passata. Lui odiava chi si metteva al volante dopo aver bevuto, anche se a quanto pareva non aveva problemi a scoparla e poi a spedirla via senza nemmeno una coccola. Ovviamente, era proprio questa la ragione principale per cui si presentava a casa sua a tarda notte dopo un appuntamento noioso e insoddisfacente.

Si sedette sul letto a gambe incrociate, e gli allungò una leggera gomitata. «Oh, non comportarti come se il tuo sogno fosse trovarmi qui al mattino che ti preparo la colazione.»

«Potresti prepararmi la colazione, sicuro. Perché no?»

«Non so cucinare» mentì lei con un sorrisetto sarcastico. Quando fece per allungargli un'altra gomitata, Bill le afferrò la mano e se la posò sul fianco. Effie lasciò passare un secondo o due prima di ritirarla. E Bill notò anche questo.

«Potresti restare» disse a bassa voce. «Il letto è abbastanza grande per due.»

«Devo tornare a casa da mia figlia.»

Lui aggrottò la fronte. «Stronzate. Stanotte dorme da tua madre.»

«Come hai...» Effie indietreggiò muovendosi sulle natiche, posò i piedi a terra. «Cos'hai fatto, sei passato davanti a casa sua? Per controllare? Razza di viscido.»

«Se non è con te, la bambina è con tua madre. O comunque con qualcuno. Non la lasceresti mai da sola. Ti conosco quanto basta per saperlo.»

A lei non piaceva, non piaceva affatto, che lui credesse di poter arrivare a conoscerla. E che avesse ragione, rendeva la cosa ancora più sgradevole. Si alzò, guardandosi intorno alla ricerca delle mutandine. Non trovandole, infilò direttamente il vestito. Era probabile che fossero finite sotto il letto nei primi momenti convulsi, ma col cavolo che si sarebbe messa carponi per cercarle.

«Al diavolo, Effie. Non fare così.» Si alzò anche Bill e la prese per le braccia, ma la sua era una stretta appena accennata, da cui lei avrebbe potuto liberarsi senza difficoltà. «È tardi» disse. «Sono sicura che domattina devi lavorare. E anch'io ho parecchie cose da fare.»

Aveva un ordine di cui occuparsi. Il bucato. L'equilibratura delle gomme dell'auto, un appuntamento che aveva quasi dimenticato, e poi naturalmente doveva andare a prendere Polly.

«Sicuro. Molto bene.» Bill la lasciò andare. Si chinò a raccogliere la T-shirt, che usò per asciugarsi il petto lucido di sudore prima di gettarla in direzione di un mucchio di biancheria sporca ammassata in un angolo.

«Non sia mai che tu la metta nel cesto» mormorò Effie.

La risposta fu una risata. «Che te ne importa? Non ti ci vedo a offrirti di fare il bucato per me.»

«Questo non significa che tu debba vivere come un maiale.» Effie abbottonò il vestito fino alla gola e lisciò la gonna sulle natiche nude. Senza collant avrebbe avuto freddo, ma erano già smagliate cinque minuti dopo il suo arrivo.

Bill la guardava con la fronte aggrottata. «Hai una vera boccaccia, lo sai?»

«Così mi hanno detto.» Quando Effie si volse, lui le afferrò di nuovo il braccio. Più forte, questa volta. Lei lo guardò, sorpresa. «Ehi.»

La stretta si allentò, ma ancora Bill non la lasciava andare, e anzi, la attirò a sé. Dannazione. Stava per baciarla?

«No?» fece lui, vedendola girare la faccia all'ultimo istante, in modo che le sue labbra le sfiorassero la guancia.

Effie non rispose. Era un tale fottuto cliché. Di solito non le importava di quel genere di baci, salvo nei casi come quello, quando lui voleva e lei era decisa a non accontentarlo.

«Vieni qui e scopi con me» le sussurrò Bill all'orecchio. «Non vuoi fermarti a dormire. Non hai alcuna intenzione di permettermi di avvicinarmi a te, vero?»

Con uno strattone, Effie si divincolò. «Non azzardarti.»

Sospirando, lui si passò una mano fra i capelli chiari. «Vai, allora. Immagino che ci vedremo la prossima volta che sentirai un certo prurito da grattare.»

Sbatté la porta alle sue spalle, un gesto che le fece venire voglia di prenderla a pugni fino a costringerlo a riaprire. Bill non era giusto. Le cose fra loro funzionavano in quel modo; avrebbe dovuto esserci abituato. Era andata da lui per avere lì un orgasmo, ma non era stata soddisfatta. Aveva sprecato il proprio tempo e quello di lui. Aveva ferito i suoi sentimenti e non ne aveva avuto l'intenzione.

Al diavolo. Sospirò e non bussò alla porta. Era già in auto quando scorse la sagoma di Bill alla finestra. Contava di stare lì finché non si fosse allontanata, per assicurarsi che andasse via invece, che so, di essere assassinata nel parcheggio? Effie rise senza allegria; aveva in bocca un sapore amaro.

Si immise in strada e nello specchietto retrovisore vide il riquadro luminoso farsi buio. Allora si diresse verso casa.

. 7 .

«Com'era?»

Lei non trasalì nemmeno. Aveva capito che Heath la stava aspettando nell'istante in cui era entrata in cucina e aveva visto la porta di servizio socchiusa. Qualcuno, pensò, le avrebbe forse consigliato di procurarsi una mazza da baseball per proteggersi, nel caso un serial killer avesse scelto casa sua fra le tante che si allineavano lungo quella strada di periferia.

Quando il peggio ti era già successo, tutto il resto sembrava molto meno pericoloso.

«Non sono affari tuoi.» Dal frigo, Effie prelevò una bottiglia d'acqua. Il coperchio sigillato crepitò quando lo ruppe. Bevve con avidità.

Le borbottava lo stomaco. Mitchell l'aveva portata a cena in un ristorante cinese, e non c'era stato verso; non era riuscita a ingoiare nemmeno un boccone di quel cibo mescolato insieme. Né aveva trovato la maniera di spiegare perché non potesse mangiare nulla che toccasse qualcos'altro. Non senza apparire totalmente fuori di testa. Era andata da Bill spinta da un altro genere di appetito, e anche lui l'aveva lasciata affamata. Ora, tirò fuori del formaggio a fette, ne prese una.

«Dannazione, Effie.»

Heath era tutto vestito di nero. Jeans vecchissimi, con l'orlo lacero. Una felpa nera sopra una T-shirt dello stesso colore. Aveva lasciato le scarpe fuori della porta, e non portava calze. Lei dovette distogliere gli occhi da quelle dita nude, affusolate. La perfezione dei suoi piedi la uccideva. Braccia, gambe e torso, invece, erano troppo lunghi. Col suo metro e novantaquattro, lui restava dinoccolato perfino adesso, ormai adulto e con una buona muscolatura.

Effie deglutì a fatica e bevve un altro sorso d'acqua. Aveva l'interno delle cosce ancora umide della sua precedente, insoddisfatta, eccitazione. E aveva ancora i crampi al basso ventre.

«Dove ti ha portata?»

«*Jade Garden*.» Lei masticò lentamente, inghiottì. Finì la fetta di formaggio con un sorso d'acqua, poi un secondo.

La risata di Heath fu breve, carica di sarcasmo. «Non mi meraviglia che tu abbia fame.»

«È un tipo simpatico» disse Effie con voce piatta. «Un tecnico informatico. Guadagna bene. Ha un buon odore. Porta gli occhiali.»

Heath le si avvicinò. Da un paio d'anni lavorava nella caffetteria di un college privato della zona e puzzava di grasso e patatine fritte. Effie non si spostò, ma neppure si appoggiò a lui. Non si ammorbidì e non cedette, non schiuse le labbra per farsi baciare.

Heath si chinò ad annusarle il collo. Le sue labbra si mossero sulla sua pelle. «Te lo sei scopato.»

«No.»

«Qualcuno te lo sei scopato.» E le infilò la mano sotto il vestito e fra le gambe. Le sue dita si chiusero a coppa abbastanza forte da strapparle un'esclamazione. «Stai ancora sgocciolando il suo sperma.»

Si sbagliava. Non era bagnata a causa di Bill, ma per quelle carezze. Oh, cazzo sì, per Heath, sempre per lui. Gli bastava guardarla dal capo opposto di una stanza, senza nemmeno aprire bocca. Non ce n'era bisogno.

Un'occhiata, e lei si ritrovava tremante, con le ginocchia che le cedevano al pensiero del suo tocco. Della sua bocca. Della sua lingua. Di quei denti.

La bottiglia cadde a terra, spruzzandole le gambe di acqua gelida. Gli posò entrambe le mani sul petto e spinse, ma Heath la teneva ferma con una mano sulla nuca.

La penetrò più in profondità con le dita, fino a premere il pollice contro il clitoride. Quando i suoi denti presero il posto dei bisbigli sulla pelle tenera della gola, ormai Effie si avvinghiava alla sua T-shirt non per respingerlo ma per impedirsi di cadere. Benché sapesse che Heath non l'avrebbe lasciata andare.

Non lo avrebbe mai fatto.

«Così fottutamente bagnata» le alitò lui all'orecchio. Ora la sua mano si muoveva più in fretta, eccitandola fino al parossismo. Era stato solo quella mattina che lo avevano fatto?

Quando si ritrasse, fu in modo così repentino che Effie rischiò di perdere l'equilibrio. Le girava la testa.

«Ti ho aspettata» disse Heath. «Ero preoccupato.»

Che altro avrebbe potuto fare, a quel punto, se non abbracciarlo e tenerlo stretto? Che altro, se non baciarlo, prima con tenerezza, poi come se ciascuno fosse la sola fonte di nutrimento dell'altro? Lì al buio, nell'ora più cupa della notte, era sicuramente giusto prenderlo per mano e guidarlo in camera da letto, dove lui rimase immobile a guardarla spogliarsi lentamente, un indumento alla volta, fino a offrirsi nuda al suo sguardo.

Heath esitò solo un momento prima di togliersi la felpa, poi la T-shirt. Slacciò il bottone dei jeans e abbassò la cerniera dentino dopo dentino, senza mai staccarle gli occhi di dosso. Sotto non portava niente, e al primo accenno di peluria scura, Effie si morse il labbro inferiore per trattenere un gemito. Lui allontanò i jeans con un calcio. Effie indietreggiò fino al letto, si sdraiò. Spalancò le gambe per mostrargli il suo tesoro e fu ricompensata dalla luce che vide nei suoi occhi. Puntellandosi su un gomito, prese a masturbarsi, lentamente, fino a inarcare la schiena.

«Ti ha leccato la fica?»

«Sì.»

«Ma non ti ha fatto venire.»

Un sospiro tremulo le uscì dalle labbra. «No.»

«Guardami, Effie.»

Lei riuscì a sollevare la testa. Heath teneva la mano chiusa intorno al pene, che si ingrossò sotto il suo sguardo. Effie era stata con dozzine di uomini. Aveva visto un'infinità di erezioni. Testicoli bassi, oppure alti e tesi. Certi uomini si radevano i peli pubici, mentre altri lasciavano che crescessero folti e fitti. Ma fra tanti, il pene di Heath era il solo che avrebbe saputo riconoscere a colpo d'occhio. Conosceva il suo corpo come conosceva il proprio.

Lo stesso valeva per lui. Che ora le si inginocchiò fra le gambe per sfregare il prepuzio lungo la fenditura della vagina, su fino al clitoride, ancora e ancora, fino a che lei si rovesciò sul letto, divaricando ancora di più le gambe nell'urgenza di sentirlo dentro di sé. Le mani piantate ai lati della sua testa, lui la stuzzicava con la punta del pene, i fianchi che si muovevano appena. Lei voleva che la riempisse.

Quando finalmente cominciò a muoversi, abbandonò le braccia sopra la testa, offrendosi interamente al piacere che lui le procurava. Vi si smarrì, e venne in lente ondate, conscia di stare gridando ma senza preoccuparsene. Infinite volte erano stati costretti a scopare in silenzio, attenti a non farsi sentire, ma ora, nella casa vuota, si concesse di dare voce all'appagamento che nessuno tranne Heath era stato capace di darle.

Ancora e ancora fu trasportata sulla cresta dell'onda, e ne precipitò; ancora e ancora lui la condusse così in alto che lei pensò che avrebbe perso i sensi. O che sarebbe morta. Sì, non le sarebbe importato morire in quel momento, mentre lui la faceva venire. O forse era già morta, e quello era al tempo stesso l'inferno e il paradiso, quell'orgasmo che non accennava a finire.

Solo quando smise di tremare e fu nuovamente in grado di respirare, Effie aprì gli occhi. Heath era ancora sopra di lei, i tendini delle braccia visibili e tesi sotto la pelle. La bocca era socchiusa, quasi molle, ma lo sguardo acuto, fisso sul suo viso. La pugnalava, quello sguardo. Penetrante e intenso.

Senza prendere in mano il pene, lui riuscì comunque a ritrovarla, a penetrarla. Lei gemette nel sentirlo dentro di sé. Si mosse per toccarlo, ma Heath le sibilò a mezza voce di stare ferma. Immobile, le labbra serrate, la fissava.

«Ti prego» gemette ancora Effie. «Ti prego.»

Con un suono di gola, lui scivolò fuori quasi del tutto, poi la penetrò di nuovo. Piano, ma senza gentilezza.

Effie leccò il suo sudore che le stillava sul viso, perdendosi nel suo sapore.

La scopò come se dovesse durare per sempre. Ora ogni affondo bruciava. Lei non poteva venire, sarebbe stato impossibile, ma il dolore era di per sé un piacere, e lo cavalcò come aveva fatto con le onde del primo orgasmo.

Heath non si sdraiò su di lei, benché le braccia avessero preso a tremargli. Aumentò il ritmo, invece, con furia disperata e la frustrazione che gli alterava i lineamenti. Si fermò, alla fine, ma quando cercò di staccarsi, Effie gli imprigionò i polpacci con i piedi, bloccandolo.

Lo schiaffeggiò, leggermente la prima volta, poi con

più forza. Lo sguardo di lui ebbe un lampo. Di collera, ma anche dell'altra cosa, la cosa oscura che mai si dissipava fra loro. Così lo colpì ancora, e questa volta Heath proruppe in un'esclamazione che si spense sulla bocca di lei. Fu uno scontro di denti e lingue; un bacio brutale. Effie gli rastrellò il petto con le unghie, e lui le catturò il labbro inferiore tra i denti.

Si mossero insieme, ondulando i fianchi, finché lei non fu di nuovo all'apice. Con le mani Heath le afferrò i fianchi mentre spingeva con forza. Il bacio in cui lei lo attirò non conteneva dolcezza né affetto. Era amore e guerra al tempo stesso, e poi lui fece un ultimo affondo e gridò. Poi rimase immobile.

Con il fiato corto, Effie stirò le dita delle mani, lisciò i segni lasciati dalle sue unghie sulla pelle di Heath e si chinò a baciarli. Alcuni si sovrapponevano a quelli del loro incontro precedente. Un paio avevano sanguinato, e a quelli dedicò maggiore attenzione. Infine si staccò da lui e rotolò sulla schiena.

Heath rimase in silenzio a lungo prima di girarsi su un fianco, dandole le spalle. Effie, che aveva fissato il soffitto catalogando i punti dolenti del proprio corpo, ora attese un paio di istanti prima di accoccolarsi contro di lui.

«Puzzi» disse. «Hai bisogno di una doccia.»

Heath non si mosse, ma trovò la sua mano e se la posò sul petto. Effie respirava il suo odore. Lo leccò. Era intenso. Acre. Chiuse gli occhi. Si sarebbero addormentati così, se non fosse stata attenta. Quella notte, tuttavia, non era sicura che le importasse.

«Lo rivedrai?»

Era di Mitchell che parlava, ma avrebbe potuto trattarsi di Bill. Non aveva importanza. Non aveva bisogno di riflettere sulla risposta. «Sì. Se me lo chiede.»

«Gli dirai di me?»

C'era così tanto da dire su Heath, ma come rispondere a una simile domanda? Effie gli mordicchiò la scapola e non disse nulla.

«Lo farai?»

«No.»

«Non gli dirai niente? Nemmeno una parola?»

«La cosa non lo riguarda, ti pare?»

«È uno dei tuoi fan fuori di testa?»

Infastidita, lei si alzò a sedere. «Questo non è giusto. Sai bene che non andrei mai a letto con uno di loro.»

«Come lo hai conosciuto, allora?»

«LuvFinder.» Effie rise, provando per la prima volta imbarazzo. «Ho pensato di fare un tentativo.»

Heath sbuffò. «Sempre meglio che bazzicare bar e convention di assicuratori, immagino.»

Heath era tornato serio. «Allora» disse. «Questa volta è l'amore che cerchi?»

«Non è quello che facciamo tutti?» Effie parlò con disinvoltura, ma sapeva che la sua ammissione avrebbe cambiato tutto. Fino a poco tempo prima, si era limitata a esplorare. A valutare le proprie opzioni. A divertirsi. Più di recente, tuttavia, aveva dovuto riconoscere di essere in cerca di qualcosa di più, qualcosa di reale. Non era certa di riuscire a trovarlo con un uomo che non fosse Heath, ma che diavolo, valeva la pena tentare.

«Non tutti» la corresse lui. «Alcuni di noi hanno già trovato quello che vogliono e che vorranno sempre.»

Le passò un dito sulla guancia, lungo la mascella e il contorno delle labbra. Quando lei aprì la bocca come per morderlo, non si ritrasse, così Effie lo baciò.

«Voglio soltanto una storia normale» bisbigliò. Una confessione. Faceva bene dirlo ad alta voce, come estrarre l'ultimo frammento di una scheggia che ha suppurato sotto pelle. «È chiedere troppo? Essere come tutti gli altri?»

La risposta di Heath fu di alzarsi. Dandole le spalle, disse: «Effie, non sai ancora che nemmeno in mille anni potresti essere come tutti gli altri?».

Lei lo guardò raccogliere i vestiti e uscire. Rimase in attesa fino a che sentì chiudersi la porta di servizio. Allora si alzò e, nuda, andò in cucina a chiuderla a chiave.

. 8 .

«Mia madre dice che devo smettere di vederti.» Le parole uscirono più facilmente di quanto Effie avesse previsto. Si era esercitata davanti allo specchio in camera sua per un'intera ora, ma ora suonavano naturali, come se stesse chiedendo a Heath informazioni sul tempo. «Dice che non ci fa bene.»

Heath la fissava con i suoi grandi occhi infossati. Stava fumando. Puzzava di birra. Su uno zigomo spiccava un livido che non era stata Effie a procurargli. Suo padre, oppure una rissa, ma non un'altra ragazza. Non che avesse importanza; le faceva venire voglia di baciarlo e anche di schiaffeggiarlo forte, e poi di tenerlo stretto.

Senza una parola, Heath tirò fuori una canna dal giubbotto. Lo Zippo spuntò dalla tasca dei jeans, e nel vederlo a Effie si seccò la bocca. Quell'accendino era di *papà*. Non aveva mai realizzato che Heath lo avesse tenuto. Dopo tutti quegli anni, vederlo era ancora... dura.

«Di' qualcosa» intimò.

Con una stretta di spalle, Heath accese la canna e fece un tiro prima di offrirgliela. Lei sapeva che avrebbe dovuto rifiutare. L'erba neppure le piaceva; la rendeva sonnolenta e a volte ansiosa. Le ricordava quei giorni confusi, sfocati, nel seminterrato, quando nessuno dei due aveva la forza di alzarsi dal letto perché *papà* aveva somministrato loro qualcosa per impedirgli di tentare la fuga.

Però la canna era stata fra le labbra di Heath, ci sarebbe stato un accenno del suo sapore, forse l'ultima cosa che avrebbe avuto di lui.

«Non ha tutti i torti» disse Effie dopo un po'. Erano soli nel padiglione adibito ai picnic, ma il parco era ufficialmente chiuso, quindi stare lì era rischioso, ma stare con lui lo era sempre. «Sai che è così, Heath.»

«Mi odia.»

Effie scosse la testa, che già le girava. «Non è vero... sta solo cercando di proteggermi.»

A quelle parole, Heath prese la canna e la gettò via. «Da me.»

«Da tutto.»

«Dov'era lei mentre venivi trascinata sul retro di un furgone?» La voce di Heath era bassa, aspra. Tagliente. «O quando sei stata al buio per giorni e giorni, o quando hai rischiato di morire? Chi ti ha protetto allora?»

Era arrabbiato e lei non se la sentiva di biasimarlo. Ne capiva il motivo, ma capiva anche i timori dei suoi.

«Tuo padre cosa dice? Oh, già, lui fa quello che dice tua madre.»

Il tono di Heath si era fatto sarcastico e Effie si accigliò. «Magari ai tuoi non importa un bel niente di te» ribatté, «ma i miei sono diversi.»

Benché lui non si fosse scomposto, sapeva di aver toccato un punto dolente. Quella consapevolezza avrebbe dovuto spingerla a essere più dolce, ma c'era fra loro qualcosa di oscuro che le faceva venire voglia di ferirlo ancora di più. Era la cosa oscura di cui sua madre si preoccupava. E che a dirla tutta, spaventava anche Effie.

«Ho solo diciassette anni, Heath. Cosa vuoi che faccia? Che scappi di casa? Che viva in strada? L'anno prossimo andrò al college e voglio realizzare qualcosa di

buono. Non come te.» Alzò la voce e strinse i pugni.
«Pensi che io sia una nullità.»

Non era così. Anzi, Effie pensava che Heath fosse tutto. Era troppo per lei, e lei troppo per lui. Aveva solo diciassette anni, ma lo sapeva. Le ragazze della sua classe, le sue *amiche*, si preoccupavano di chi le avrebbe invitate al ballo di fine anno, e nessuna di loro aveva idea di cosa significasse amare qualcuno al punto che avresti potuto morire per lui. Letteralmente.

Heath si passò una mano fra i capelli scuri, corti come lei non glieli aveva mai visti. Le aveva detto che voleva riprendere i colloqui di lavoro. Senza un diploma, senza la speranza di poter tornare a studiare, le possibilità per lui non erano molte. Inserviente in una stazione di servizio. Magazziniere. Era passato un anno da quando erano usciti dal seminterrato e da allora Heath aveva perso o mollato una dozzina di impieghi. Sembrava incapace di reggere una situazione stabile. Tranne per quanto riguardava Effie.

«Devo andare» disse ora lei. «Ho detto a mia madre che andavo in biblioteca. Pensa che ti avrei scritto una lettera, non che lo avrei fatto di persona.»

«Perché non hai scritto, allora?» Heath cacciò le mani nelle tasche del giubbotto. Aveva la punta degli stivali sbucciata, e dal modo in cui scalciava la ghiaia non era difficile capire perché.

«Volevo vederti.»

Qualcosa di piccolo e speranzoso si accese nei suoi occhi, ma svanì subito. «Avresti dovuto scrivere. Sarebbe stato più facile.»

«Non m'importa che sia facile o meno» disse Effie.

Poi lui la baciò. Un bacio caldo che la lasciò senza fiato. Le sue mani su di lei, a coppa sui seni, poi sotto la gonna, alla ricerca della pelle nuda.

Il fine settimana precedente Effie era andata a un pigiama party con altre ragazze della scuola. Alle medie era stata molto amica con un paio di loro, ma ora non erano più così vicine. Avevano fatto il gioco della verità, e la domanda principale era sempre su chi *lo aveva fatto* e chi no. Non lo aveva fatto nessuna, e mentendo, Effie aveva sostenuto la stessa cosa.

«Ma io credevo...» aveva cominciato Wendy Manning, prima che Rebecca Meyers la zittisse.

Effie sapeva quello che pensavano tutte. Nell'anno trascorso dal suo ritorno a casa, le voci si erano diffuse a macchia d'olio. Ma *papà* non l'aveva mai toccata come pensavano le altre. Le aveva fatto molte cose, mai però quella. Dire di essere vergine era comunque una menzogna, ma davanti a quel gruppo di ragazze dalle facce solenni, Effie non era disposta a dire nulla di diverso. Loro ridacchiavano ancora quando parlavano di *toccarlo*, o di baci con la lingua. Nessuna di loro capiva un bel niente di sesso.

Ora, quando Heath le infilò una mano tra le gambe, lo allontanò. «No.»

Non lo aveva schiaffeggiato, ma era come se lo avesse fatto. Cupo in faccia, lui tornò ad allungare la mano, ma lei si sottrasse di nuovo. «Ho detto di no!»

«Non devi preoccuparti. Mi sono equipaggiato» disse Heath. «Questa volta staremo attenti.»

Effie torse le labbra in una smorfia sarcastica. «Vuoi che scopiamo qui, sul tavolo da picnic? Davvero di classe.»

«Voglio stare con te, e voglio che tu ti senta tranquilla, senza paura che succeda di nuovo qualcosa. Ma sai che se succedesse, mi prenderei cura di te.»

Effie saltò giù dal tavolo. Non voleva parlare di quello che era successo. Non voleva pensarci. «No.»

«Non mi ami» fu la reazione di Heath.

Era troppo. Dopo tutto quello che c'era stato fra loro,

solo ora voleva dirle che la amava? Cosa significava? Cosa avrebbe dovuto fare lei? Tutto era cambiato.

«Ti ho già detto quello che provo» esclamò aspra. «È facile amare qualcuno quando non si conosce altro.»

«Per favore, Effie...»

«No.» Lei alzò una mano, indietreggiando. «Non possiamo tornare indietro, Heath. Possibile che tu non lo capisca? Quello che ci è successo è stata una totale fregatura, okay? Ci è piombata addosso una vagonata di merda, ma ne siamo usciti, l'abbiamo superata e ora... ora è passata. Non puoi restarci aggrappato, non è normale. È... folle. E fra noi due è tutto un errore. Devi mollare il colpo. E lasciarmi andare.»

«Non credo di potere.»

«Non potere e non volere sono due cose diverse!» Effie avrebbe voluto schiaffeggiarlo, ma si accontentò di colpirlo con le parole.

Fra loro non c'era neppure la lunghezza di un braccio. Erano così vicini che riuscì a vedere una vena pulsare nella sua gola.

«Amarti non ha nulla a che fare con la possibilità di scelta» disse lui.

«Perché una scelta non l'abbiamo mai avuta!»

Questa volta Heath tacque.

Effie sollevò il mento. «Troverai qualcun altro da amare. Siamo ancora ragazzini. Non è alla nostra età che incontri la persona con cui vuoi restare per sempre.»

«Per me non c'è nessun per sempre senza di te» replicò Heath, e lei sapeva che diceva sul serio. «Se anche non dovessi più vederti, per me non ci sarebbe nessun'altra.»

Lei aveva scoperto il sesso, ma qualunque cosa avesse creduto di sapere dell'amore, si disintegrò in quel momento, lasciandola spezzata a sua volta. In silenzio, scuotendo la testa, Effie indietreggiò. Tre, quattro passi e arrivò all'auto di suo padre. Un istante e stava guidando. Gli occhi fissi sulla strada, si chiese cosa sarebbe accaduto se fosse andata a schiantarsi contro un albero.

Slacciò la cintura di sicurezza. Posò il piede sull'acceleratore. Ma la verità era che Effie non era disposta a morire per amore. Non di nuovo. Né mai più.

Quando entrò in casa, i suoi la stavano aspettando, insieme a due agenti che nel vederla si scambiarono un'occhiata. Uno Effie lo conosceva; era quello che li aveva trovati nel seminterrato. Ricordava che le aveva tenuto la mano mentre aspettavano l'ambulanza.

«Che succede?» domandò mentre cercava di sottrarsi all'abbraccio avvolgente, disperato della madre.

«Stai bene» disse questa.

Suo padre si passò una mano sul viso. «Grazie a Dio.»

«Sto bene, certo. Ti ho detto che andavo in biblioteca, mamma.»

«Sappiamo che non eri in biblioteca» intervenne l'agente Schmidt, era questo il suo nome. «Eri con Heath Shaw al Long's Park.»

Effie respinse quasi con furia la madre. Il panico crebbe dentro di lei. «Dov'è? Gli è successo qualcosa?»

«Non dovrai più preoccuparti per lui» disse sua madre, ma Effie non la guardava nemmeno.

Suo padre fece un passo, ma si fermò quando lei scosse la testa. Effie guardava con durezza l'agente. Lui avrebbe dovuto capire, più di chiunque altro.

«Dov'è?» chiese.

«Heath ha tentato di togliersi la vita poco dopo che vi eravate separati. Un jogger lo ho trovato e portato al *Lancaster General Hospital*. Le sue condizioni sono stabili, ma sarà mandato per qualche giorno in una struttura psichiatrica dove potranno monitorarlo.»

«Ha cercato di uccidersi?» Effie quasi non si accorse della madre che le aveva afferrato un braccio e cercato di tirarla verso il divano. Non oppose resistenza. «Come?» domandò ancora.

«Si è tagliato.» La voce dell'agente Schmidt era gentile, e non staccava gli occhi dai suoi. «Sfortunatamente, non era chiaro se ti avesse o meno fatto del male. Ci ha detto che vi eravate visti, ma non che te n'eri andata incolume.»

«Certo che sono incolume! Heath non mi farebbe mai del male. Nemmeno in un milione di anni.» Questa volta Effie si sottrasse all'abbraccio della madre per nascondersi il viso fra le mani. La stanza cominciò a girare. Pensò che avrebbe vomitato sul tappeto.

«Comunque ora sei qui, a casa sana e salva. Non ci interessa altro.» L'agente Schmidt si avvicinò per stringerle una spalla. La guardò ancora una volta dritto negli occhi, poi estrasse di tasca un biglietto da visita che la costrinse a prendere quasi a forza. Le sue dita erano forti e calde. «Se dovessi avere bisogno di qualcosa, Effie, qualsiasi cosa, io ci sono.»

Nel corso della sua vita molte persone glielo avrebbero detto, ma solo alcune di loro avrebbero mantenuto la promessa.

. 9 .

Polly aveva portato a casa una grossa cartella strapiena di informazioni sul progetto di scienze della sua classe. Non era un'attività facoltativa. E sarebbe stato un incubo.

Effie, le mani macchiate dei colori con cui lavorava dal mattino, sventolò le dita, speranzosa. «Okay, dimmi alcune delle scelte che abbiamo a disposizione.»

«Testare il quantitativo di zucchero nelle bibite analcoliche. Allevare pulcini... oh...»

«No» disse decisa Effie. «Non se ne parla.»

Polly alzò gli occhi al cielo prima di riprendere a scorrere l'elenco con il dito. Con la piccola bocca serrata e una ruga a solcarle la fronte, assomigliava straordinariamente alla madre di Effie, e lei si sentì travolgere da un'ondata d'amore così forte che dovette spostarsi davanti al lavello. A volte Effie si chiedeva se nella sua ansia di non mostrarsi troppo attenta, troppo chioccia, non avesse in qualche modo rovinato la figlia.

Polly era misericordiosamente indipendente, per nulla incline alla sdolcinatezza e alle coccole. Ciononostante, non avere bisogno di qualcuno e non credere che quel qualcuno ci sarebbe stato nel momento della necessità, erano cose ben diverse, e se Polly non dava mai l'impressione di nutrire dubbi nei suoi confronti, erano moltissime le occasioni in cui la stessa Effie sentiva di essere un genitore alquanto manchevole.

Polly si fermò col dito su una riga. «Potrei coltivare piante in suoli diversi usando diversi tipi di acqua. Con l'acido, per esempio. Cose così.»

«Acido. Suona piuttosto pericoloso.» Parlando, Effie grattava via la vernice finita sotto le unghie. Stava lavorando a un pezzo su ordinazione e lo detestava, e quella era la ragione per cui non aveva ancora chiuso la giornata lavorativa quando Polly era rincasata. Di solito cercava di finire prima del suo ritorno, perché potessero passare un po' di tempo insieme.

«Non come, non so, un superacido o qualcosa del genere. Bicarbonato e roba così.»

«Il bicarbonato è un acido? Da quando?»

Polly alzò le spalle. «La progettazione di qualcosa che protegga un uovo e gli impedisca di rompersi quando lo tiri giù dal tetto?» propose.

«Dovresti salire su un tetto per gettare giù quell'affare?»

Polly sogghignò. «Forse.»

«Non va bene neppure questo. Tu sei la ragazzina che si è rotta una gamba inciampando in un'ombra sul marciapiede, ricordi? Non salirai su nessun tetto.» Appoggiata al piano di lavoro, Effie si asciugava le mani. «Perché non scegli qualcosa di facile e magari anche buono? Testare varie ricette di biscotti al cioccolato, per esempio, per scoprire come cambiano aggiungendo o eliminando un ingrediente?»

«È sull'elenco?» Polly abbassò gli occhi sui fogli.

«Non ne ho idea, ma dovrebbe esserci. Sarebbe divertente, e io potrei essere la tua prima assaggiatrice.»

«Tu non mangi i biscotti con le scaglie di cioccolato» le rammentò Polly con tranquillità, ma subito dopo la sua espressione cambiò. Portava sempre i suoi sentimenti stampati sul viso, e ora appariva all'improvviso triste e spaventata.

Effie sentì un tuffo al cuore. «Cosa c'è, Polly?»

«Meredith Ross dice... dice...» La ragazzina tirò un respiro profondo e non continuò.

Meredith Ross era una piccola, merdosa viziatella la cui madre era stata a scuola con Effie. Dolores Gonzales viveva a due case di distanza dai genitori di Effie, così che spesso si trovavano a camminare una dietro l'altra durante il tragitto tra casa e scuola. Effie, di fatto, aveva ricordi piuttosto vividi della nuca di Dolores. Non erano mai state amiche. C'era anche lei, il giorno in cui Effie era tornata a casa. Tutto il quartiere aveva partecipato alla festa di benvenuto... un'idea di suo padre, bontà sua. Le intenzioni erano buone e lui non si era reso conto di quanto sarebbe stato duro per la figlia trovarsi circondata da tanta gente.

Quella non era la prima volta che Polly si lamentava di Meredith. Una volta, quando Effie aveva otto anni e Dee dieci, questa si era presa gioco del suo vestito, e a quanto pareva, la figlia stava seguendo le sue orme. Ma tenne per sé quei pensieri e si costrinse a mantenere un'espressione neutra. Polly, infatti, sembrava sull'orlo delle lacrime.

«Cos'ha detto?» chiese invece.

La testa incassata nelle spalle, la ragazzina rimase in silenzio.

Quella reticenza non era da lei. Effie le si avvicinò, le prese le mani fra le sue. «Ehi. Spiegami cosa sta succedendo.»

Ora singhiozzi silenziosi, ma non per questo meno disperati, scuotevano Polly. Quando guardò la madre con occhi spalancati e pieni di smarrimento, a Effie si spezzò il cuore. D'impulso la attirò a sé, carezzandole i capelli biondi.

«Mamma, Heath è mio padre?»

Per un secondo Effie si irrigidì, ma fu questione di

un momento. «No» disse. «No, tesoro.»

«Meredith ha detto che Heath è tuo fratello, e che è anche mio padre! Tutte e due le cose!» C'era una nota quasi isterica nella voce di Polly e le sue guance si erano fatte cremisi.

«Oh, tesoro, no. Heath non è tuo padre. Ti vuole un gran bene, ma questo è tutto. E non è mio fratello.» Incespicò nel pronunciare quella parola. *Fratello. Sorella. Papà.* Si sforzava disperatamente di non pensare a Heath com'era un tempo, a dispetto di tutte le volte in cui era stata costretta a chiamarlo in quel modo. Afferrò una manciata di fazzolettini con cui asciugare il viso della figlia. «Perché Meredith dovrebbe dire una cosa simile?»

«Perché è una stronza!»

Soffocando una risata, Effie si sforzò di assumere un tono severo. «Polly.»

«È invidiosa perché io sono stata invitata alla festa di Sam Walsh, e lei no. È meschina, tutto qui. La mamma di Sam le ha detto che poteva invitare quattro amiche, e io sono una di quelle. Ma Meredith è andata su tutte le furie.» Polly tirò su col naso. «Così ha raccontato a tutti che Heath è tuo fratello e che io sono sua figlia. Ha detto che era una cosa illegale e disgustosa, e che probabilmente io ero deforme, perché è questo che succede quando fratelli e sorelle fanno dei figli insieme.»

Effie aveva la nausea. «Polly. No. Ti giuro che Heath non è mio fratello. Se lo fosse, allora Nana sarebbe sua madre, giusto?»

A Polly colava ancora il naso, ma ora aveva l'aria più sollevata. «Già. E lui a Nana non piace.»

«Infatti.» Non avrebbe avuto senso mentire su quel punto.

«Ma quando eravate più piccoli è successo qualcosa»

riprese Polly, più sicura e tranquilla di prima.

Effie esitò. Non aveva mai parlato alla figlia di ciò che le era accaduto nel periodo compreso fra i tredici e i sedici anni. Pensava di aspettare a quando fosse stata più grande, ma non ora, che ne aveva appena undici. Non si era mai presentata la necessità di entrare nei dettagli, e anzi, a pensarci, era sorprendente che fino a quel momento nessuno avesse mai detto alcunché in proposito.

«Sì. Ed è per questo che a Nana non piace» si decise finalmente a dire.

«È una cosa successa a te e a Heath insieme?»

Effie annuì. «Sì.»

La fronte di nuovo corrugata, Polly giocherellò con l'orlo della gonna prima di decidersi a guardarla. «Meredith dice che l'unico motivo per cui vendi i tuoi quadri è che quelli che vanno in rete sono tutti pervertiti.»

«Meredith Ross farebbe bene a tenere la bocca chiusa, e così sua madre.» Con uno sforzo, Effie si costrinse ad abbassare la voce. «Non darle ascolto, va bene? È solo una marmocchia viziata e invidiosa. E non devi preoccuparti per i miei dipinti né per nient'altro. Sforzati di essere una Polly sempre migliore e ignorala.»

Pur non completamente calma, la ragazzina annuì. Effie la abbracciò di nuovo, poi tenendola per le spalle, la scrutò in viso. «Se Meredith dovesse crearti altri problemi, dimmelo, va bene? Parlerò con l'insegnante.»

«No!» Polly parve di colpo allarmatissima. «Mamma, no, non farlo. Mi darebbero della spiona.»

«Racconta a tutti queste idiozie?»

La ragazzina fece un cenno di diniego. «Non credo. E se lo ha fatto, spiegherò a tutti che non è vero. Perché non lo è, giusto?»

«Giusto.»

Ancora arrabbiata ma decisa a non darlo a vedere,

Effie esaminò con la figlia qualcuno dei progetti, cercando di individuarne uno fattibile. Infine, con l'assicurazione che avrebbero fatto una scelta in un altro momento, la spedì a guardare la TV per un'ora prima della cena.

Quando il cellulare vibrò, rispose senza nemmeno guardare il display. Convinta che si trattasse della madre o di Heath, si preparò a lanciarsi in una tirata contro le ragazzine bullette, ma il suono di una voce maschile la bloccò. «Oh. Mitchell. Salve.»

«Ciao, Effie. È un brutto momento?»

Lei guardò l'acqua che bolliva nella pentola; aveva in mente di preparare maccheroni e formaggio. «Sto solo preparando un banchetto per mia figlia e me. Come stai?»

«Bene, bene. Ho pensato di chiamarti per vedere se magari avevi voglia di fare due chiacchiere.»

Effie esitò. «È che al momento sono un po' presa. Più tardi, magari?»

«Oh, sicuro. Cena e tutto quanto. Bello. Avrei dovuto pensarci.» Mitchell rise piano. «A forza di stare solo, finisci per dimenticare cose come i pasti a ore regolari.»

Lei ne dubitava. Mitchell non le aveva dato l'impressione di essere uno di quegli uomini che sopravvivevano grazie a pizza e pasti precotti. Stava forse sollecitando un invito a cena? Era questo il problema quando si usciva con qualcuno, pensò. Era infinitamente più complicato che portarsi a casa un tizio conosciuto in un bar e al mattino spedirlo per la sua strada via con un numero telefonico a cui mancava una cifra, perché non potesse rintracciarti.

«Sono stato benissimo con te, e ci tenevo a dirtelo» riprese Mitchell.

«Anch'io.»

«Allora... a dopo. Non vedo l'ora.»

«Anch'io» ripeté meccanicamente Effie, poi rimase a fissare il telefono muto. Non aveva assegnato a Mitchell una suoneria speciale e neppure aggiunto una sua foto, così che per il momento lui non era altro che un'anonima sequenza di numeri.

«Dagli una possibilità» mormorò a se stessa. «È quello che vuoi.»

Qualcosa di carino, di tranquillo. Qualcosa di normale. Ecco cosa stava cercando.

Oppure no?

A cena Polly fu taciturna, e niente di quanto Effie disse riuscì a strapparle un sorriso. Evidentemente, era ancora turbata da quanto era successo con Meredith, così dopo mangiato, Effie la mandò in camera a fare i compiti.

Poi andò al telefono.

«Dee?» Il vecchio nomignolo le salì alle labbra prima di pensare che forse Dolores lo aveva abbandonato da tempo. Poi decise che non le fregava un bel nulla di come l'altra voleva essere chiamata. «Sono Effie. La madre di Polly. Tua figlia è nella sua classe.»

«Naturalmente so chi sei, Effie.» La voce di Dolores era spumeggiante, come se quel giorno avesse deciso di anticipare l'ora del cocktail. Nulla di strano, perché il marito l'aveva mollata anni addietro per una donna più anziana di lei.

Ma forse il suo non era un pensiero gentile.

«Andrò dritta al punto, Dee. Tieni il becco chiuso su mia figlia, le tue speculazioni sull'identità di suo padre, e su Heath.» Effie si fermò solo il tempo per tirare il fiato. «Sai maledettamente bene che non è mio fratello. E anche se non sono affari tuoi, non è neppure il padre di Polly. Pulisci bene casa tua, prima di cominciare a ficcare il naso nella mia.»

«Ma...» balbettò l'altra. «Un momento. Cosa stai dicendo?»

«Mia figlia ha undici anni. Dovrebbe preoccuparsi della ricerca di scienze, e dei jeans che diventano corti troppo in fretta.» Effie sorrise, sicura che Dee lo avrebbe percepito. «Ha intorno a sé un sacco di gente che le vuole bene e non ha mai sofferto perché non sapeva chi avesse donato lo sperma che le ha permesso di venire al mondo.»

«Oh.» Ora Dee sembrava confusa. D'altro canto, rammentò Effie, non era mai stata la più brillante del mazzo. «Non sapevo che fossi ricorsa a un donatore.»

Effie sospirò. Era rimasta incinta nel più tradizionale dei modi, e la sua aveva voluto essere una battuta sarcastica. «Gesù, Dee, non sono affari tuoi, d'accordo? E in ogni caso, perché dire a tua figlia una cosa simile? Nemmeno i miei dipinti ti riguardano; cosa cambia per te chi li compra o li pubblicizza?»

Silenzio. Effie attese. Poi Dee tirò di nuovo su col naso.

«Mi dispiace» disse. «Ma non ho detto nessuna di queste cose a Meredith. Deve averci sentito mentre parlavamo.»

«*Chi* ne parlava?»

«Amiche, direi.» Questa volta il piccolo suono emesso da Dee voleva essere di scusa. «L'argomento è saltato fuori all'ultima riunione delle mamme a cui ho partecipato. Suppongo che Meredith ci abbia sentite...»

Non era la prima volta che Effie sapeva di essere oggetto di conversazione. Dopo il suo ritorno, in tanti fra reporter e cacciatori di curiosità l'avevano avvicinata sperando di strapparle un pezzo della sua storia. In seguito alla *débâcle* del party di benvenuto, suo padre aveva impedito qualsiasi contatto, ma dopo la sua morte alcuni erano riusciti a procurarsi il suo recapito di posta elettronica e l'avevano contattata, invece di limitarsi a postare idiozie voyeuristiche in quello stupidissimo, maledetto forum destinato ai fuori di testa che amavano collezionare cimeli di vittime del crimine. A Effie era stato offerto del denaro per comparire in un documentario, ma lei aveva rifiutato.

Aveva lo stomaco sottosopra e una gran voglia di un drink, qualcosa di forte. Si accontentò di fare un paio di respiri profondi. «E comunque perché spettegoli sul mio conto?»

Dee emise un altro di quei piccoli, strani rumori. «Mi hanno fatto delle domande. Alcune delle mamme; credo che avessero scoperto che siamo state a scuola insieme, e quando hanno saputo che Andrews sta per uscire sulla parola...»

«Un momento! Che cazzo...» Effie si irrigidì, le dita che stringevano convulsamente la cornetta.

«Suppongo che sia stato lanciato l'allarme, sulla possibilità che un molestatore sessuale venga a vivere da queste parti. Tu sai dove si trova casa sua.»

Effie deglutì. In bocca aveva un sapore amaro. «Lo so, sì.»

La stessa casa. Dopo l'arresto, era passata ai figli, che per quanto ne sapeva, non l'avevano mai venduta. Sembrava tuttavia che nessuno ci avesse mai abitato, e ogni volta che ci era passata davanti... qualcosa che faceva in gran segretezza... l'aveva sempre vista deserta, con l'erba del prato troppo alta e il vialetto disseminato di vecchi volantini pubblicitari. A Halloween, nessuno dei ragazzini del posto ci gironzolava intorno, né inghirlandava di carta igienica gli alberi del giardino. La casa stessa si era guadagnata una sua reputazione.

«Be'.» Dee tossì. «È a solo un paio di isolati da dove abito adesso. Sarà lì che vivrà quell'uomo, se lo rilasciano. Quindi, hanno fatto girare una petizione per impedire che un pedofilo venga a stare in mezzo a noi.»

«Non credo che si possa impedirgli di tornare in una casa di sua proprietà» bisbigliò Effie. «Poco importa quello che ha fatto.»

Per qualche istante Dee rimase in silenzio; solo il suono del suo respiro era udibile. «Non ho mai detto che Heath fosse tuo fratello» disse infine. «Solo che Andrews obbligava tutti e due a chiamarlo *papà*. È la verità, no? E dopotutto loro non vivevano qui quando è successo. Non ricordano le voci che circolavano.»

«Oh, Dio. Già... non è una fortuna per loro aver trovato te disposta ad aggiornarle?» Effie aveva chiuso gli occhi. Tutte quelle donne in pantaloni da yoga e tagli di capelli identici e identici sorrisi. Non si era mai trovata bene con loro, e ora sapevano tutto della... della cosa peggiore che le fosse mai capitata. Ma non era questo a turbarla di più. «Ma, Dee, quando tutto questo tocca mia figlia, io mi arrabbio sul serio.»

Passò un lungo minuto prima che l'altra bisbigliasse: «Mi dispiace. Sono solo preoccupata che quell'uomo esca e venga a vivere così vicino, tutto qui».

«Non lascerà il carcere.» Questo le aveva detto Bill, un'infinità di volte, e lei poteva crederci o vivere ogni istante della sua vita nel terrore che accadesse.

«Be', c'era qualcosa su Internet...»

«Sono voci che circolano ogni volta che lui presenta istanza per la libertà sulla parola, ma non succederà. È stato condannato a due ergastoli non cumulabili per sequestro di persona, crudeltà verso minori, atti osceni e un bel po' di altra roba. Non uscirà mai.» La risata di Effie suonò aspra, amara. «Quindi di' a quelle stronzette delle tue amiche di non friggersi il cervellino preoccupandosi. E di' a tua figlia di stare alla larga dalla mia.»

«Le parlerò» disse Dee.

«Grazie.» Effie esalò un lungo respiro.

«Pensavo... magari ti farebbe piacere partecipare al nostro gruppo di mamme...»

La voce dell'altra si spense, ma Effie non disse nulla. La sola idea bastava a inquietarla. Quando Polly era più piccola e lei lottava per conciliare la scuola e due diversi lavori, aveva occhieggiato spesso con invidia quelle mamme tutte in *pendant*, con i loro passeggini eleganti e gli abiti firmati. Il modo in cui sembravano sapere tutto su come tenere i figli puliti e sempre in ordine apparentemente quasi senza sforzo. Quanto a lei, c'erano giorni in cui trovare due calzini uguali le appariva un'impresa paragonabile al viaggio di Frodo a Monte Fato.

«Perché possiate criticarmi guardandomi in faccia invece che dietro le spalle? No, grazie.»

Dee sospirò. «Ho detto che mi dispiace. E ti ho spiegato che sono state loro a farmi delle domande. E poi, è tutto in rete, no? Insomma, Effie, ne hai fatto il tuo lavoro. Pensi davvero che la gente non ne parli?»

Effie sapeva bene che le quotazioni dei suoi quadri scaturivano dal passato. Sapeva che la sua storia era di dominio pubblico. Stancamente, si strofinò il ponte del naso.

«Senti... stai soltanto un po' più attenta, va bene? E di' a tua figlia di non molestare la mia.»

Passò qualche secondo prima che Dee dicesse: «È cambiata da quando il padre se ne è andato. So che negli ultimi tempi è stata una grossa seccatura per alcuni compagni, ma la verità è che si sente tagliata fuori. Forse, se tu chiedessi a Polly di essere un po' più carina con lei, che so, coinvolgerla in qualcosa...».

«Mi stai chiedendo di dire a mia figlia di fare amicizia con la tua?»

Effie stava pensando agli aneddoti sulle tattiche da bulla di Meredith che Polly le aveva raccontato.

«Aveva un sacco di amici» stava dicendo Dee. «E ora è una specie di paria. Pensa che tutti si prendano gioco di lei perché suo padre è andato via.»

«No. È perché mette in circolazione pettegolezzi sgradevoli e prende in giro gli altri.»

Dee soffocò un colpo di tosse. «Ragazzine come Polly... se lei fosse carina con Meredith, gli altri la imiterebbero.»

Effie alzò gli occhi al cielo. «A essere sincera, dubito che funzioni così. Non è Polly quella che si comporta male, sai.»

«Lo so.»

La conversazione non stava andando come Effie aveva previsto, e la sua giusta collera svaniva pian piano davanti alle scuse e all'intercessione di Dee per la figlia, sola e socialmente isolata. «Parlerò a Polly» capitolò.

«E io parlerò a Meredith. E, Effie... se preferisci non unirti al gruppo delle mamme, magari un giorno potremmo vederci per un caffè. Mi dispiace davvero tanto, non ho mai avuto intenzione di fare qualcosa di male. È facile dimenticare che dietro un pettegolezzo c'è una persona vera. Dammi la possibilità di rimediare.»

«Certo» si sentì dire Effie, sorpresa. «È un'ottima idea.»

Dee sembrava contenta. «Fantastico. Ti chiamo la prossima settimana.»

Interrotta la comunicazione, Effie infilò il cellulare in tasca. Salì per dare la buonanotte a Polly, ma la figlia dormiva già. Guardandola, si sentì sopraffare da un'altra ondata d'amore, così intensa da farle venire voglia di piangere.

Fu solo più tardi, quando già scivolava nel sonno,

che ricordò. Non aveva richiamato Mitchell. Si girò per guardare il cellulare: troppo tardi. In ogni caso, non era con lui che avrebbe voluto parlare. Cominciò a digitare il numero di Heath, ma prima che si stabilisse il collegamento lo cancellò.

. 10 .

Mentre serviva il caffè al padre, Effie si sentiva straordinariamente adulta, ma certo non matura. Neppure con il leggero rigonfiamento del ventre, visibile sotto l'orrendo abito prémaman. Nonostante non facesse niente per nascondere la gravidanza, non ne aveva ancora discusso apertamente con il padre.

Lui prese la tazza e la posò sul tavolo. «Non sei tenuta a stare qui, lo sai, vero? Tua madre...»

«Si è espressa con molta chiarezza.» Effie sorseggiava un bicchiere d'acqua ghiacciata, l'unica cosa che il suo stomaco tollerava in quei giorni.

Suo padre sospirò. «È dispiaciuta.»

«Ne sono sicura.» Effie scuote la testa. «Ma qui sto bene. Sul serio.»

«Se quel ragazzo si facesse avanti per assumersi le sue responsabilità...»

Lei lo zittì alzando una mano. «Il bambino non è di Heath. L'ho detto alla mamma. Ma lui è disposto a ospitarmi, e questa è la mia migliore opzione. Sarà fantastico.»

Come sempre dal suo ritorno a casa, c'era un silenzio impacciato nello spazio temporale in cui un tempo lei lo avrebbe chiamato papà. Non riusciva più a farlo; era come se quel termine avesse perso di significato. Non poteva mettersi improvvisamente a chiamarlo Pop o in qualche altro modo. Così non lo chiamava affatto, e la cosa era palese e imbarazzante, ma nessuno dei due vi fece mai cenno.

«È quello che credi, lo so.» Suo padre si accigliò. «Capisco.»

Effie sospirò, un sospiro molto simile a quello di lui. «Non è vero.»

Non era questo il genere di conversazione che una ragazza avrebbe dovuto avere con il proprio padre. Implica traumi e cose orribili. Anche il sesso, che non era stato né orribile né traumatico, nonostante l'avesse catapultata in quella delicata situazione, quando lei avrebbe dovuto saperne molto più di altre.

Suo padre sospirò di nuovo, e sembrava perfino più vecchio di quando Effie era tornata a casa ed era rimasta scioccata nel vedere quanto fosse cambiato nei tre anni della sua assenza. Il suo sorriso le fece ricordare quando, da bambina, il sabato lui la portava al negozio di ferramenta a guardare gli attrezzi. Lui era il genere di padre che tutte le ragazze sognavano, quello che si commuove quando ballate insieme al tuo matrimonio. Non che lei contasse di sposarsi presto.

«Il padre. Non rientra nel quadro?»

Effie scosse la testa. «No. Lui non lo sa.»

«Potresti tornare a casa. Ci prenderemmo cura di te.»

Sembrava sincero, e Effie gli credette. Ma... «Ho quasi diciannove anni. Studio, lavoro, e sto per avere un bambino. Vivere con Heath mi è d'aiuto. Staremo bene. Non ho bisogno di tornare a casa. Non posso farlo.»

«Perché no? Per via di tua madre? È solo che vive male quello che è successo. Sai che le piace parlare. Ma questo è tutto. Lo supererà. Lo sai anche tu.»

«Non è per la mamma. È perché io ora non sono più una bambina.»

«Sei pur sempre nostra figlia. Sarai sempre la nostra bambina. Effie, la mamma e io vogliamo aiutarti, tutto qui.» Suo padre prese la tazza, ma tornò a posarla senza aver bevuto nemmeno un sorso. Sospirò ancora.

Da parte sua, Effie avrebbe voluto rendergli le cose più facili, ma non sapeva come. «È la cosa migliore per me» disse.

«Vivere in un tugurio, lavorare e andare a scuola con un bambino in arrivo? Vivere con un tizio che a malapena riesce a tenersi un lavoro? Non fraintendermi, apprezzo quello che sta facendo, se davvero il bambino non è suo...»

«Non lo è.» Il tono di Effie era aspro. «E lui lo sa. Quindi è giusto che tu lo apprezzi, e non solo per questo. Heath lavora sodo.»

«Non ha fatto che entrare e uscire da ospedali psichiatrici, Effie.»

«Solo una volta.»

«Una volta è già troppo.»

«Meglio che entrarci e non uscire più.» Ora non le importava di ferire i sentimenti del padre. «Heath è incasinato? Sì. E lo sono anch'io.»

«Lo capisco. Insieme avete vissuto un'esperienza terribile.»

«Proprio così» mormorò Effe. «Insieme. E insieme affronteremo anche questo.»

«È buono con te?»

Non era la domanda che lei si aspettava. Colta di sorpresa, annuì. «Sì.»

Suo padre si alzò. «D'accordo, allora. Non posso prometterti nulla per quanto riguarda tua madre, ma... mi sforzerò di dargli una possibilità. Se però dovessi avere bisogno di qualcosa, qualsiasi cosa, vieni da me, okay? Sono ancora tuo padre, Effie, e ti voglio bene.»

«Ti voglio bene anch'io, pa... papà.» La parola le uscì a fatica, ma abbracciò il padre a lungo e con forza.

Poi lui si staccò e la allontanò da sé per guardarla. Le posò una mano sul ventre, sorridendo. «Scommetto che è una femmina» disse. «E sarà bella come te.»

. 11 .

Effie sentiva la mancanza del padre ogni giorno, ma c'erano momenti in cui il dolore si acuiva. Quella sera, nell'affollato auditorium della scuola media, stretta fra la madre e Heath, lui le mancava moltissimo. Avrebbe di sicuro portato dei fiori per Polly, anche se faceva soltanto parte del coro. E sarebbe stato in prima fila, ad applaudire fino a spellarsi le mani. Saggiamente, non disse niente di tutto questo alla madre, già supremamente a disagio per il fatto che Heath fosse arrivato tardi e, per lei, inaspettato.

«Stacey» fece Heath con un cenno e un sorriso così accattivante che persino Effie lo giudicò autentico. «Un disastro parcheggiare» le sussurrò lui all'orecchio. «Mi dispiace.»

«È okay. Sei arrivato prima dell'inizio; è quello che conta.» Poi, cogliendo l'espressione acida della madre, Effie si assestò più saldamente tra i due.

Quando, pochi minuti dopo l'inizio della rappresentazione, Heath le prese la mano, la lasciò nella sua per almeno un minuto prima di ritirarla delicatamente. Finse di averlo fatto per prendere un fazzolettino dalla borsa, ma non era facile ingannare Heath. Dannazione, pensò, lui non avrebbe dovuto insistere per trasformarli in una coppia quando non lo erano. La metteva in una situazione sgradevole, facendola passare per il cattivo della situazione. E lo sapeva.

Si rifiutò di ricambiare il suo sorriso, e alzando gli occhi al cielo, Heath riportò l'attenzione sul palcoscenico. Tre ore e un intervallo di quindici minuti dopo, lo spettacolo era terminato. Nell'atrio della scuola, Polly si precipitò verso di loro.

«Mamma, vanno tutti a prendere un gelato da Buster. Posso andare anch'io?» Aveva ancora l'eyeliner e il fard, e nel vederla come sarebbe stata di lì a pochi anni, da adolescente, Effie sentì una fitta al cuore.

«Posso accompagnarla io» si offrì sua madre. «Ho un paio di commissioni da fare al centro commerciale. Posso sbrigarle mentre lei è con i suoi amici e poi portarla a casa.»

Effie esitò. «Sei sicura?»

«Sicurissima.» Sorridendo, l'altra passò un braccio intorno alle spalle di Polly. «Non è affatto un disturbo.»

Era anche un modo per escludere Heath, e Polly fu la sola a non capirlo. Heath lo comprese più che bene, ma si comportò come se non gli importasse. Effie lanciò alla madre un'occhiata che l'altra finse di non vedere; ciononostante, respingere la sua offerta avrebbe significato penalizzare Polly.

«Dammi le tue cose, le porto a casa io» disse alla figlia. E rivolta a Heath: «Pensi di restare ancora qualche minuto o...?».

«Aspetto che torniate. Voglio dire una volta ancora alla mia ragazza quanto è stata brava.» Heath arruffò scherzosamente i capelli di Polly prima di pescare nella tasca interna della giacca un unico garofano un po' acciaccato. «Ecco, Polly. Dopo un'esibizione bisognerebbe sempre ricevere dei fiori.»

Fiori. Effie sbatté le palpebre, commossa, e guardò la madre con un'espressione troppo trionfante per essere appropriata. Polly, intanto, si era già avviata lungo il corridoio in direzione dell'aula di musica e lei la seguì facendosi largo tra capannelli di ragazzini sovraeccitati. Il frastuono era assordante. Paziente, attese che Polly radunasse la sua roba e gliela ammucchiasse fra le braccia.

«Tesoro» disse allora. «Volevo solo dire che sei stata... straordinaria.»

«Era solo una parte nel coro. Ho anche sbagliato durante l'unico ballo.»

«Sei stata sorprendente» ripeté Effie.

Polly sorrise, e la abbracciò, stringendo così forte da schiacciare la borsa dei libri in mezzo a loro. Effie rise. «Ora vai, o farai tardi.»

Una ragazza bruna, troppo truccata perfino per il musical della scuola, si fermò accanto a loro. «Vai da Buster?» chiese.

«Sì.» Polly esitò un momento. «Vuoi venire?»

L'altra sorrise annuendo. «Sì, be', mia madre ha detto che potevo. Pensavo di non andare, ma...»

«No, devi proprio venire. Andiamo tutti.» Polly attese che la ragazza non fosse più a portata d'orecchio prima di indirizzare a Effie un'occhiata piena di sofferenza. «Meredith.»

«Wow. Non l'avevo riconosciuta.»

«Si è imbottita il reggiseno.» Il tono di Polly diceva esattamente come la pensasse su quel piccolo stratagemma, e Effie represse a fatica una risata. Quando tornarono nell'atrio, salutò la figlia con un abbraccio, e ignorando le proteste allungò alla madre una banconota per il gelato. Solo quando le due furono uscite, si guardò intorno alla ricerca di Heath. La folla si era ridotta drasticamente e con il suo metro e novantaquattro, lui di solito superava tutti di una testa. Forse nonostante quanto aveva detto, se n'era andato. Effie si buttò in spalla la sacca di Polly e prima di uscire nella notte gelida controllò di avere le chiavi. Scorse Heath appena varcato il portone. Avrebbe dovuto immaginare che era uscito a fumare. «Ehi. Ciao.»

Lui non era solo. La bionda che gli stava di fronte portava tronchetti con il tacco a spillo, jeans skinny e una giacca di pelle troppo stretta che non doveva tenerle molto caldo a giudicare da come tremava e spostava il peso del corpo da un piede all'altro. Gettò i capelli all'indietro nel vedere Effie, ma Heath impiegò qualche secondo in più a voltarsi.

«Ehi» ripeté Effie. «Io vado.»

«Salve, Effie. Sono Lisa Collins. Mio figlio Kevin era in classe con Polly. Si occupava dello zoo.» La bionda spense la sigaretta e tese una mano che Effie prese solo perché sarebbe stato scortese non farlo.

«Oh, certo. Lo scorso anno, giusto? Con il signor Binderman.» Effie non ricordava di avere mai incontrato prima Lisa Collins, ma questo naturalmente non significava nulla. Lanciò un'occhiata incuriosita a Heath, che si cacciò le mani in tasca, mentre il suo sguardo passava dall'una all'altra. *Oh*, pensò allora. *Oh, merda.*

«Be', io scappo» disse in fretta. «È fantastico che sia venuta così tanta gente, vero?» Rivolse un cenno a Lisa e uno sguardo neutro a Heath, quindi si allontanò diretta alla sua auto.

Impiegò un minuto buono a infilare la chiave nell'accensione. Non stava cercando di vedere se Lisa e Heath andavano via insieme. Certo che no. Ma se avesse guidato *molto* lentamente, forse sarebbe riuscita a...

No, si disse subito dopo. *Diavolo no. Non ti comporterai come un'idiota gelosa.*

Heath aveva tutti i diritti di flirtare, uscire o scopare chi voleva. Lei stessa lo aveva espresso con molta chiarezza; e in ogni caso, non sarebbe stata la prima volta. Per qualche tempo, una certa Teresa era stata addirittura la sua ragazza fissa. Era gentile con Polly e rispettosa senza essere ossequiosa con Effie. Non era durata molto, nemmeno un anno, e Effie non aveva mai chiesto chi fosse stato dei due a rompere, ma certo la rottura non l'aveva rattristata.

Ma lei e Heath non stavano insieme. Non in quel senso. *Quindi buona fortuna, Lisa*, pensò entrando nella fila di auto che aspettavano di lasciare il parcheggio. Compì tutto il tragitto senza una lacrima né un singhiozzo.

Riuscì perfino a entrare in casa.

Lì, si versò un bicchiere di vino e appoggiata al piano di lavoro attese che la gelosia le piombasse addosso. Sarebbe successo. E se lo meritava.

Aveva bevuto solo qualche sorso quando la porta di servizio si spalancò. Sussultò, sorpresa, e un po' di vino si rovesciò sulla camicetta. «Che diavolo...»

«Scusa. Ti ho mandato un messaggio, ma non hai risposto.» Heath le tolse di mano il bicchiere e lo vuotò prima di inchiodarla al piano di lavoro. «Quanto tempo abbiamo prima che tornino tua madre e Polly?»

Effie gli posò le mani sul petto per allontanarlo. «Tu. No. Non è così... no.»

Distolse il viso per schivare il suo bacio, ma questo non bastò a fermarlo. Le leccò il collo, invece, poi lo mordicchiò.

«Dannazione Heath. Perché cavolo...»

Lui rise prima di staccarsi. «La tua espressione. Quando l'hai vista. La tua fottutissima espressione, Effie.»

E di colpo lei non fu più gelosa. Giustificata, piuttosto, anche se non lo avrebbe mai ammesso. E furiosa, e questo sì, lo avrebbe dato a vedere. «Sei un idiota» disse.

Heath aggrottò la fronte. «Oh, avanti.»

Effie aprì il frigo per versarsi un altro bicchiere di vino. Non gliene offrì. «Cercare di farmi ingelosire è una cosa da idioti» disse finalmente.

«Tu lo fai di continuo.»

«No.» Lei si girò di scatto a guardarlo. «Non è affatto vero. Non cerco di farti ingelosire. Cerco di andare avanti e vivere la mia cazzo di vita, Heath, e di farlo con onestà. C'è un bel po' di differenza.»

«Sono uscito a fumare, e lei era lì. Si è messa a civettare. Non sono stato io a cominciare per farti ingelosire. Ma è successo?» Sembrava arrabbiato ma anche speranzoso.

Senza rispondere, lei gli passò accanto e percorse il corridoio fino in camera sua. Entrò, chiudendo la porta dietro di sé. Le tremavano le mani e non voleva che lui se ne accorgesse. Cominciò a slacciarsi la camicetta, ma alle sue spalle la porta si aprì. «Mi sto cambiando. Fuori.»

«Non sarebbe la prima volta che ti vedo nuda.» Heath cercava ancora di alleggerire l'atmosfera.

Effie sollevò il mento. «Fuori, ho detto.»

«Se vuoi davvero che me ne vada, allora lo farò.» I suoi occhi si posarono brevemente sulla pelle nuda al di sopra del reggiseno.

Effie riprese a sbottonarsi. Lentamente. «È quello che ho detto, no?» La camicia scivolò a terra, lasciandola con indosso la graziosa gonna vintage e il reggiseno di pizzo dal taglio decisamente più moderno. Senza mai staccare gli occhi da lui, si posò le mani sui fianchi, sporgendo in fuori il seno. «Fuori» ribadì. «Voglio fare una doccia.» Fece scorrere la cerniera della gonna, che andò a raggiungere la camicia. «Fuori» ripeté un'ultima volta. «Oppure inginocchiati.»

Sapeva cosa Heath avrebbe scelto, ma si scoprì a trattenere il respiro finché non lo vide cadere sulle ginocchia e scivolare lungo il pavimento fino a lei. Un giorno avrebbe potuto dire di no. Poteva accadere, lo sapeva ma non era accaduto quella volta, e già lui le sfiorava con le dita le caviglie e i polpacci. Quando risalì fino alle cosce, lei cambiò posizione e aprì le gambe.

Fu un suono di voci a fermare Heath. Alzò la testa per guardarla, e Effie gli passò una mano fra i capelli. «Sono tornate» sussurrò. «Vado a fare la doccia.»

Nel box, aprì l'acqua fredda e si costrinse a restare sotto il getto gelido fino ad averne la mente intorpidita. Solo allora si asciugò e infilò un pigiama comodo e la sua vestaglia pelosa.

Sorpresa, scoprì che Heath non se ne era andato. Sua madre invece sì, e lui e Polly erano in cucina con davanti enormi porzioni di gelato sormontato da sciroppo al cioccolato.

Effie si fermò sulla porta. «E Buster?»

Polly agitò il cucchiaino. «C'era troppa gente e certi ragazzi facevano un sacco di storie per non dividere i tavoli, così ho detto a Nana di portarmi a casa. Non ha voluto fermarsi; ha detto che doveva far uscire Jakie.»

«E io le ho preparato un gelato molto migliore di quello di Buster» interloquì Heath. «Ne vuoi uno anche tu?»

Effie si posò una mano sullo stomaco. «No. Credo che mi preparerò un tè caldo. Ne... ne vuoi un po'?»

Avrebbe chiesto a Heath di andarsene, ma Polly avrebbe fatto domande e probabilmente insistito perché lui restasse. E poi c'era la promessa di portare a termine quello che avevano iniziato, una volta che sua figlia si fosse addormentata.

Dopo il tè giocarono qualche mano di Uno con Polly, che a forza di moine aveva ottenuto di restare alzata fino a tardi perché era venerdì. Quando Heath calò una carta su quella di Effie e le estrasse entrambe dalla pila con un'esclamazione di trionfo, la ragazzina scosse la testa. «Questo nel regolamento non c'è. L'ho fatto anch'io da Sam, e lei ha detto che non si gioca così.»

Heath si strinse nelle spalle, sbirciando Effie. «Noi lo facciamo.»

Avevano giocato a Uno per ore, nel seminterrato. E avevano creato le loro regole.

Effie guardò la figlia. «Un sacco di gente stabilisce le proprie regole, Polly. E adesso è tardi. Ora di andare a letto.»

«Coraggio» fece Heath, «vengo io a rimboccarti le coperte.»

Polly alzò gli occhi al cielo. «Non ho bisogno che mi si rimbocchino le coperte. Figurarsi.» Ma fece il giro del tavolo per andare ad abbracciarlo, e lo strinse con forza.

Effie li osservò in silenzio prima di alzarsi per mettere le tazze nel lavello. «Non dimenticare di lavarti i denti» disse soltanto. «E luci spente e niente cellulare.»

Polly tornò a roteare gli occhi, ma uscì dopo un ultimo bacio a Heath. «'Notte.»

Effie lo guardò. «Ti ricordi i giri intorno al tavolo?»

Per tutta risposta, Heath rise e scosse la testa. «E se usavi una carta *Inverti*, invece di pescarne una seconda, stavi fuori dal gioco fino a che non ne usciva un'altra.»

Quando la raggiunse al lavello, lei pensò che volesse baciarla, ma lui la scostò gentilmente per sciacquare le tazze prima che finissero in lavastoviglie. Effie era dell'avviso che sciacquare le stoviglie destinate alla lavastoviglie fosse uno spreco di tempo e di energia. «Anche il pavimento avrebbe bisogno di una bella passata» disse in tono blando.

Heath rise e chiuse la lavastoviglie prima di lavarsi le mani e avvicinarsi a lei. Effie non lo respinse. «Non era sempre così brutto» disse. «A volte ce la cavavamo quasi bene.»

«Sì.»

«Qualcuno mi ha detto di aver sentito certe voci. Su

di lui. Che sembrerbbe debba uscire presto.»

«Non succederà.»

Effie annuì, la testa posata sul suo petto, gli occhi chiusi.

«E se anche succedesse...»

Lei alzò la testa per guardarlo. «Cosa?»

«Non uscirà, e questo è tutto. Marcirà lì dentro per il resto della sua vita, che mi auguro sia breve.» Heath le affondò una mano tra i capelli. «Dovrei andare» disse ancora.

Irritata, Effie indietreggiò. «Vai, allora.»

«Prima baciami.»

Il suo rapidissimo bacio lo fece ridere, ma quando la strinse a sé, Effie usò di nuovo le mani per tenerlo a distanza. «Lisa si ingelosirà.»

Era una battuta, ma anche la cosa sbagliata da dire, e se ne pentì all'istante, perché Heath non la prese bene. «Se credi che preferisca lei a te, sei pazza» disse. «Ma sai qual è la vera sfortuna, Effie? È che secondo me tu *vuoi* che io la preferisca.»

Era l'ultima cosa che Effie desiderava, ma era anche quello di cui pensava avessero bisogno entrambi.

Heath la guardava aggrondato. «Io non sono te» disse ancora.

«È evidente.»

Senza aggiungere altro, lui afferrò il cappotto e andò alla porta. Lì, si voltò a guardarla. «Ti amo, Effie, ma a volte...»

«A volte, cosa?»

«A volte me lo rendi fottutamente difficile.»

. 12 .

Effie guardava all'appuntamento con Mitchell come si guarderebbe al vaccino influenzale. Qualcosa di leggermente sgradevole, ma che alla lunga faceva del bene. Ciononostante, per tutto il giorno era ricorsa al lavoro come scusa per rimandare la fase dei preparativi. La sua produttività, almeno, ne aveva guadagnato: aveva ultimato tre pezzi per il *Crafty Store* e uno, più grande, che le era stato commissionato.

Così ora era in ritardo. E non di qualche minuto, ma di quasi un'ora, dato che era coperta di colori e non aveva ancora fatto la doccia. Le piaceva pensare a se stessa come a una donna che non aveva bisogno di molto tempo per prepararsi per un appuntamento, ma un quarto d'ora non poteva bastare neppure a lei.

Dannazione.

Sono terribilmente in ritardo, scrisse a Mitchell. *Scusa. È un problema per la cena?*

No. Cambierò la prenotazione. Per che ora?

Nella risposta, digitata mentre si sfilava gli indumenti da lavoro, lei propose un'ora e mezza più tardi, tanto per andare sul sicuro. «Nana non è ancora arrivata?» gridò poi a Polly.

La figlia comparve sulla porta. «No. Credevo che uscissi alle cinque.»

Effie gettò il cellulare sul cassettone.

«Infatti. Ho fatto decisamente tardi. E tu? Cos'hai fatto tutto il giorno? Sei stata taciturna.»

L'espressione dell'altra la indusse a indugiare.

«Niente.»

«Devi avere fatto un bel po' di niente.»

Polly si strinse nelle spalle e le rivolse un'occhiata di svagata innocenza che aveva imparato proprio da lei. Sospirando, Effie controllò l'ora. Se si fosse sbrigata, avrebbe avuto il tempo di depilarsi tutte le parti che contavano, asciugarsi i capelli con il phon e arrivare in tempo utile al ristorante. Se invece avesse optato per una chiacchierata madre e figlia, era alquanto probabile che non si sarebbe mai presentata al suo appuntamento.

Scelte, scelte, scelte.

«Manda un messaggio a Nana, ti dispiace? Devo assolutamente fare la doccia» disse mentre entrava in bagno. «Dice che sta male!» gridò di lì a poco Polly.

Effie mise fuori la testa dal bagno. «Cosa?»

«Dice che ti ha mandato un sms e che ti ha anche chiamato. Un'ora fa.»

«Merda.» Il cellulare di Effie si era scaricato mentre lavorava, e sua madre non avrebbe mai disdetto se non fosse stata davvero male. Poteva incolpare solo se stessa per non aver ascoltato la casella vocale quando aveva visto il mittente del messaggio. Aveva dato per scontato che la madre avesse qualche domanda a cui lei avrebbe potuto rispondere di persona in seguito con calma.

«Potresti lasciarmi da sola» suggerì speranzosa Polly.

Effie sbuffò mentre entrava nel box e afferrava il rasoio. «No.»

«Perché? Ho quasi dodici anni. Meredith resta sola in casa continuamente.»

Effie cominciò a radersi. Perché diavolo non aveva prestato un po' più di attenzione a certi particolari quell'ultima settimana? Era diventata un'autentica cavernicola! Questo non significava che avesse intenzione di concedere a Mitchell anche solo un'occhiata alle parti di sé su cui si stava accanendo. «Da quando tu e Meredith siete amiche del cuore?»

«Mi hai detto tu di darle una possibilità.»

Effie fece capolino dal box. «Perché speravo che avrebbe imparato da te le buone maniere, non che lei ti insegnasse le cattive.»

«Restare a casa da soli non è una cattiva abitudine!»

I capelli, ora. «No, ma lo è discutere con la propria madre.»

«Ugh.» Polly sembrava disgustata. «Se non hai intenzione di lasciarmi sola, perché ti stai dando tanto da fare?»

Buona domanda. Effie cominciò a massaggiarsi energicamente il cuoio capelluto. «Credo che chiamerò Betty Grover.»

«No! No, mamma!»

Non fu facile soffocare una risata. «Non è poi così male, Polly.»

«Puzza di pipì, e mi costringe a vedere cose stupide in TV. Mi tratta come una bambina piccola.»

Ancora una volta Effie dovette trattenersi dal ridere. Betty viveva nella casa accanto da cinquant'anni, ed era stata terribilmente gentile con loro quando si erano trasferite, ma emanava davvero un debole odore di urina ed era incline a trattare come bebè sia Effie sia Polly. Nondimeno, era quasi sempre disposta a fare da baby sitter per qualche ora, senza neppure pretendere di essere pagata, e con lei e non la madre a badare a Polly, in caso di necessità Effie avrebbe avuto un'ottima scusa per rincasare di buon'ora.

«Non posso chiedere a Heath se viene lui?»

Gli occhi che le bruciavano per lo shampoo, Effie si lasciò sfuggire un'imprecazione. Polly non aveva idea di come fosse fuori luogo domandare a Heath di farle da baby sitter in modo che Effie potesse uscire con un altro. «No, Polly» disse. «Se Betty ha da fare, resterò a casa.»

«Ha detto che può» disse Polly.

Effie cacciò nuovamente la testa fuori del box per guardarla in cagnesco. «Glielo hai già domandato?»

«Sì. E ha detto che poteva venire.» Senza mostrare il minimo rimorso, Polly sollevò il cellulare.

«Questo non... merda, Polly. Merda.» Con gesti furiosi, Effie sciacquò i capelli per eliminare gli ultimi residui di shampoo. Se non poteva spiegare il motivo per cui era un problema, come poteva spiegare perché era arrabbiata? Heath si era occupato di Polly centinaia di volte quando lei ne aveva avuto bisogno.

«Sarà qui tra una decina di minuti» disse ancora la ragazzina. «Sarà meglio che ti sbrighi.»

A Effie furono necessari altri venti minuti, e a dire il vero non si sforzò quanto avrebbe dovuto fare in vista di un appuntamento, anche se era la seconda volta. Quando entrò in cucina, tuttavia, l'espressione di Heath rivelò che anche i suoi scarsi sforzi avevano dato il loro risultato. Si scoprì ad arrossire nel vedere la luce di ammirazione nei suoi occhi. «Grazie per essere venuto» disse.

«Nessun problema. Sai che ci sono sempre, quando hai bisogno di me.»

Effie serrò le labbra ma sostenne il suo sguardo e non batté ciglio quando lui sorrise. Heath sapeva esattamente quello che stava dicendo. «Non farò tardi» disse soltanto.

«Non c'è fretta. Divertiti.»

«Fai la brava.» Si chinò a baciare la figlia.

«Allora, parlami del tuo lavoro.» Mitchell attese che il

cameriere finesse di versare il caffè prima di protendersi leggermente verso di lei.

Era una domanda inevitabile a un secondo appuntamento, e una per cui Effie aveva una risposta standard. «Lavoro da casa. Mi occupo della gestione di uno store online che tratta in prevalenza artigianato.»

«Simpatico.» Mitchell aggiunse panna al caffè. «E ti piace?»

Lei rise. «Certo. E a te piace il tuo lavoro? *Software engineering*... cosa significa, esattamente? Programmazione? Scrittura di codici?»

Era quasi troppo facile portare gli uomini a parlare della loro professione ed evitare così di parlare della sua.

Mitchell rise e si appoggiò all'indietro sulla sedia. «Spengo fuochi» disse.

«Uhu?»

«La gente mi sottopone dei problemi, e io li risolvo. Scrittura di codici, sì; soprattutto per siti web, ma a volte anche per funzioni interne a un'azienda. Se a una società serve un sistema istantaneo di messaggistica interna, per esempio, io posso realizzarlo.»

«Sembra eccitante» disse Effie.

L'altro rise di nuovo e piegò la testa di lato. Era accattivante il modo in cui lo faceva. «No, non lo sembra. E non lo è quasi mai. Se mi piace il mio lavoro? Non proprio. Insomma, è un buon lavoro, ma ormai lo faccio senza voglia. Faccio quello che devo, è questo è più o meno tutto.»

Era una confessione che Effie non aveva previsto, ma fece sì che lui le piacesse di più. Nessuna falsa modestia.

«Perché continui a farlo, allora?» chiese.

«Soldi. Pigrizia. Non ho voglia di cercare un altro lavoro, né di tentare qualcos'altro. Invidio chi insegue i propri sogni, ma temo di essere troppo pratico per fare altrettanto.»

Per un secondo, Effie fu tentata di dirgli la verità sul proprio lavoro, ma sarebbe stata un'inutile vanteria; inoltre avrebbe aperto porte che lei non si sentiva ancora pronta a spalancare. «Ci sono molti vantaggi nella praticità» osservò. «Cosa faresti, se potessi scegliere? Qualsiasi cosa.»

«Maglioni per le anatre.»

Era così serio, così compito, che per un istante Effie non seppe cosa dire. Poi lui rise e allora lo imitò.

Mitchell scrollò la testa. «Scusa. Era così che rispondeva sempre mio padre quando qualcuno gli chiedeva cosa facesse. Diceva proprio così, maglioni per le anatre, non so perché. Se potessi scegliere qualsiasi cosa, dicevi? Farei il maestro di sci in inverno. E la guida di rafting in estate.»

Effie lo guardò. «Sul serio?»

«Sul serio.» Mitchell si strinse nelle spalle e le indirizzò di nuovo quel piccolo movimento della testa, quel mezzo sorriso. Non aveva idea di quanto risultassero intriganti, era evidente, il che significava che nessuna donna glielo aveva mai fatto notare. Forse nessuna ci aveva mai fatto caso.

Effie provò una sensazione di piacevole tepore al pensiero che in lui ci fosse qualcosa di fresco e nuovo, mai apprezzato prima. Che forse, per un verso, sarebbe stata lei la prima a farlo. Un pensiero, si disse poi, che denotava vanità e arroganza.

«Non sono mai andata a sciare. E non ho mai fatto rafting.»

Mitchell si mosse sulla sedia e si piegò in avanti, senza staccare gli occhi dai suoi. «In questo caso dovrò farteli provare. L'estate prossima.»

L'estate sembrava dannatamente lontana, ma quelle

parole le procurarono un nuovo, gradevole formicolio. Erano solo parole, lo sapeva, e nondimeno le davano qualcosa a cui pensare. Qualcosa che andava più in là di un terzo appuntamento.

La conversazione fu interrotta dal ronzio del suo cellulare. Effie guardò il display. «Mia figlia» disse.

Il messaggio era una foto di Polly e Heath al bowling; entrambi ostentavano larghi sorrisi e pollici alzati. Una seconda arrivò subito dopo e mostrava Heath con l'aria trionfante dopo un buon colpo. Sullo sfondo si intravedeva qualcun altro. Una donna bionda. Effie si accigliò e non rispose. Quando sollevò la testa, Mitchell la stava guardando incuriosito. Girò il cellulare verso di lui. «È fuori con il suo... un mio amico» spiegò. «Sono al bowling.»

«Tutto bene?»

No, perché a quanto pareva Heath si era portato Polly al suo appuntamento con Lisa Collins. Ma naturalmente non lo disse a voce alta. «Sicuro. Devo rientrare presto, però. Avrebbe dovuto essere mia madre a fare da baby sitter, ma non stava bene, e il mio amico mi sta facendo un grosso favore. Ho promesso che non avrei fatto tardi.»

«Sembra che si stiano divertendo. Sicura di doverti precipitare a casa? Pensavo che avremmo fatto un salto a sentire questa band di jazz, da *Mooney's*. Il bassista è un mio amico.»

Effie esitò. Il jazz le faceva saltare i nervi. Evidentemente non aveva saputo nascondere la sua mancanza di entusiasmo, perché vide Mitchell accigliarsi.

«No?» fece lui.

«È che... detesto il jazz.» Gli rivolse un sorriso di scusa.

«Sai una cosa?» fu la risposta. «Anch'io.»

Lei rise. «Allora perché?» domandò.

«Il bassista è realmente un mio amico, e sono mesi che mi chiede di andare ad ascoltarlo. Ho pensato che se proprio dovevo farlo, la tua compagnia lo avrebbe reso più piacevole.»

Per qualche istante rimasero a guardarsi sorridendo. Lui le piaceva, realizzò Effie; e le piacevano il suo splendido sorriso e il senso dell'umorismo e la sincerità con cui parlava del suo lavoro. Le piaceva che sapesse con certezza cosa avrebbe scelto, se si fosse liberato delle pastoie della praticità. Le piaceva che odiasse il jazz, ma fosse pronto ad andare ad ascoltarlo per fare piacere a un amico.

«Potremmo usare dei tappi per le orecchie» suggerì.

«Affare fatto. Andiamo.»

Mezzanotte passata non era eppure lontanamente quello che Effie avrebbe giudicato presto, anche se non avrebbe esitato un momento a sostenere il contrario. Quando entrò, la casa era vuota e buia.

Dopo le foto, Polly non si era più fatta sentire, né Heath aveva mandato aggiornamenti. In cucina, bevve un bicchiere d'acqua mentre si chiedeva se dovesse cominciare a preoccuparsi. Risultò che non era necessario, perché, di lì a dieci minuti, i due fecero il loro ingresso dalla porta sul retro.

«Mamma! Indovina! Ho battuto Heath e la sua amica due volte! Abbiamo fatto cinque partite in tutto.» Polly sembrava un po' frastornata, come sempre prima che la spossatezza la mettesse ko, ma le brillavano gli occhi e aveva le guance arrossate dall'eccitazione. «È stato super! Heath dice che c'è un torneo di bowling junior che si gioca il sabato mattina, e che dovrei iscrivermi! Dice che potrebbe accompagnarmi lui.»

«Vedremo» non si sbilanciò Effie. «Ora però a letto, è tardi. Ringrazia Heath.»

«È stato un piacere.» Heath baciò sonoramente la ra-

gazzina sulla guancia. «Fai come dice la mamma.»
«Ti voglio bene.» Polly baciò e abbracciò anche la madre. «La prossima volta devi assolutamente venire anche tu» disse.
«Forse.» Effie aspettò di vederla scomparire in corridoio prima di rivolgersi a Heath. «Avresti dovuto dirmi che portavi un'amica con voi.»
«Ehi, era un appuntamento che avevo già fissato, cosa avrei dovuto fare?» Con nonchalance, Heath prelevò dal frigo una lattina di coca e la aprì appoggiato al piano di lavoro.
Compiaciuto di se stesso. Razza di idiota. Effie finì l'acqua prima di rovesciargliela addosso.
«Non credo che sia opportuno che tu porti mia figlia ai tuoi appuntamenti, tutto qui. Io non la porto ai miei.» Parlò in tono pacato, attenta a non lasciar trapelare la sua collera.
Heath finì di bere, posò la lattina nel lavello e andò verso di lei. «Gelosa?» le mormorò all'orecchio.
Effie chiuse gli occhi. Doveva solo voltare impercettibilmente il viso e avrebbe potuto baciarlo. Lo desiderava. Sarebbe stato anche troppo facile per loro tornare a essere quello che erano stati l'uno per l'altra, a fasi alterne, per così tanti anni.
«No.» Lasciò che le sue labbra le sfiorassero la guancia prima di ritrarsi.
Heath indietreggiò. «Effie...»
«È tutto a posto. Grazie per esserti occupato di Polly. Te ne sono grata.»
«Per me non è un problema. Lo sai.»
Lei annuì. «Lo so, sì.»
Per un momento sembrò che lui volesse aggiungere altro. «Ti chiamo» si limitò invece a dire.
«Certo. Ci sentiamo. E grazie ancora.»
Una volta sola, Effie andò nella camera della figlia.

Era sicura di trovarla profondamente addormentata, invece la luce era ancora accesa e Polly, sdraiata supina, fissava il soffitto. «Ehi, Polly. Qualcosa non va?»
«Non riesco a dormire.» La ragazzina si girò su un fianco. L'euforia di poco prima era svanita, lasciando il posto alla tristezza.
Effie sedette sul bordo del letto. «Allora, cosa c'è?»
«Mamma, com'è che tu e Heath non state insieme come ragazzo e ragazza?»
«Stiamo meglio da amici, tutto qui. È tardi, tesoro. Dovresti dormire.»
«Ma lo siete stati. Quando vivevamo tutti insieme, no?»
Effie esitò. «Fra Heath e me c'è sempre stata un'amicizia speciale. E ci sarà sempre.»
«Lisa non mi piace» disse Polly.
Non fu facile per Effie soffocare un sorriso. «Nessuno dice che deve piacerti. Potresti darle una possibilità, però. Non decidere automaticamente che non ti piace, Polly, solo perché pensi che non piaccia a me.»
La figlia rimase zitta. Aveva chiuso gli occhi, ma il suo respiro indicava che non dormiva ancora. Poi disse: «Ti voglio bene, mamma».
«Te ne voglio anch'io, Polly.» Effie attese ancora qualche minuto, lasciandosi cullare dal respiro regolare della figlia. Quando fu certa che si fosse addormentata, spense la luce, ma lasciò la porta socchiusa così da non oscurare quella del corridoio. Polly non lo chiedeva più da anni, ma quella sera sembrava la cosa giusta. Far penetrare un po' di luce nell'oscurità.
Lasciò socchiusa anche la porta di camera sua.

. 13 .

«Effie! Ehi!» Seduta a un tavolo d'angolo, Dee sventolava furiosamente la mano. «Sono qua!»

Effie rispose con un cenno ma puntò verso il bar; ci teneva a far capire all'altra che il caffè aveva la priorità. La raggiunse di lì a poco, portando con sé un bicchiere di latte e un muffin. «Ciao.»

«Hai provato quello al mirtillo rosso?» Dee ridacchiò. «È uno sballo.»

Effie ne aveva scelto uno senza farcitura. «Non vengo qui spesso» spiegò.

«No? È il mio locale preferito. Entro, bevo un cappuccino, do un'occhiata ai tipi carini.» L'espressione di Dee si rattristò. «Non ho mai letto tanto come da quando Brian se ne è andato.»

«Però occhieggi più spesso i tipi carini, no?» Effie si guardò intorno per vedere se ce ne fosse qualcuno, ma il caffè era pressoché deserto.

Sembrava che l'altra non avesse sentito. «È dura, sai» disse. «Trovare una persona carina.»

«Sì, già, ci scommetto.» Sembrava la cosa giusta da dire, ma una volta pronunciate, quelle poche parole suonarono quasi condiscendenti. Per rimediare e non sembrare una perfetta stronza, Effie confessò: «Sono iscritta a un sito di incontri da sei mesi. Dio, no, sono di più ormai».

Dee inarcò le sopracciglia. «E hai avuto fortuna?»

«Non molta. C'è solo un tizio che forse mi interessa. Ma è a posto.»

«Sul serio?» L'altra la guardò pensierosa. «Pensavo che tu e...»

«No» la interruppe Effie. «Non per molto, comunque. Siamo amici, tutto qui.»

Dee sembrò imbarazzata. «Ehi, ti ricordi la signora Kettle?» esclamò.

L'insegnante di inglese. Era stata a un passo dal bocciare Effie, e di impedirle così di diplomarsi con la sua classe. Annuì. «Mi assegnò una montagna di compiti extra per poter avere un miserevole sei.»

«Già. Era una tosta. Be', ha pubblicato un libro!»

«Davvero?» rise Effie. «Di che genere?»

«D'amore. E pare piuttosto sconcio. Lo leggeremo per il nostro book club. Potresti entrarci anche tu...»

Erano anni che Effie non leggeva un libro solo per piacere. «Mmh. Quanto sconcio, esattamente?»

«Non saprei, ma dovrebbe esserci quella roba, sai, sculacciate e tutto il resto.» Dee sembrava così allegra che Effie dovette ridere di nuovo. «Insomma, perversioni, no?»

Sculacciate. Quel pensiero le strappò un sorriso. Aveva fatto cose un bel po' più perverse, anche se dubitava che rientrassero nella categoria Bondage e Disciplina. «Okay» disse. «Lo leggerò.»

«Bene. L'incontro è a fine mese, da Nancy Gordan. La madre di Peter, hai presente? Ti mando via e-mail tutte le informazioni.» Dee era raggiante. «E, Effie... a scuola non eravamo molto amiche, lo so. Ma spero che cercheremo di esserlo adesso.»

Effie annuì lentamente. «È passato un bel po' di tempo da allora.»

«Ti ho sempre ammirata» disse Dee di getto.

«Davvero?»

«Sicuro. Perfino... prima. Quando eravamo più piccole. Eri sempre così brava in arte... non mi stupisce che i tuoi quadri si vendano.»

«Be'... grazie.» Effie si rese conto di essere arrossita, ma il complimento le aveva fatto piacere.

«E voglio dirti di nuovo che mi dispiace per quella faccenda tra Meredith e Polly. Le ho parlato.» Dee si era oscurata in viso. «È una lezione che avrei dovuto imparare io stessa molto tempo fa. Mi faceva sentire importante, credo, essere la sola a ricordare quando era successo. Le altre... insomma, gran parte di loro non ne sapeva proprio nulla.»

«E ora invece sì. Grazie tante.»

«Hai tutti i motivi di essere arrabbiata» si affrettò a dire l'altra, «ma spero che tu possa perdonami.»

Effie si strinse nelle spalle. «Portare rancore non serve. Quello che è successo a Heath e me risale a tanto tempo fa. Mi sforzo quanto più possibile di dimenticarlo. E di andare avanti.»

Dee rimase zitta un secondo prima di dire in tono sommesso: «Ma non ci riesci, vero? Insomma, i tuoi quadri... hanno a che fare con quello... quello che è successo. Li ho visti; sono buoni. Un po' inquietanti».

Buoni, ma un po' inquietanti. Non era la prima volta che qualcuno definiva così i lavori di Effie. Sempre meglio, pensava lei, che noioso e pretenzioso, e sentirsi accusare di capitalizzare la propria notorietà, com'era accaduto in più di un'occasione.

«A volte l'arte è di aiuto. Come incidere un arto infetto» disse ora.

«Sì, posso capirlo.» Annuendo, Dee bevve un sorso di caffè.

Lei non avrebbe voluto farlo, ma le parole uscirono ugualmente. «Quando mi hai parlato della possibilità che uscisse di prigione...»

L'altra parve di nuovo imbarazzata. «Sì, è stata una vera stronzata. Mi dispiace.»

«No, non lo è stata. Che stia per uscire non è vero, non credo che lo sia. Ma potresti dirmi dove lo hai sentito dire?»

«Oh. Cavolo... sì, da una delle mamme. Sto cercando di ricordare quale.» Dee si morse il labbro inferiore e corrugò la fronte, ma quasi subito scosse la testa. «No. Non mi viene in mente, e non ricordo neppure dove lo avesse sentito lei. Chiederò in giro, okay? Cioè, se vuoi davvero...»

«No, no» la interruppe Effie con una risatina e un gesto della mano. «La voce che sta per essere rilasciato circola da anni, di tanto in tanto. E non è mai stata vera. Sono certa che non lo è neppure questa volta.»

Seguì un silenzio carico di impaccio. Dee sembrava ancora a disagio, e Effie non sapeva come risolvere la cosa. Finalmente l'altra parve riscuotersi. «Forza, parlami di quel sito di incontri. Credi che dovrei iscrivermi?»

. 14 .

Effie era arrivata all'ultimo foglio dell'album da disegno. Aveva consumato le matite colorate fino a ridurle a mozziconi, e i carboncini che aveva nello zaino erano tutti consumati. Cercò di sfumare una linea con il dito, come le aveva insegnato Madame Clay, ma la carta si strappò. Con un sospiro lei accartocciò il foglio e fece per gettarlo nel cestino, ma ci ripensò, e lo aprì per stirarne le pieghe. Lo aggiunse alla piccola, preziosa pila di carta che accumulava per poi usarla in bagno. La nascondevano sotto i materassi, dietro i cassetti del comò, sotto i cuscini del divano. In qualche modo, il dover usare pezzi di carta in bagno era molto più indegno del cibo orrendo, della pessima illuminazione e dell'implacabile monotonia. Li trasformava in animali.

Heath guardò il disegno, poi lei. «È il mio ritratto?»

«Sì. Il naso è tutto sbagliato, però. Non sono riuscita a renderlo com'è.» Chiusa in quelle tre stanze anguste, fetide e spesso buie, alla mercé di un pazzo, Effie non avrebbe mai creduto di potersi sentire annoiata, ma così era. I giorni si erano fusi uno nell'altro, e questo era il motivo per cui aveva cominciato a tracciare cancelletti sulla parete accanto al letto.

Calcolava di trovarsi lì da due settimane, ma sarebbero potute essere di più. A scandire le giornate erano soltanto le luci arancioni che si accendevano ogni mattina per spegnersi la sera, ma a volte un giorno sembrava durare per sempre, mentre altri erano decisamente più brevi.

Due volte, da quando era qui, si era svegliata sotto le accecanti luci bianche, e l'uomo che insisteva perché lo chiamassero *papà* aveva portato loro del cibo. Mezza caraffa d'acqua. Nella prima occasione, aveva portato anche due bicchieri di latte al cioccolato, e li aveva costretti a berlo. Si erano addormentati entrambi. La seconda, aveva praticato a ognuno un'iniezione di *vitamine*. Effie sapeva che era un sedativo, e forse preferiva essere sedata che sveglia; il tempo passava più veloce.

Più di una volta aveva chiesto a Heath del suo tentativo di fuga, ma lui si rifiutava di scendere nei particolari. Doveva esserci una maniera di uscire dal seminterrato, e benché lei si ferisse i piedi perlustrando la stanza adiacente, non scorgeva finestre visibili. La porta, naturalmente, era chiusa a chiave. C'erano dei segnali che preannunciavano la venuta di *papà*, sempre gli stessi: la musica e le luci vivide che si accendevano sopra le loro teste. Avrebbero potuto aggredirlo, giusto? Costringerlo a lasciarli andare. *La prossima volta*, pensò Effie soffocando uno sbadiglio. *Lo farò la prossima volta.*

«Riprovaci» disse Heath.

«Non posso. Ho finito i fogli. E le matite.»

Lui le tolse l'album di mano e si sedette sulla sedia traballante per sfogliarlo. Spesso indugiava su questa o quella pagina, ma non c'era nulla di speciale nei disegni che sembrava apprezzare di più – una rosa con un'ape che le ronza intorno, una fruttiera, un segnale di stop. Quelli di cui Effie era più orgogliosa, il castello e lo stagno dei koi, li guardava appena. Alla fine, Heath alzò gli occhi.

«Sei brava.»

«Grazie.» Con una scrollata di spalle, lei se ne tornò sul letto e si appoggiò alla parete con le ginocchia tirate contro il petto.

Trascorrevano quasi tutto il tempo in camera perché il soggiorno era terribilmente piccolo e il divano sfondato. Qui, almeno, l'illuminazione era più calda e il letto più morbido. Effie conosceva le esatte dimensioni della stanza: dieci passi in una direzione, altri dieci, un po' più lunghi, in quella opposta. Nessuno dei muri era regolare. Se guardava gli angoli troppo a lungo, le veniva mal di testa. Ogni cosa richiedeva uno sforzo.

Heath chiuse l'album e glielo restituì. Per un momento Effie se lo strinse al petto, ripensando a quando quelle pagine erano bianche e pulite. Ne aveva sprecate talmente tante, ma come immaginare che sarebbe finita lì? «Dovremmo colpirlo con qualcosa» disse.

Heath si guardò intorno. «Qui non c'è niente con cui poterlo colpire.»

«Potrei pugnalarlo con una matita, se non le avessi consumate tutte. Che stupida sono stata!»

«Non sembra forte, ma lo è.» Heath corrugò la fronte. «Dovresti centrarlo in un occhio o qualcosa del genere. Hai una buona mira?»

Effie chiuse un occhio per mantenere a fuoco il viso di lui. Le dolevano entrambi per averli sfregati troppo. «Non lo so. Perché non ti sforzi di più di trovare un modo?»

«Ha detto che ucciderebbe...»

Le luci bianche sfolgorarono sopra di loro. Partì la musica, ma non era la canzone di sempre. Non era la voce morbida e acuta di qualcuno che cantava di navi e oceani; questa era più dura, più martellante, ma Effie la riconobbe quasi subito. Era *Maxwell's Silver Hammer*, dei Beatles. Rise, confusa, ma l'espressione di Heath la bloccò.

«Cosa c'è?» Solo un momento prima aveva caldo, il seminterrato era sempre troppo caldo o troppo freddo, ma ora aveva la pelle d'oca. «Cosa c'è?»

«Infilati sotto le coperte. Fingi di dormire.»

«Ma cosa...»

«Presto.» Heath indietreggiò verso il soggiorno. «Per favore, Effie, fallo e basta.»

Era stato il tono a convincerla. Si infilò a letto, seppellendosi sotto le coperte. Sentì *papà* dire qualcosa, ma non con la voce gioviale e troppo allegra che aveva usato finora. Sembrava arrabbiato. Sembrava fosse diventato... cupo.

«*Sorellina, sorellina, sorellina*. Resta qui» disse *papà* dalla porta. «Fai la brava bambina e resta dove sei. Non ti piacerebbe quello che succederebbe se non lo facessi.»

Poi una voce femminile. Una donna che sembrava ubriaca. Rise, ma di una risata appannata, Effie si alzò a sedere sul letto, pronta a precipitarsi verso di lei, perché chiunque fosse, di certo avrebbe potuto salvarli. Ma prima che potesse farlo, ci fu uno schiocco di carne contro carne, e un grido sommesso. La voce di *papà*, più alta.

«Non limitarti a guardare, ragazzo. Schiacciaci la faccia e mangiala.»

Un'altra risata ebbra, un altro schiocco. Un gemito, forse di dolore, forse di qualcos'altro.

Effie tornò a tirarsi la coperta sopra la testa e si girò verso la parete. I suoi non andavano spesso in chiesa, e lei stessa non era sicura di credere in Dio, ma ora pregò. *Qualunque cosa lui stia facendo, per favore per favore, non lasciare che succeda a me.*

Quando il volume dei suoni aumentò, si tappò le orecchie con le dita. La cosa sembrava senza fine, di qualunque cosa si trattasse, fino a che la nausea la assalì e dovette coprirsi la bocca con una mano per non vomitare. Aveva gli occhi chiusi, ma si accorse ugualmente quando le luci bianche si spensero, lasciandola nel buio più fitto.

Aspettò e aspettò, ma Heath non tornava. Effie non avrebbe voluto lasciare il letto, ma si costrinse a farlo. Piedi nudi sul pavimento freddo. Avanzava con cautela, per non calpestare qualcosa che avrebbe potuto ferirla, le mani protese, fino a che sentì il telaio di legno sotto le dita. Si fermò.

«Heath?»

Nessuna risposta. Se ne era andato, o peggio, giaceva morto per terra, e se avesse proseguito sarebbe finita sul suo corpo che si stava già raffreddando. Effie tremava, le sue dita stringevano con più forza il legno. Lo chiamò di nuovo, con voce strozzata, e questa volta lui rispose.

«Sono qui.»

«Stai bene?»

«Sto bene.» Suoni graffianti sul cemento. «Torna a dormire.»

Heath aveva sempre lasciato a Effie il letto. Lei sapeva che sarebbe dovuta tornare indietro e seppellirsi di nuovo sotto le coperte, ma lo sentì piangere. Singhiozzi soffocati, quasi strangolati.

Ormai Effie aveva percorso nel buio il tragitto fino al bagno e ritorno abbastanza spesso da saper evitare gli oggetti aguzzi conficcati nel cemento, ma questa volta non fece caso a dove metteva i piedi. Vedeva soltanto ombre e forme, ma sentiva il respiro di Heath. E ne percepiva l'odore. Puzzavano tutti e due. Ci sarebbe dovuta essere abituata, ormai, ma non ci era ancora riuscita.

«Fa freddo qui. Vai a letto.»

«No» fu l'immediata risposta. «Prendilo tu, oggi. Io...»

«Heath. Vai a letto.» Quando le sue mani lo trovarono, Effie si accorse che stava tremando. Era nudo. Si ritirò di scatto, sorpresa. Imbarazzata. Poi, risoluta, allungò nuovamente le mani, trovò la sua spalla, il braccio. Infine la sua mano. Intrecciò le dita alle sue. «Dove sono i tuoi vestiti?»

«Non lo so.» Lei rifletté qualche istante. Avrebbero potuto cercarli a tentoni, oppure aspettare che col mattino si accendessero le luci. Per il momento, lui aveva freddo e tremava e gli era successo qualcosa di molto brutto.

Lo tirò per la mano. «Andiamo» disse.

Insieme, trovarono la strada fino alla camera da letto. Effie lo costrinse a infilarsi a letto, dove Heath si voltò verso la parete, e lei si accoccolò contro di lui. Non era mai stata in un letto con un ragazzo. Non aveva mai visto un ragazzo nudo e neppure ne aveva mai baciato uno vestito, ma quando premette il viso contro la schiena nuda di Heath, tutto quello che riuscì a pensare era che lui ne aveva bisogno, aveva bisogno di lei.

Heath riprese a piangere. Per qualche istante Effie rimase zitta, ma doveva sapere. «Ho sentito la voce di una donna. Lei non ci aiuterebbe...?»

«Si chiama Sheila. Lui la droga per farle fare... cose. Gli piace guardare.»

Lei avrebbe voluto chiedere a quali cose si riferisse, ma aveva troppa paura. «Non ci aiuterà, Heath?»

«Lui ha detto che se avessi tentato nuovamente di scappare, l'avrebbe uccisa.» La voce del ragazzo era piatta e cupa. «Non me. Lei.»

«Non lo farebbe! E se scappiamo, non ne avrebbe la possibilità.»

«Io credo di sì, invece. E allora dovrei vivere il resto della vita pensando che lei è morta perché io ho cercato di fuggire.»

«Ma dobbiamo andarcene, Heath!»

«Qualcuno verrà a cercarti, Effie. A nessuno importa niente di me, ma tu... i tuoi genitori ti stanno cercando. Loro ci troveranno.»

Lei non ne era così sicura. «La donna... dirà a qualcuno di noi?» domandò.

«Non credo. Le ha detto che sono suo figlio. E lei è talmente fuori che gli ha creduto. Di te, poi, non sa nulla.»

«La prossima volta mi farò vedere. Le dirò chi sono. A quel punto dovrà aiutarci...»

«No!» Poi, più dolcemente: «Non puoi, Effie. La ucciderà, so che lo farà».

Le luci forti erano accese quando Effie si svegliò. Gli altoparlanti trasmettevano la canzone della nave e lei, un po' disorientata, si alzò a fatica per scoprirsi sola. Heath era in soggiorno, completamente vestito.

Arrivò *papà* con il cibo. Aveva gli occhi spiritati e traboccanti di ilarità, snocciolava una storiella dopo l'altra. Elogiò Effie: era proprio una brava ragazza.

Aveva portato della zuppa e aveva aperto l'acqua in bagno perché potessero fare la doccia. Aveva portato libri e riviste. Dolcetti al cioccolato. Era come la mattina di Natale, e lui era una specie di Babbo Natale pazzo. Si concentrò su Effie, ignorando Heath, e ormai lei sapeva che era meglio ridere quando *papà* raccontava una storiella, così rideva, anche se le sembrava di avere del vetro in gola.

Papà le aveva portato un vestito, rosa con nastri e fiocchi, un vestito adatto a una ragazzina molto, molto più piccola. Calze bianche. A completare l'insieme ci sarebbe voluto un paio di scarpe di vernice nera, pensò Effie, ma naturalmente lì non c'erano scarpe di sorta.

«Vai a fare la doccia, *sorellina*» le disse lui con quell'orribile sorriso ampio che gli raggrinziva il viso e lo faceva assomigliare a un troll.

L'acqua calda era così piacevole che lei rimase nella

doccia più a lungo di quanto avrebbe dovuto, ma era così dannatamente bello sentirsi pulita, davvero pulita, che proprio non riescì a uscire. Quando finalmente lo fece, *papà* se ne era andato. Heath rimase in bagno perfino più a lungo di lei, e quando uscì aveva gli occhi rossi.

Non parlarono di quello che era successo. Insieme, fecero la cernita delle cose portate da *papà*, mettendo da parte quello che sapevano sarebbe tornato utile in seguito. Lo scricchiolio del parquet sopra le loro teste li fece trasalire, poi Heath scosse la testa. «Non scenderà per un po'» disse. Prese una scatola che Effie non aveva notato. «Ecco.»

«Cos'è?»

«Aprila.»

Era un kit per dipingere. Attonita, Effie lo guardò. «Cosa...?»

«Gli ho detto di portarlo per te.»

«Quando?» chiese Effie.

«Ieri notte.»

Lei non capì. «Ma perché dovrebbe...»

«Perché» disse Heath con voce opaca, senza espressione, «mi porta sempre tutto quello che voglio. Dopo.»

«E tu gli hai chiesto questo per me?» Figlia unica, Effie era abituata a ottenere praticamente tutto quello che voleva. A volte i Natali e i compleanni erano quasi imbarazzanti, tale era l'abbondanza di regali. Nessuno però aveva mai fatto niente del genere per lei. Nessuno.

Chiuse il kit, pensando alla pioggia di regali che questa volta *papà* aveva fatto piovere su di loro. «Heath... cosa hai dovuto fare?»

Per tutta risposta lui si voltò dall'altra parte, e Effie non glielo chiese più.

. 15 .

Benché non fosse attiva su LuvFinder da mesi, Effie non aveva nascosto né cancellato il suo profilo. Semplicemente, non rispondeva ai messaggi che le arrivavano a tre, quattro per volta, inviati da uomini che a quanto pareva apprezzavano ciò che vedevano. Aveva postato un buon *selfie*, fu tutto quello che le venne da pensare mentre scorreva i vari *Ciao* e *Ehi* e di tanto in tanto indugiava a leggere un *Ciao, Bellissima*. Si era resa invisibile nella funzione chat, per non essere disturbata nei pochi minuti che ogni paio di settimane dedicava alla lettura dei messaggi.

Ora attivò l'accesso per mostrare a Dee quanto fosse semplice l'uso del sito. «Puoi chattare, cliccare *mi piace* in tempo reale, e naturalmente renderti invisibile, come ho fatto io. In caso contrario, ricevi messaggi a raffica mentre stai cercando di fare qualcos'altro.»

«Oppure no» ribatté cupa l'altra.

Effie rise. «Sei una donna. Arriveranno. Allora... un puntino verde accanto a uno username significa che quella persona è in linea. Qui, invece, è dove puoi vedere i tuoi *match*, ma anche fare ricerche mirate. E qui puoi vedere chi sta chattando con chi, tenere conto degli appuntamenti e assegnare un voto agli uomini con cui sei uscita. Loro non possono vederlo e tu non puoi vedere i loro, grazie a Dio.»

«Ugh.» Dee rabbrividì esageratamente. «Non avrei

nessuna voglia di vedere i voti che mi assegnano.»

Effie scosse la testa. «No, neanch'io. Oh...»

Mitchell era online. Due sere prima, l'aveva tenuta al cellulare fino all'una passata, ma era riuscito a farla ridere. Avevano concordato di vedersi presto, e lui le mandava un messaggio a giorni alterni, anche se quel giorno non si era fatto sentire. A Effie non era venuto in mente che potesse continuare a uscire con altre, e ora si trovò a chiedersi se l'idea di non essere l'unica che lui corteggiava la disturbasse. Sapeva di non avere alcun diritto di prendersela, ma era comunque contenta che Micthell non avesse modo di vedere che era online.

Rifiutandosi di indugiare oltre su quei pensieri, aprì una nuova pagina in modo che Dee potesse cominciare a scrivere il proprio profilo. L'amica aveva almeno dieci *selfie* tra cui scegliere, ma nessuno del tutto soddisfacente. Effie prese il cellulare e iniziò a scattare mentre la tempestava di domande per suscitare le sue reazioni.

«Questo» disse finalmente. «Ecco quale useremo.» Girò il telefono: nella foto, Dee rideva con la testa rovesciata all'indietro, i capelli scuri che le ricadevano disordinati sulle spalle. Era una foto incredibilmente sexy e divertente al tempo stesso. Usando una *app*, Effie giocò con i colori, sfumando qualche angolo troppo spigoloso.

«Non è ingannare, sai; è enfatizzare» spiegò mentre spediva la foto via e-mail perché Dee potesse caricarla sul profilo.

L'altra però esitava ancora a premere il tasto. «Non lo so, Effie» brontolò. «Ho sentito raccontare storie raccapriccianti.»

«C'è solo una cosa che devi tenere a mente: non sei tenuta a uscire con chiunque. Non sei obbligata a essere accomodante. E se qualcuno non risponde ai tuoi messaggi, be', significa che ti sei risparmiata una gran perdita di tempo.» Effie si chinò sulla sua spalla. «Coraggio» la esortò.

Con un sospiro, Dee schiacciò il tasto. Quasi istantaneamente, LuvFinder popolò di una miriade di possibili *match* la sua pagina. Ridacchiando proprio come facevano le figlie nella stanza accanto, le due donne passarono in rassegna i potenziali candidati. Nel riconoscere alcuni nomi, Effie istruì l'altra di scartarne un paio, e gliene raccomandò altri.

«Non ti sembrerebbe bizzarro se uscissi con qualcuno che è già uscito con te?» volle sapere Dee.

Lei si strinse nelle spalle. «A te?»

«Sì. Credo. E se conoscessi un uomo stupendo e ci innamorassimo e io ti volessi come damigella al nostro matrimonio, ma tu fossi andata a letto con il mio futuro marito?»

Per un momento Effie fu sul punto di rispondere che non era andata a letto con nessuno di quegli uomini, ma il sogghigno di Dee glielo impedì. «Non mi sceglieresti mai come damigella» disse invece.

«Non si può mai sapere» replicò l'altra con aria saggia, prima di concentrarsi nuovamente sul monitor. «E adesso? Devo contattare qualcuno di loro, o aspettare... merda secca. Ho già uno, due... quattro messaggi in attesa?»

Il suo sbalordimento strappò a Effie una risata. «Preparati. È un po' come gettare esche in mare; gli squali arrivano al volo. Ma ricorda quello che ti ho detto: non sei obbligata a rispondere a tutti.»

Dee cliccò su una foto. «Che ne dici di questo? Mi ha fatto l'occhiolino.»

«Significa che è interessato. Se lo sei anche tu, puoi ricambiare l'occhiolino, e prima o poi uno dei due troverà il coraggio di spedire una vera e-mail.» Ridendo, Effie si rilassò.

Dee stava scorrendo la lista dei suggerimenti, ma un nome la bloccò. «Oh mio Dio» alitò. «Jon Pinciotti.»

Effie se lo ricordava. Giocava a calcio e lei aveva avuto una cotta per lui.

«Il mio primo bacio» stava dicendo Dee. «Il primo vero, comunque.» Fece ruotare la sedia per guardare Effie. «E ora è su LuvFinder.»

«Mandagli un messaggio!»

«No, non se ne parla.» Dee scosse la testa. «Non potrei mai.»

«Perché no? Solo per fargli un saluto.»

«Oh, certo. Al mio ragazzo delle superiori. Il mio primo amore. Come no. Sarà un successone.»

«Non lo saprai finché non avrai provato» argomentò Effie.

Dee inspirò a fondo e posò le mani sulla tastiera. «Okay. Va bene. Sto per farlo.»

Mezzo minuto dopo, con un grido di trionfo ruotò nuovamente su stessa, prima di fermarsi bruscamente e lanciare a Effie un'occhiata scandalizzata. «Non posso credere di averlo fatto. E se non mi risponde? Oh, merda. Se non lo fa?»

Effie scoppiò a ridere. «Un passo alla volta.»

Dee gemette, poi ridacchiò. «Grazie, Effie. Nessuna delle mie amiche lo ha mai fatto.»

«Nessuna? Ma è pazzesco. Questa è l'epoca degli incontri online.»

«Forse che non lo so?» L'allegria dell'altra parve svanita di colpo. «È in rete che il mio ex ha conosciuto la sua nuova moglie.»

«Oh.» Effie si accigliò. «Mi dispiace.»

«Naa. Va bene così. Con lei sta meglio di quanto sia mai stato con me, e adesso tocca alla signora sorbirselo. Vorrei solo che Meredith l'avesse presa meglio. Lui giura che la nuova famiglia non cambierà i loro rapporti, ma i figliastri vivono con lui e immagino che assorbano gran parte del suo tempo.»

«Mi dispiace» ripeté Effie. «È una brutta faccenda.»

La risposta fu un sorriso triste. «Come hai fatto ad aiutare Polly?» chiese. «Ad affrontare il fatto di non avere un padre, intendo.»

«Non credo di averne mai avuto la necessità. Lei ha sempre avuto Heath. Abbiamo entrambe ben chiaro che non è suo padre, ma... sì. Lui c'è sempre stato.»

Dee fece girare pigramente la sedia. «È molto attraente.»

«Sì.»

«Sei stata con lui per molto tempo» perseverò l'altra.

Effie assentì. «Lo conosco da quando avevo tredici anni.»

«Era il tuo ragazzo, allora.» Dee si fermò di scatto. «Merda, mi dispiace. Ho detto una cosa terribilmente stupida.»

«No. Va bene. Significa che hai dimenticato... quello. La cosa.» Effie mimò le virgolette con le mani. «E hai ragione. È stato il mio ragazzo del liceo, se mai ne ho avuto uno. Il primo bacio, e il primo tutto.»

L'espressione di Dee era solenne. «Difficile da superare, eh?»

«Non esattamente.» La menzogna aveva un gusto di rame e fumo. «Niente è troppo difficile da superare, se ci si prova davvero.»

. 16 .

Effie aveva percorso il corpo di Bill infinite volte. Lo solcavano più di una cicatrice e lei le conosceva tutte. C'era quella sul retro del polpaccio, l'ustione provocata dalla marmitta di una moto. Il bottone infossato sul fianco destro, risultato di una pugnalata. Una penna stilografica, non un coltello. Scherzando, Billy raccontava di aver perso inchiostro per settimane. Scherzava sempre sulle sue cicatrici, come se lo imbarazzassero ma al tempo stesso ne andasse fiero.

Quella sul braccio era nuova e lei la accarezzò gentilmente, delicatamente, quasi senza toccare i punti neri e violecei che spiccavano sulla carne arrossata. Il morso di un cane, aveva spiegato lui. Doveva prendere degli antibiotici e sottoporsi a una terapia antirabbica.

«Sette colpi all'addome» disse senza battere ciglio. «Fottuti idioti che tengono fottuti cani. Ho dovuto abbatterlo. Proprio davanti a...» La voce gli si ruppe e lui si coprì gli occhi con la mano. Effie gli posò le labbra sulla spalla nuda. Gli prese la mano libera, e quando lui intrecciò le dita alle sue, se la portò alla bocca per baciarla.

Accadeva di rado che fosse lei a offrire quel tipo di conforto e non si sentiva tagliata per farlo. Con nessuno, a parte sua figlia. Effie non aveva cercato spesso il conforto di un abbraccio. Un pene duro dentro di lei? Sicuro. Ma quella dolcezza, quell'attenzione, non le venivano altrettanto naturali. Neanche sforzandosi.

«Proprio davanti al bambino.» Bill le rivolse uno sguardo irato, e liberata la mano andò alla piccola credenza adibita a bar. Si versò una dose abbondante di whisky e lo trangugiò. Riempì di nuovo il bicchiere, ma questa volta indugiò a contemplare il liquido ambrato. «Quattro, forse cinque anni. Il cane si è avventato. Mi ha morso al braccio. Gli ho mollato un calcio e lui ha puntato dritto verso il bambino. Ho dovuto spararagli, Effie. Lo avrebbe fatto a pezzi.»

Lei si alzò e toltogli il bicchiere dalle mani, lo bevve d'un fiato. L'ultima cosa di cui Bill aveva bisogno era ubriacarsi. Era già sotto antidolorifici, e proprio questo, più di ogni altra cosa, le faceva capire quanto soffrisse. Una volta si era fratturato una caviglia e ci aveva camminato sopra per due interi giorni prima di farsi curare.

«Hai fatto quello che dovevi» disse ora.

Dopo aver lasciato Polly dalla madre, Effie aveva in programma di lavorare tutta la notte: doveva finire un lavoro su commissione, ma soprattutto da una settimana le frullava per la mente una nuova idea, ossessionandola. Per la precisione, da quando si era vista con Dee al caffè. L'idea le era venuta, come sempre accadeva, alle prime luci dell'alba, quando era sveglia e avrebbe voluto non esserlo. Effie sognava una stanza buia, rischiarata solo da una debole luce aranciata, e ombre lunghe. Di giorno, nel chiarore consueto e senza l'accecante bagliore di luci che aumentavano e diminuivano, riusciva sempre ad accantonare i sogni, che tuttavia a volte indugiavano quanto bastava per diventare ispirazione.

Non si sarebbe venduto, naturalmente. Quella a cui lei pensava come la sua *vera arte* non si vendeva quasi mai. Lo avrebbe dipinto ugualmente, tuttavia, perché sarebbe impazzita se di tanto in tanto non avesse fatto qualcosa per sé sola.

Aveva ricevuto il messaggio di Bill mentre stava comperando pennelli e colori nuovi, e ne era sorpresa; non lo sentiva da settimane. Come gli antidolorifici, quell'sms indicava che lui stava realmente soffrendo.

Dal giorno in cui lo aveva trovato online, Effie non aveva avuto più notizie di Mitchell. Neppure una volta. E naturalmente lei non gli aveva scritto. La possibilità che non rispondesse perché concentrato su qualcun'altra... non faceva male, non proprio, ma un po' bruciava.

Tese la mano. «Vieni a letto» disse ora.

«Non ti ho chiesto di venire per scopare.»

Effie rise. «Sì, invece. Ed è per questo che sono venuta. Coraggio, vieni. A meno che tu non voglia che venga io.»

Sapeva di non essere vestita in modo esattamente seducente, ma questo non aveva mai avuto importanza per Bill. La prima volta che erano andati a letto insieme, lei portava una T-shirt piena di macchie e i pantaloni decrepiti di una tuta. Dopo aver corso sotto la pioggia, era fradicia di sudore. Lui aveva fermato l'auto e le aveva offerto un passaggio a casa. Invece, l'aveva portata da lui.

Allontanando la sua mano, Bill versò altro whisky nel bicchiere. Per lei, questa volta, non se ne sarebbe andata presto. Il dipinto poteva aspettare qualche ora, e chissà, forse sarebbe riuscito meglio se ci avesse lavorato un po' brilla. Forse sarebbe stata capace di lasciarsi andare senza che il suo critico interiore le ripetesse che stava incasinando tutto.

Senza una parola, Bill la spinse da parte e imboccò il corridoio, diretto in camera. Effie lo seguì pochi secondi dopo: lui era a letto, già nudo ma non eccitato. «Ehi» disse lei occhieggiando il pene.

«Succhiami il cazzo» disse lui, con l'aria di chi sta offrendo un dono.

In risposta, Effie incrociò le braccia sul seno. «Ah, è così, allora?»

«Perché? Non dirmi che non ti piace.» Bill neppure sorrise.

Le piaceva, sì, e molto. E non poteva nemmeno considerarsi offesa. Con una scrollata di spalle, si liberò della camicia e del maglione, che piegò ordinatamente sulla sedia prima di sbottonarsi i jeans. In slip, reggiseno e calzettoni, abbassò gli occhi sul pene di lui, alla ricerca di segni di vita.

Lentamente, mentre Bill la guardava con le braccia incrociate dietro la testa, si inginocchiò accanto al letto. Gli passò una mano sulla coscia, poi si chinò a seguire con la lingua il sentiero tracciato dalle sue dita.

Lo prese in bocca, quel pene quasi inerte, ma che non lo rimase a lungo. Lo prese tutto, fino a sfiorare con le labbra il ventre di lui. Poi lo lasciò andare. Il tempo di farlo due volte, e lo sentì duro e pulsante contro la sua lingua. Allora chiuse la mano a coppa intorno ai testicoli, carezzando col dito la fenditura tra lo scroto e l'ano.

E si smarrì nel piacere di succhiarlo. Non c'erano complicazioni in quel gesto. Lui non aveva bisogno di trucchetti strani per eccitarsi. La inondò di calore salmastro e lei deglutì, poi si ritrasse per pulirsi gli angoli della bocca.

Bill aveva gli occhi chiusi, il respiro ancora affrettato. Non l'aveva neppure toccata.

«Andrà tutto bene» disse quietamente Effie vedendo che non si muoveva. «Sei bravo nel tuo lavoro. Hai fatto quello che dovevi.»

Lui si passò una mano sul viso prima di guardarla. «Grazie. Vieni qui. Voglio farti venire.»

Lei guardò l'ora. Il calore provocato dal whisky si stava già disperdendo. Non le era consueto rifiutare un giro sulla lingua di Bill, ma il pensiero del quadro la tormentava, più intrigante di un orgasmo. «Devo andare a casa. A lavorare.»

Bill si alzò a sedere sul letto. «Giusto, dimenticavo. Vieni solo per questo.»

«Piantala» lo ammonì lei.

«Non sei venuta; sto cercando di comportarmi da gentiluomo.»

Effie non sbuffò, ma nemmeno accennò a baciarlo. Si fissarono fino a che Bill sospirò e indicò la porta.

«Vai, allora. Se è quello che vuoi. Oppure puoi restare e mangiare con me. Muoio di fame.»

Occupata con l'ultimo lavoro, che aveva promesso di spedire una settimana prima, quel giorno Effie aveva saltato il pranzo. Si posò una mano sullo stomaco vuoto che borbottava lamentoso. Polly non era a casa, così che non doveva preoccuparsi di preparare una cena che avrebbe consumato solo lei. E se poteva accettare o rifiutare un orgasmo, il cibo non era altrettanto negoziabile.

«Certo» disse. «Posso fermarmi per un po'.»

La reazione di Bill fu un sorriso lento, riluttante. «Wow. Devo sentirmi onorato?»

Effie rise. «Sempre.» E scese dal letto per rivestirsi.

In cucina, lo guardò darsi da fare con pasta e olio d'oliva. Preparare una semplice insalata. Tostare qualche fetta di pane. Era il tipico pasto da scapolo, ma il profumo era delizioso. E buono, scoprì dopo un primo assaggio esitante.

Lo aveva visto affettare gli spicchi d'aglio, scegliere le spezie che teneva nella dispensa. Non aveva motivo di pensare che Bill volesse farla stare male, tanto più che mangiavano le stesse cose, eppure non poté trattenersi dal separare con la forchetta i fili di pasta e scartare frammenti vagabondi di origano.

Quando alzò gli occhi, vide che lui la stava guardando. «Cosa c'è?» chiese allora.

L'espressione di Bill era neutrale. «Tutto bene? Ti piace?»

«Sicuro. È fantastica.» Effie prese una forchettata di pasta e se la cacciò in bocca. Masticò con impegno.

Lui scosse la testa. «Forse dovrei procurarti uno di quei vassoi a scomparti, così avresti la sicurezza che niente tocca nient'altro.»

«Uh?» Effie si fermò con la forchetta a mezz'aria. A quel punto non inghiottire divenne difficile.

Bill indicò il suo piatto. «Sì, li usano i bambini piccoli. Il figlio di mia sorella fa i capricci se un cibo entra a contatto con gli altri, così lei ha comprato uno di quei piatti a scomparti, dove i piselli e la purea non possono toccare il polpettone, e così via. Io credo che sia stupido compiacere in questo modo un bambino, ma dopotutto cosa ne so? Non ho figli.»

«Già» fece Effie dopo essersi costretta a ingoiare la pasta che minacciava di incollarsi al palato. «Cosa ne sai?»

Le sue abitudini alimentari erano terrificanti, patologiche. Lo sapeva. La cosa irritante era che Bill avrebbe dovuto capire che non poteva evitarlo. Invece che affamata, ora si sentiva imbarazzata. A disagio.

«Ehi» fece lui nel vederla posare la forchetta. «Mangia. Ti stavo solo prendendo in giro.»

«Sono piena.»

«Sciocchezze. Avrai mangiato due bocconi sì e no.» Bill si allungò a prendere la sua forchetta, gliela tese. «Forza. Devi mangiare.»

«Sembri mia madre.» Effie alzò gli occhi al cielo, ma prese un'altra forchettata.

«Ah, la buona vecchia Stacey» rise lui. «Dimmi come sta, a proposito.»

«Bene.» Effie gli puntò contro la forchetta. «E non chiamarla così. Per te, lei è la signora Linton.»

«Giusto» annuì Bill. «Visto che non sa che mi scopo sua figlia.»

Effie si accigliò. «Noi due non stiamo insieme, Bill. Questa faccenda l'abbiamo superata da un pezzo. Cos'è, vorresti che ti portassi a casa, ti presentassi alla mia famiglia come... cosa? Il mio ragazzo?»

«Sarebbe così terribile?»

«Sappiamo tutti e due perché non funzionerebbe.»

Bill intinse un pezzo di pane nell'olio aromatizzato all'aglio e ne staccò un grosso pezzo con un morso. Prese a masticare rumorosamente, lucide tracce di olio sul mento. «Non dovrebbe avere più importanza» disse.

«Ne avrebbe ancora per mia madre, e tu lo sai, agente Schmidt. E comunque non me lo hai detto tu stesso? Non vuoi legami. La tua vita di scapolo ti piace. Andare dove vuoi, quando vuoi. Scopare chi vuoi.» La voce di Effie era neutra come la sua espressione. «Non vuoi una vita dalle nove alle cinque, è quello che hai sempre detto. Forse io sto semplicemente cercando di rispettare le tue scelte.»

Bill rise sarcastico. «Naaa. Magari è quello che ti piace pensare, ma conosciamo entrambi la verità. Tu non vuoi un ragazzo o un marito più di quanto io sia interessato al ruolo.»

«Non sai proprio niente di quello che voglio.» Seccata, Effie andò a vuotare il piatto nella pattumiera prima di infilarlo in lavastoviglie. Quando si voltò, vide che lui la stava guardando. «Ma anche se così fosse, perché quando un uomo fa certe scelte è un playboy, e una donna invece è una puttana?»

«Non ho detto questo. Gesù, Effie, non mettermi in bocca le parole.» Bill andò verso di lei con tanta rapidità che Effie non fece in tempo ad allontanarsi, ma girò la testa per evitare il suo bacio. Lui puzzava di aglio. «Ma a volte ti piace farti chiamare puttana, vero?» le sussurrò all'orecchio.

Era vero, com'era vero che le piaceva prenderglielo in bocca. Ma in quel momento era soprattutto irritante. Lo spinse da parte.

«Non se è così che mi giudichi realmente» borbottò.

Bill parve sorpreso. «Non lo faccio; certo che no!»

«No?» Effie si fermò per squadrarlo. «Vedi per strada una ragazza con un vestito corto, e dici che è una sgualdrina. Ricevi una chiamata per un caso di violenza domestica e dopo dici che se una donna ti parlasse come quella parlava al marito, avresti voglia anche tu di prenderla a sberle.»

«Dio santo. L'ho detto solo quella volta.» Bill aveva l'espressione di un uomo che è appena stato colpito a sorpresa.

«Ma l'hai detto.»

«Non colpirei mai una donna senza una provocazione sufficiente, Effie, lo sai benissimo. Ma non credo che un paio di tette e una vagina ti permettano di farla franca quando hai torto. E se vogliamo dirla tutta, se fai certe cose, dovresti essere pronto a subirne le conseguenze. La chiamata di cui stai parlando... erano giorni che lei lo stuzzicava, che gli dava il tomento e alla fine, non riuscendo a farlo reagire, lo ha schiaffeggiato. Quattro volte, prima che lui non ne potesse più e le allungasse un pugno. A quel punto lei ha chiamato noi.»

Effie serrò le labbra. «Come fai a saperlo?»

«C'è un rapporto.» Bill la guardò come se non riuscisse a credere a tanta stupidità. «Lei ha scritto il suo fottutissimo nome sul rapporto, poi se ne sono andati insieme, tubando come piccioncini. Ho quasi dovuto arrestarli per atti osceni in luogo pubblico.»

«Oh.»

«Già.»

«Comunque.» Effie non demordeva. «Sei pur sempre uno di quegli uomini persuasi che vada bene giudicare una donna da come si veste.»

«Lo fanno tutti!»

«E questo lo rende accettabile? Credi che vada bene fare apprezzamenti volgari su una ragazza che cammina per strada solo perché quel giorno ha deciso di mettersi un vestito carino che non ha nulla a che fare con te? Se poi ti risponde, è una sgualdrina, e se non lo fa è una stronza.»

Bill era completamente sbalordito. Aprì la bocca. La richiuse. Tornò ad aprirla. «Che diavolo ti prende stasera, si può sapere? Tutto quello che ho detto è che a volte ti piace sentirmi parlare sporco. Sei tu a chiedermelo! E certe volte è eccitante, sicuro, ma non ho mai pensato... oh, dannazione. Non ci lasciate neppure respirare! Volete che ci accorgiamo quando siete in forma e più carine del solito, e se non lo facciamo, andate fuori dai gangheri.»

«E se la ragazza col bel vestito fosse tua figlia?» Effie pronunciò quelle parole e subito dopo chiuse la bocca prima di perdere del tutto il controllo.

«Ma io non ho figlie» rispose Bill, come se questo risolvesse tutto.

Lei si costrinse a esalare un lungo respiro. «Già» disse soltanto.

Bill mosse un passo verso di lei, ma si fermò nel vederla reagire con un gesto iroso. «Allora. Perché diavolo è venuta fuori tutta questa manfrina?»

«Se mi chiedi se ho le mestruazioni, giuro che ti sferro un pugno proprio là.»

«Vedi?» rise lui. «Una pollastra può benissimo minacciare un atto violento, ma un uomo no. Questa sì che è vera uguaglianza!»

«Grazie per avermi permesso di succhiarti il cazzo. E per la cena.» Effie sollevò il mento con aria di sfida. «Me ne vado.»

«Benissimo. Come ti pare. È quello che fai sempre.»

Lei si accigliò. «E così tu. Non comportarti come se la verità fosse un'altra.»

«Oh, senti, non litighiamo. Mi sento già abbastanza a terra così. Volevo che tu venissi perché... avevo voglia di vederti.» Bill esitò. «Non perché ci girassimo intorno come due gatti pronti a dare battaglia. Avevo voglia di vederti.»

«Sono qui.»

E subito lui la raggiunse. Questa volta, Effie lasciò che la abbracciasse. La testa posata sul suo petto, sentiva il suo cuore battere sotto la guancia. Avrebbe potuto circondargli la vita con le braccia e lasciare che la tenesse stretta. Avrebbe potuto, se solo avesse voluto, fingere di amarlo.

Lasciò nondimeno che la tenesse abbracciata. Billy c'era stato quando, in più di un'occasione, aveva avuto bisogno di lui. Ora toccava a lei.

Con il viso ancora premuto sulla sua pelle nuda, gli rivolse finalmente la domanda che le bruciava nella mente fin dalla prima volta che la voce era arrivata al suo orecchio. «È vero?»

«Cosa?» Bill la allontanò per guardarla in faccia ma subito dopo la sua espressione si fece colpevole. «È estremamente improbabile che venga rilasciato, Effie. Lo sai.»

«L'hai sentito dire anche tu! E non mi hai detto niente!» Effie si afferrò i gomiti per non stringere le mani a pugno. «Dannazione. Avevi promesso che me lo avresti fatto sapere, se ti fosse arrivata qualche notizia sul suo conto.»

«Succede di continuo. Invecchia. Chiede la libertà sulla parola, ci sono persone che perorano la sua causa.» Bill prese il suo piatto e lo portò al lavello.

Effie corrugò la fronte. «Ma... non uscirà.»

«Non credo, no. È soltanto una di quelle cose che si verificano periodicamente. Non hanno portato a nulla in passato, e così sarà anche questa volta.»

Quando lei non replicò, tornò ad avvicinarsi, le posò sulle spalle le grosse mani, la guardò negli occhi. «Se dovesse andare diversamente, ti informerò. In caso contrario, pensa che sono solo chiacchiere. Mamme di ragazzine che si scaldano per avere qualcosa su cui spettegolare.»

«Non sei tenuto a proteggermi, sai» disse lei.

Bill scrollò le spalle. «Sono tenuto a proteggere chiunque. È il mio lavoro.»

Ed era bravo in quello che faceva. Era un buon poliziotto. Contribuire a fare del mondo un luogo sicuro gli stava davvero a cuore.

«Non devi preoccuparti per lui» disse ora. «Te lo garantisco.»

Come spiegargli che non era preoccupata? Non nel senso che chiunque avrebbe ipotizzato. Non aveva più tredici anni, e Stan Andrews era ormai un vecchio. Se anche avesse lasciato il carcere, *papà* non sarebbe andato a cercarla. Era troppo vecchia per essere ancora la sua bambina.

«Merita di marcire e morire dov'è, tutto qui» disse ad alta voce. «Per quello che ci ha fatto.»

«Che vi ha fatto, già. Sai che il tuo ragazzo è stato fermato per ubriachezza e schiamazzi, vero? Una rissa da *Shamrock*; ha preso a pugni una parete, e anche Dickie Alonzo. Era con Sheila Monroe, e a quanto pare se l'è presa con Dickie per aver messo in dubbio l'onorabilità di lei.» Bill si interruppe, come per valutare la reazione di Effie, ma non ce ne fu nessuna.

Sheila Monroe era a un tempo l'ubriacona e la puttana della città, e lo era da sempre. Non aveva nessuna onorabilità, ma Heath sì. Quello che Heath faceva con lei era complicato e non riguardava Effie. Inoltre, lei aveva smesso da tempo di correggere Bill quando chiamava Heath il suo ragazzo. Non riusciva a capire se il poliziotto sapesse che a volte loro due scopavano ancora; di certo, lei non aveva mai ammesso con lui di avere avuto rapporti con Heath.

«No, non lo sapevo. Ma tu naturalmente non vedevi l'ora di dirmelo, giusto?»

«Pensavo che avresti voluto saperlo, tutto qui. Se non sta attento, finirà in prigione con suo *papà*.»

Per un momento, tutto quello che lei poté vedere e sentire fu il rumore sordo, frastornante del proprio cuore. Solo vagamente registrò lo schianto della sedia che cadeva a terra. Il tintinnio delle stoviglie sul tavolo. Poi Bill la prese fra le braccia.

«Non toccarmi» sibilò Effie.

Lui la lasciò andare. «Mi dispiace. Sono gli antidolorifici. Mi fanno dire stronzate.»

«Sei tu lo stronzo. Gesù, Bill.»

Non sembrava dispiaciuto. Piuttosto, aveva l'aria di aver segnato un punto in un gioco che solo lui sapeva di stare giocando. Effie marciò verso la porta.

«Non c'è bisogno che ti preoccupi per quel tizio» le gridò dietro Bill. «Te l'ho detto!»

Lei gli mostrò il medio e uscì sbattendo la porta.

. 17 .

Mitchell aveva perso il cellulare, e ci era voluto un po' di tempo per programmare il nuovo. Pur diffidente, Effie aveva accettato la scusa perché, oltre a un cerchietto verde accanto al nome di lei su un sito di incontri quando non erano mai stati nemmeno vicino a parlare di rapporto esclusivo, non aveva motivo di pensare che Mitchell si divertisse in giro. E se non avesse finalmente accettato il rischio di fidarsi di qualcuno, perché diavolo prendersi la briga di provarci?

Lui era davvero un tipo piacevole. Normale. Quel giorno indossava pantaloni cachi e una polo, e aveva i capelli arruffati, ma in un modo adorabile. Portava occhiali senza montatura che in qualche modo lo rendevano più accattivante di quanto sarebbe stato giusto. Un uomo simpatico e normale, senza un passato oscuro, che per vivere scriveva programmi di computer e non sembrava preoccuparsi del fatto che lei ascoltava più di quanto parlasse.

Ci avrebbe provato, si disse Effie con decisione mentre uscivano dal cinema. Avrebbe fatto esattamente quello che aveva detto a Heath che stesse facendo, andare avanti con la propria vita.

«Un bel film, no?» commentò Mitchell. Effie occhieggiò le persone raggruppate intorno ai portacenere, appena fuori dell'ingresso, desiderando disperatamente una sigaretta.

Non era sempre così? Il fumo era una di quelle abitudini che si possono abbandonare, senza mai però lasciarsele del tutto alle spalle. «Era violento» disse.

«Oh no?» Mitchell le lanciò un'occhiata di sbieco.

Lei rise e d'impulso lo prese sottobraccio. «Era carino. Mi piace il genere: pistole, auto veloci e belle donne.»

«Ero sicuro che avresti scelto l'altro.» Mitchell adattò il passo a quello di lei. Sembrava felice del contatto fisico. «Per me non sarebbe stato un problema.»

«Ma certo. Sei un gentiluomo.» Benché sincera, Effie parlò con leggerezza. Lo stava mettendo alla prova.

L'uomo sorrise. «Lieto che la pensi così.»

Effie se ne accorse quando, aggirando una pozzanghera, Mitchell fece in modo di trovarsi fra lei e il marciapiede. Fu contenta quando la prese di nuovo sottobraccio, ma anche se altre donne lo avrebbero interpretato come un invito a flirtare, lei tenne lo sguardo fisso davanti a sé.

«È la terza volta che usciamo insieme, e non hai ancora cercato di baciarmi» disse tuttavia.

Mitchell si fermò, ma lentamente si girò a guardarla. Lì, sul marciapiede davanti alla vetrina vuota di un ex negozio di ferramenta, la attirò sé e la baciò lievemente sulla bocca.

«Meglio?» chiese.

Lei non aveva avuto neppure il tempo di chiudere gli occhi. Non era stato terribilmente romantico, ma certo meravigliosamente dolce. Aveva voglia di ricambiare il bacio, di costringerlo a socchiudere le labbra e insinuarvi la lingua. Non lo fece. Sorrise, invece, e chinò la testa, apparentemente per timidezza, ma in realtà per impedirsi di ridergli in faccia. C'erano molti modi di ferire una persona, e non era quello che voleva fare.

«Mi piaci sul serio, Effie.»

Ma certo. Perché non aveva idea di chi fosse lei realmente. In caso contrario, sarebbe fuggito urlando.

«Mi piaci anche tu, Mitchell.»

«Posso portarti a prendere un caffè, magari un dolce? O devi tornare da tua figlia?»

«È con mia madre. E il caffè mi sembra perfetto.» Rabbrividendo, Effie alzò gli occhi al cielo. Niente stelle, e nell'aria odore di neve. Per baciarlo di nuovo, dovette alzarsi in punta di piedi, ma solo un po'; Mitchell la superava di due o tre centimetri appena.

Questa volta il bacio durò più a lungo. Bocche aperte. Lingua. Meglio della prima volta. Quando si staccarono, lui sembrava vagamente disorientato. Effie non lo baciò di nuovo, ma attese di vedere se lo avrebbe fatto lui.

Lo fece, gentiluomo o meno, e le sue mani vagabondarono fino ai suoi fianchi. A occhi chiusi, si lasciò sprofondare nel suo sapore. Era più facile di quanto avesse immaginato, pensò prima che il bacio finisse, costringendola a riaprire gli occhi. Mitchell guardò il cielo, poi di nuovo lei. Sorrideva.

«Sta cominciando a nevicare.»

«Oh» fece Effie. «Carino.»

«Non quanto te» fu la risposta e lei avrebbe voluto ridere, perché naturalmente lui non aveva idea, non sapeva un bel niente. Tutto quello che vedeva erano il suo viso e il suo corpo, e sì, Effie sapeva di essere carina. Il problema era dentro di lei, e fino a quel momento Mitchell aveva conosciuto solo l'involucro.

Per la prima volta dopo un'eternità si scoprì felice di essere ancora una sconosciuta per qualcuno che la trovava simpatica e carina. Normale.

«C'è un ottimo posto a un isolato da qui, dove fanno una torta al cioccolato divina» disse. «Ti va di conoscerlo?»

Gli andava.

. 18 .

Heath era arrivato con uno stufato in una borsa termica e un'insalata mista. Aveva portato anche una bottiglia di vino bianco e una di Coca da due litri. Perché? Ma perché chissà come sapeva... e lo sapeva sempre... quando Effie si buttava a corpo morto nel lavoro e per giorni non trovava il tempo di preparare un pasto decente. Okay, era più o meno una settimana, ormai. Lei e Polly vivevano di avanzi di pizza e patatine fritte surgelate e Effie, come sempre quando era presa da un progetto, aveva fatto fuori una cassetta di *Noodles Ramen*, più una dozzina di confezioni mini di Pringles. Le piacevano soprattutto perché potevi vuotare nel piatto l'intero tubo e vedere ogni singola patatina prima di metterla in bocca.

Ora sorrise nel sentire il profumo di pollo, aglio, e broccoli. «Oh mio Dio, verdure fresche» sorrise. «Lo hai fatto tu?»

«Puoi scommetterci.» Heath mise lo stufato sul fuoco. «Non è riso» aggiunse. «È couscous.»

«Lo mangio.»

«Scherzi? Da quando?»

«Non saprei. Qualche settimana.» Era ansiosa di cambiare argomento, ma lui la prese per il gomito, costringendola a guardarlo in faccia. Eppure no, non gli avrebbe detto che vedeva Mitchell, che a Mitchell il riso piaceva e alla fine lei aveva fatto con il cibo ciò che aveva fatto con gli appuntamenti. Gli aveva dato una possibilità.

«Sono stato attento a quello che ci mettevo» stava dicendo Heath.

Effie annuì e si alzò in punta di piedi per stringerlo in un abbraccio che fu attenta a non prolungare. «Mi fido di te» disse.

Un sorriso gli incurvò gli angoli della bocca e lei pensò che l'avrebbe baciata, ma Heath rivolse nuovamente la sua attenzione alla borsa termica.

«Dovresti tagliarti i capelli» commentò allora.

Lui si girò a metà. «Dopo cena? Lo fai tu?»

«Se ti sorride l'idea di assomigliare a una pecora tosata.» Effie rise e scosse la testa ma Heath, comprese, era serio. Sospirò, fingendosi seccata, anche se in realtà era soprattutto compiaciuta.

Polly aveva apparecchiato; lo aveva fatto di sua iniziativa, senza necessità di sollecitazioni. Era stata insolitamente taciturna, per tutto il giorno, ma Effie, che non aveva ancora indagato, sospettava che avesse a che fare con il pigiama party a cui aveva partecipato la sera prima. Non aveva detto nulla, ma da quando Dee l'aveva riaccompagnata a casa, alle dieci di quella mattina, non aveva fatto altro che dormire.

«Polly, prendimi una birra, vuoi?» Heath si liberò della malconcia giacca di tela e la appese al gancio dietro la porta. Il suo gancio. Nessun altro lo usava mai.

Effie ignorava cosa avesse motivato quella riflessione, ma la verità era che non si era accorta di quanto apparisse vuoto l'attaccapanni senza un indumento di lui appeso. Si costrinse a scacciare il pensiero e a concentrarsi sui contenitori di frutta e verdura che continuavano a uscire dalla borsa di Heath.

«Dolcetti al limone per dessert.» Lo sguardo di lui la percorse da capo a piedi. Allungò un braccio per farla girare a destra, poi a sinistra, quindi annuì.

Effie si posò le mani sui fianchi. «Cosa c'è?»

«Hai un bell'aspetto.»

«Paffuto, vuoi dire.»

«Troppi appuntamenti» dichiarò Heath. «Tutti quegli stuzzichini fritti.»

Quando gli sferrò un pugno leggero sul braccio, la afferrò e tenendola ferma, le fece il solletico fino a quando, ormai senza fiato, Effie alzò le mani in segno di resa.

Solo allora si accorse che Polly li osservava con un sorriso stranamente privo di allegria. Con cautela, Effie si sottrasse alla stretta di Heath.

Anche se aveva notato qualcosa, non lo dette a vedere. Prese la lattina che la ragazzina gli tendeva, la aprì e bevve un lungo sorso. Quando ruttò sonoramente, sia Effie sia Polly proruppero in esclamazioni di disgusto.

Battendosi la mano sullo stomaco, Heath strizzò l'occhio a Polly. «Meglio l'attico che la cantina.»

Di norma Polly avrebbe riso, ma quella sera si accontentò di rivolgergli una parvenza di sorriso mentre sedeva a tavola. Effie non aveva cresciuto la figlia in una religione che non fosse quella dell'osservanza delle norme del vivere civile, ma qualche anno prima lei aveva cominciato a recitare una breve preghiera prima dei pasti. Cosa dicesse o a chi si rivolgesse, Effie lo ignorava, perché Polly pregava sempre in silenzio. Quel giorno, tuttavia, tese la mano: una a Heath, che la prese immediatamente, una alla madre. Che esitò.

«Coraggio. Non ti ucciderà» la esortò Heath.

Polly la guardava con aria d'attesa, così, un po' accigliata, Effie intrecciò le dita alle sue. Quando la vide chinare la testa, pensò che avrebbe parlato, ma Polly pregò come faceva sempre, senza parole. Effie cercò gli occhi di Heath, all'altro capo del tavolo.

Lui le sorrise.

In quel momento, al mondo per lei non c'era altro. Le due persone che più amava, sedute al suo tavolo. Erano una famiglia. In quel momento, le sarebbe stato impossibile immaginare qualcosa di diverso.

Sorella, Fratello, Papà. Eccoci qui. Non è carino? Tutti quanti insieme, una famiglia.

Al ricordo sollevò improvvisamente la testa, orribile e minaccioso, e Effie si scostò fisicamente da esso, rovesciando il bicchiere di vino. Il liquido si sparse sulla tovaglia, e fu un sollievo saltare in piedi per prendere un canovaccio, un sollievo nascondere la propria espressione a Heath, che la stava guardando e certo aveva intuito qualcosa. La guardò di nuovo, incuriosito, quando lei cominciò ad asciugare con una risata ariosa quanto forzata, ma non aprì bocca. Cercò invece di aiutarla, ma Effie lo allontanò.

«Faccio io.» E al suo secondo tentativo: «Ho detto che faccio io» in tono più tagliente.

«Una mia amica dice che coltiverà fagioli» annunciò Polly quando la conversazione si spostò sul progetto di scienze della sua classe.

«E qualcosa che non preveda la cura di cose viventi?» fece Effie, che si era riempita nuovamente il bicchiere. «Niente fagioli, né pulcini. Che so, un esperimento con coca cola e menta. Dovrebbe essere divertente.»

«Lo fa già qualcun altro.» Parlando, Polly trascinava la forchetta sul piatto, separando la carne dal resto.

Heath si portò la bottiglia di birra alle labbra, bevve un sorso. «Non mangi?»

La ragazzina si strinse nelle spalle. «Credo che diventerò vegana» annunciò.

Era una novità per Effie. «Niente più cheeseburger, lo sai, vero?» fu tutto quello che le venne in mente.

Polly rise. «Ma va'.»

«E la verdura dovrai mangiarla sul serio» aggiunse Effie, vedendola spingere in un angolo anche i broccoli.

«Sì, mamma cara» sospirò l'altra. «Lo so.»

Con la forchetta, Heath infilzò un pezzo di carne nel piatto di Polly. «Io non mi preoccupo. Ce n'è di più per me» fu il suo commento.

Polly li guardò entrambi. «Per voi va bene, allora? Se divento vegana?»

«Se è quello che vuoi» confermò Effie. «Credo che sarà più dura di quanto tu creda, ma è okay, sì.»

La ragazzina sembrava sorpresa e perfino un po' delusa. «La mamma di Sam glielo ha proibito. Dice che quando sarà grande potrà fare quello che vuole, ma fino a che vivrà in casa, mangerà quello che è stato preparato.»

Effie non aveva mai costretto la figlia a mangiare quello che non voleva, né a vuotare il piatto. Per lei, cibo e alimentazione erano questioni complicate, e non voleva che lo diventassero anche per Polly. Ora lanciò un'occhiata a Heath.

«Be', Polly, non posso prometterti che preparerò per te piatti elaborati...»

«Non lo fai comunque» la interruppe l'altra.

Effie fece una smorfia. «Ehi, grazie, ragazzina.»

Questa volta la risata di Polly suonò più naturale. «Posso trovare un sacco di ricette in Internet» dichiarò.

«E io posso aiutarti a cucinare qualche piatto vegano» si offrì Heath. Infilzò un altro pezzo di carne scartato da Polly e masticò lentamente, e questo fu tutto.

«Da dove salta fuori, secondo te?» chiese Heath dopo cena, quando Polly si ritirò in camera sua per fare i compiti.

«L'idea di diventare vegana?» Effie era occupata a lavare la pentola dello stufato. «Non ne ho idea. Per caso di questi tempi fa tendenza?»

«Sta crescendo.» Lui le stava così vicino che se non fosse stata attenta lei lo avrebbe urtato con il gomito.

«È così che succede» replicò in tono volutamente leggero.

«Immagino di sì.»

Lei lo guardò. «Cos'hai?»

«Niente.» Il telefono di Heath squillò, ma invece di rispondere lui pigiò il pulsante che dirottava la chiamata alla casella vocale.

Effie si sforzò di apparire indifferente mentre commentava: «Alla tua ragazza non farà piacere se non rispondi».

«Non è la mia ragazza.»

«No, naturalmente.» Dopo essersi asciugata le mani, gli sfiorò con le dita il livido sulla guancia, ormai quasi sbiadito. Heath chiuse gli occhi a quel tocco che non era esattamente una carezza, e le premette le labbra sul palmo della mano, ma senza baciarlo.

«Dobbiamo proprio tagliarti i capelli» disse ancora lei. Heath aveva capelli bellissimi, e in un certo senso tagliarli era un peccato, ma non poteva continuare ad assomigliare a un cane da pastore.

Lavorò con calma, tagliando una prima volta e, dopo aver controllato la lunghezza sui lati, una seconda. Concentrata com'era, impiegò qualche minuto ad accorgersi che lui non le staccava gli occhi di dosso.

«Baciami» sussurrò Heath quando i loro occhi si incontrarono.

Un'ondata di calore quasi sommerse Effie, che però sorrise appena e scosse la testa. Negli occhi di lui balenò un lampo. Effie era in piedi tra le sue ginocchia, e non gli fu difficile afferrarla per i fianchi e tirarla un po' più vicino. «Baciami» ripeté.

«No. Stai fermo.»

Desiderava baciarlo, naturalmente. Desiderava anche di più. Le bastava toccarlo in quel modo per avere la sensazione di stare camminando lentamente sull'acqua, in attesa dell'istante in cui sarebbe inevitabilmente sprofondata.

Con uno sforzo, tornò a concentrarsi sul taglio e di lì a poco gli spazzolava le spalle per eliminare le ciocche tagliate. «Fatto» annunciò.

Aprendo gli occhi, Heath si passò entrambe le mani sulla testa. «Grazie.»

«Non vuoi guardarti allo specchio?»

«Sono sicuro che hai fatto un ottimo lavoro.» Si alzò. «Prude, però. Credo che farò una doccia. E dopo il dolce? Ti va di vedere un paio di episodi di *Runner* con me?»

Stavano lentamente guardando tutte e dieci le serie del programma, ma mancavano ancora alcuni episodi. Effie scosse la testa. «Devo lavorare, ma scommetto che Polly sarà felice di farti compagnia. Prima però, assicurati che abbia finito i compiti.»

«Naturalmente.»

Quando la afferrò per la cintura attirandola a sé, lei pensò che l'avrebbe baciata, ma Heath si limitò a sfiorarle brevemente le labbra con il pollice prima di lasciarla andare.

Venti minuti dopo, le note familiari della sigla di *Runner* penetrarono attraverso la parete per arrivare fino a Effie, in piedi davanti al cavalletto. Aveva comprato quella casa soprattutto per la veranda che garantiva una perfetta illuminazione tutto il giorno, ma quel quadro sarebbe probabilmente riuscito meglio se fosse stato dipinto al buio.

La tela ancora quasi completamente bianca. Aveva impiegato qualche settimana a passare dall'idea iniziale all'autentica progettazione, ma il dipinto che aveva in mente sarebbe stato diverso da tutti quelli che metteva in vendita sul *Crafty Store* e che la gente le commissionava. Quello sarebbe stato puro Effie.

Prese parecchi tubetti di colore: nero, cremisi, varie sfumature di azzurro. Il rosa più pallido, più tenue. Spremette di tutti abbondanti quantità sulla tavolozza e cominciò a dipingere.

Alberelli dall'aria allegra.

La gente poteva anche prendere in giro Bob Ross quanto voleva, ma Effie aveva passato ore in compagnia della voce pacata e dei paesaggi del pittore. Il televisore del seminterrato prendeva un solo canale, la BPS. Era quasi peggio che non avere affatto la televisione, ma *papà* gliel'ha data come *ricompensa* per il loro comportamento, e Effie non intendeva lamentarsi, neppure con Heath. Soprattutto non con Heath, visto che era stato lui a pagare il prezzo.

Effie aveva sempre amato disegnare e dipingere, ma di tecnica aveva imparato più nei mesi passati guardando *The Joy of Painting* che in anni di lezione con Madame Clay. Solo il giorno prima, aveva dipinto un grazioso paesaggio con alberi e montagne e un lago. Aveva dipinto anche delle sbarre come se si trattasse di una finestra, in modo che potessero appendere il dipinto e fingere di avere una vista. La prospettiva era tutta sbagliata; se fosse stato davvero quello che vedevano fuori, l'acqua del lago avrebbe bagnato loro i piedi. A Effie non importava. Avrebbe dato qualunque cosa per trovarsi su una spiaggia, con l'acqua tiepida che la invitava a tuffarsi.

Quel giorno, avrebbe voluto terminare il quadro iniziato la settimana scorsa, ma si era svegliata con il mal di stomaco. Era la droga. A volte era davvero troppa. Un giorno o l'altro *papà* li avrebbe uccisi. E forse era proprio a questo che mirava.

Effie aveva voglia soltanto di starsene zitta e tranquilla al buio e dormire fino a che il dolore non fosse passato. Avrebbe potuto dormire con la musica, anche se era la stessa canzone ripetuta all'infinito, quella della nave che salpa. Non poteva dormire con quelle luci così vivide, tuttavia, e lui le accendeva immancabilmente prima di una visita.

Papà. Era così che insisteva per essere chiamato. E lui li chiamava *fratellino* e *sorellina*. Era un uomo piccolo, con gli occhiali e quasi calvo, un ventre che sembrava troppo grande per i pantaloni, e che quasi nascondeva la cintura troppo stretta. Ma era più forte di quanto apparisse, Effie lo sapeva, perché il giorno in cui aveva cercato di passargli accanto di corsa per raggiungere la porta, lui le era piombato addosso rapidissimo, e il ceffone che le aveva mollato l'aveva fatta barcollare. Peggio ancora, aveva colpito Heath in piena faccia, più e più volte, fino a che Effie non lo aveva supplicato di smettere, e allora *papà* le aveva promesso che se ci avesse riprovato, il trattamento riservato a Heath sarebbe stato ben peggiore.

Effie gli credette, e l'episodio l'aveva aiutata a capire perché Heath fosse così restio a tentare la fuga. Il fardello nato della consapevolezza che le tue azioni avrebbero danneggiato qualcun altro. Lui era ancora persuaso che qualcuno li avrebbe trovati; Effie stava perdendo le speranze.

«Buongiorno, bambini.» *Papà* non mancava mai di salutarli. «Buongiorno buongiorno, uova e pancetta al forno!»

A volte c'erano uova e pancetta, dal profumo così buono che Effie sentiva la bocca riempirsi di saliva; altre volte frutta abilmente tagliata a forma di fiore o di panda. Quando *papà* era arrabbiato, solo porridge freddo e senza zucchero, o tagliolini quasi crudi, resi amari dalle pillole frantumate e da altre cose. A volte non c'era nulla per giorni e giorni, e in fondo non era un male, perché era più facile sopportare la fame quando non avevi davanti un piatto di uova strapazzate morbide e gonfie, spolverate di formaggio.

Nondimeno, non potevano resistere a lungo senza mangiare, e la sera prima Effie aveva ceduto, divorando un piatto intero di pasta al burro. Heath, invece, l'aveva appena assaggiata, e la guardava preoccupato.

Effie aveva così imparato nel modo più duro a capire che Heath aveva ragione nel dirle di non mangiare quello che portava loro *papà*.

Ora rimpiangeva la sua debolezza. Le faceva male lo stomaco, e aveva i crampi. Aveva trascorso buona parte della notte in piedi, e parecchie volte era stata sul punto di vomitare. Se era riuscita a trattenersi era solo perché il pensiero del fetore che avrebbe ammorbato il seminterrato per giorni o magari settimane, era più di quanto potesse sopportare.

Quel giorno, quando partì la canzone e le luci si accesero, Effie si tirò le coperte sporche sopra la testa e gemendo si voltò su un fianco. Impossibile pensare di alzarsi, impossibile incollarsi sul viso un sorriso, come *papà* pretendeva. Neppure la promessa di salire di sopra, un grande privilegio di cui, assicurava *papà*, godranno entrambi *un giorno*. Quando sarebbero stati abbastanza buoni. Quando lui avrebbe capito di potersi fidare. Effie la sapeva troppo lunga per credergli. L'unica possibilità che lei e Heath avevano di salire di sopra, pensò, era da morti.

«Effie» disse ora Heath. «Alzati, sta arrivando. Forza, dai.»

«Sto male.»

«Non avresti dovuto mangiare il pane all'aglio» disse ancora Heath.

Con un gesto secco, lei si scoprì il viso. «Ehi, grazie tante, signor Ovvietà.»

Sentirono il cigolio delle assi del pavimento, poi i gradini di legno che scricchiolavano e la porta in fondo alle scale che si apriva. Le stanze che i due ragazzi dividevano erano state insonorizzate con tanta cura che nessun altro rumore penetrava dall'esterno. Effie si raggomitolò sotto le coperte.

«Buongiorno buongiorno...» cominciò *papà*. «Ebbene, *sorellina*. Cosa succede? Perché non sei alzata? Che cos'ha, *principe azzurro*?»

«Si sente poco bene» rispose Heath.

Papà mosse qualche passo verso il letto. «Sul serio? E cos'hai, di preciso?»

«Lo stomaco.» Effie accompagnò quelle parole appoggiandosi una mano sull'addome.

L'uomo aveva l'aria di esserne contento, ma di non volerlo dare a vedere. «Sarà meglio che dia un'occhiata» dice.

Effie non voleva che lui la toccasse, e si irrigidì quando lo vide calarsi sul letto. Era preparata alle cose peggiori. Era questo che facevano i pervertiti come lui, giusto? Toccare le ragazzine dove non si dovrebbe? Ma *papà* si limitò a palparle l'addome con dita leggere e quindi a posarle una mano sulla fronte. «Brodo di pollo» dichiarò, battendosi le mani sulle ginocchia. «Ecco di cosa hai bisogno.»

«Non ho fame.»

«Ti farà bene.» *Papà* si alzò e guardò Heath. «E tu? Come ti senti?»

Lui si strinse nelle spalle. «A posto.»

«A posto, come?»

«A posto, *papà*.» Heath masticava quasi la parola, quasi il suo sapore avesse il potere di farlo star male come il pane all'aglio aveva fatto star male Effie.

L'altro aggrottò la fronte, come se avesse sperato in una risposta diversa. «Torno fra un po'.»

Appena uscì, chiudendo la porta a chiave dietro di sé, Effie si alzò a sedere. Non c'era parte del corpo che non le facesse male. Con i pugni colpì selvaggiamente il materasso infossato. «Ma cosa vuole?» gridò. «Cos'ha in testa? Perché si ostina a tenerci quaggiù? Perché ci dà da mangiare cose che ci fanno star male, Heath? Perché?»

Tutto le girava intorno, stava per vomitare, lo sapeva, ma non trovava la forza per camminare, e tanto meno correre fino al bagno. Sputò in un piatto vuoto, ma era solo saliva. Si asciugò il muco che le colava dal naso, poi si alzò e cercò di rovesciare il tavolo. Aveva voglia di fracassare qualcosa, ma subito i crampi la costrinsero a piegarsi in due, boccheggiando.

Heath la prese per un braccio, cercare di divincolarsi sarebbe stato inutile; lui era troppo forte per potersene liberare. La tenne stretta fino a che non smise di dibattersi, e per un secondo lei pensò che stesse per baciarla, ma non lo fece.

«Ci fa star male per potersi prendere cura di noi. E farci sentire meglio. Così gli siamo riconoscenti» spiegò Heath a bassa voce.

Nuovamente seduta sul letto, Effie lo guardava con gli occhi sbarrati. Aveva la gola chiusa, e benché disperata e agitatissima, si sentì sopraffare da una letargia coì intensa che faticò a non ricadere sul cuscino. «Perché?» chiese.

«Perché è pazzo.»

Prima che potesse fare altre domande, nuovi crampi la assalirono, ma questa volta riuscì a correre in bagno. Durante la notte Heath doveva aver riempito il serbatoio del water, lei comunque si sarebbe sentita molto più imbarazzata per lo sporco e l'odore se non avesse avuto la sensazione che stesse per morire.

Caso del tutto insolito, *papà* aveva lasciato accese le luci bianche, ma ora Effie ne era contenta perché rischiaravano anche il bagno quanto bastava per consentirle di vedere. Ma a dispetto dei crampi, non si liberò di niente, e solo quando si pulì, vide che la carta igienica era sporca di qualcosa di rosso e vischioso. Lo fissò, incerta. Poi cominciò a piangere.

Tutte le sue amiche avevano il mestruo da più di un anno e la mamma, dicendole che era solo questione di tempo, l'aveva portata a comprare assorbenti e tamponi che Effie teneva sempre con sé, per essere preparata. E ora era nello squallido cesso del seminterrato di un pazzo, aveva il ciclo e tutto quello che riusciva a fare era piangere.

«Effie?»

«Va' via!» Piena di imbarazzo, Effie cercava di ripulirsi, ma c'era troppo sangue e non abbastanza carta igienica. Heath fece capolino dalla porta. «Tutto okay?»

«No.» Effie esalava un respiro tremulo e serrava le ginocchia. «Ho bisogno di aiuto.»

«Per che cosa?»

Lei non voleva dirlo. Né a questo né a nessun altro ragazzo, ma che scelta aveva? «Mi sono venute le mestruazioni.»

«Oh.» Heath non sembrava imbarazzato e neppure curioso. Sembrava comprensivo. «Merda.»

«E non ho niente!»

«Chiederò qualcosa a *papà* quando torna.»

«Di sicuro non avrà niente» obiettò lei. «Non pensi?»

Heath si avvicinò un po' di più. «Dovrà attrezzarsi, allora. Non può aspettarsi che tu... te la cavi senza niente. È impossibile che non lo sappia.»

«Ma è pazzo.» Effie tirò su col naso. Un crampo lento, lunghissimo, le rivoltò le viscere.

«Ma gli piace prendersi cura di noi in modo che gli siamo riconoscenti» le ricordò Heath.

Il pavimento cigolò sopra di loro. E c'era ancora quell'assurda canzone. Effie avrebbe voluto coprirsi le orecchie con le mani, ma non lo fece. Non sarebbe servito a nulla.

La porta si aprì. «*Sorellina*, ti ho portato il brodo... cosa succede qui?»

Heath si raddrizzò. «Lei ha bisogno di... di certi oggetti per ragazze.» Alle sue spalle, Effie non riuscì a vedere granché, ma *papà* sembrava genuinamente sorpreso quando chiese: «Cosa?».

«Assorbenti» gridò allora lei. «Ho il ciclo, sono caduta per le scale, ho le mie cose!»

«Oh, mio Dio» disse *papà*.

«Le servono quelle cose» ribadì Heath.

Silenzio, poi Effie sentì la porta che si chiudeva. Tutto quello che stava succedendo era terribile, ma questa cosa era la peggiore. Alcune sue compagne le avevano raccontato come era stata traumatica la prima volta, ma la sua le batteva tutte.

Heath si era allontanato, ma tornò quasi subito e le mise in mano qualcosa di morbido. Era uno strofinaccio piegato a rettangolo.

Lei lo guardò. «Non posso.»

«Andrà bene» disse lui.

«Vattene, ora.» Effie aspettò che fosse uscito, poi si alzò per infilarsi il canovaccio fra le gambe. Quando tirò su le mutandine per tenerlo fermo, le sfuggì un altro singhiozzo. Era peggio che portare il pannolone.

Heath alzò la testa e la guardò con aria d'attesa. La guardò in viso, non fra le gambe, e quello fu il momento in cui Effie cominciò a pensare a lui come a qualcosa di più di uno sconosciuto con cui era costretta a vivere.

«Effie. Ehi.» La voce di Heath l'aveva attirata di

nuovo in questa stanza, in questa realtà, e fuori del seminterrato.

«Effie. Ehi.» Come stordita, lei lasciò che Heath le facesse fare un mezzo giro e le togliesse il pennello dalle dita anchilosate.

Abbassò gli occhi sulle mani imbrattate di colore. «Ciao» disse.

«È tardi. Mi sono assicurato che Polly facesse la doccia e si lavasse i denti prima di andare a letto.» Heath le passò una mano lungo il braccio. «È finito?»

Effie si voltò verso il dipinto. Era più grande di quasi tutti i suoi lavori precedenti. Se mai avesse trovato un compratore, spedirlo sarebbe stato un problema. Ma Naveen sarebbe impazzito, pensò subito dopo. Era un sacco di tempo che non gli mandava nulla di così buono. «Probabilmente è la cosa migliore che abbia mai fatto» disse. «Ma non sono certa che sia finito.»

«Non vuoi mangiare qualcosa? Sono ore che sei qui.»

Quando Heath le batté su una spalla, Effie si volse verso di lui con la lentezza di chi emerge da un sogno. Finalmente lo vide, lo vide davvero; ma scosse la testa. «No, non ho fame.»

«Stanca? Ti metto a letto.»

Effie abbassò gli occhi sui pantaloni della tuta e la canotta; si era liberata da un pezzo del reggiseno. «Prima mi serve una doccia. Sono coperta di vernice.»

Come sempre dopo aver dipinto qualcosa che la ispirava davvero, si sentiva fragile, delicata. Non aveva fame, ma avrebbe dovuto almeno bere qualcosa perché aveva la bocca secca, la lingua simile a sabbia. E tuttavia non riusciva a muoversi, ancora soggiogata dal potere insito nel creare qualcosa che sapeva, lo sapeva nel profondo dell'anima, era vera arte.

Heath le scostò i capelli dagli occhi.

«Una doccia, allora» decretò.

Circondandole la vita con un braccio, la guidò attraverso la cucina fino in corridoio, oltre la camera di Polly. In bagno, le sfilò il top, e benché trattenesse per un momento il respiro alla vista dei seni, dei capezzoli già induriti, non la toccò. Invece, si inginocchiò per toglierle i pantaloni, e solo allora si concesse di premere il viso contro la sua coscia. Effie gli affondò una mano nei capelli, il corpo che già reagiva a quel contatto, ma Heath si accontentò di passarle la mano dietro le cosce prima di rialzarsi. Non la guardò mentre apriva l'acqua della doccia e ne controllava la temperatura.

«Non sei obbligato a restare» disse Effie, ma conosceva già la risposta.

«Voglio assicurarmi che tu abbia tutto quello che ti occorre, e che vada a letto.»

«Non sono un'invalida.» Effie sputò l'acqua che le era finita in bocca. Non aveva bisogno di vedere Heath per sapere che era vicinissimo; avrebbe potuto toccarlo, se avesse voluto. Sentiva la sua presenza con ogni parte di sé. «Sono soltanto stanca.»

Lui la lasciò sola. Se solo avesse potuto, Effie sarebbe rimasta sotto il getto d'acqua calda per sempre. Troppi anni passati a lavarsi con l'acqua fredda di una brocca, quando l'acqua corrente era un lusso, e quella calda la ricompensa per atti inconfessabili che lei non aveva mai dovuto compiere. C'erano giorni in cui faceva anche tre o quattro docce, semplicemente perché ne aveva la possibilità. Ma quella notte l'orologio ticchettava veloce, lei avrebbe dovuto alzarsi di lì a poco per accompagnare Polly a scuola, e si concesse solo il tempo di lavar via le chiazze di colore.

Nella camera buia si frizionò i capelli. Li lasciò sciolti sulle spalle, ma il pizzicore che avvertiva fra le scapole si trasformò presto in un formicolio che si diffuse in tutto il corpo. Nuda, mosse qualche passo cauto strisciando i piedi, come aveva imparato tanti anni prima per evitare gli oggetti acuminati. Heath era un'ombra, ma ancora una volta lei non ebbe bisogno di vederlo per sapere dove fosse.

Lo baciò.

Gli passò le mani sul davanti della camicia e gli circondò il collo con le braccia. Come si aspettava, lui socchiuse la bocca, ma non si aspettava che la respingesse, sia pure con gentilezza. Perplessa, gli si avvicinò di nuovo.

Heath voltò la testa quel poco che bastava per ricevere il bacio sulla guancia. Rimasero così, immobili, fino a quando Effie abbassò la mano, gliela posò sull'inguine. Lui sospirò. Rabbrividì. Non la baciò.

Con la lingua, lei gli stuzzicò il lobo dell'orecchio, scese lungo il collo. Mordicchiò, poi ancora con più forza, mentre stringeva lo scroto con la mano. Un po' troppo energicamente. Alla sua esclamazione di protesta, lo lasciò andare, ma sussurrò ancora: «Baciami. Ti voglio».

Gemendo, Heath trovò le sue labbra. La sua lingua. Con le mani le afferrò le natiche, schiacciandola contro di sé.

Oh, era sempre un errore pensare di avere il controllo quando era con lui. La spinse sul letto, dove caddero insieme facendolo cigolare. Rotolarono finché Effie si trovò sopra, le ginocchia premute contro i suoi fianchi, là dove la camicia si era sollevata lasciando scoperta la pelle calda, ed era meravigliosa, dannatamente meravigliosa, la sensazione della pelle contro la pelle. Ne voleva ancora. Tenendolo per i polsi, gli bloccò le braccia ai lati della testa, poi si chinò, come a porgergli i seni. Quando le sue labbra si chiusero intorno a un capezzolo, lo schiacciò con più forza contro il materasso, incurante di fargli male. Heath mormorò il suo nome.

«Sì» disse Effie. «Sono io. Sono sempre io, sempre e per sempre.»

Avrebbe voluto spostarsi, premergli il sesso contro la bocca, sentirlo affogare dentro di sé, invece, lo baciò ancora, quasi con ferocia, fino a che lo sentì gemere, e poi lui si girò e la spinse giù, sulla schiena, inchiodandola.

Heath, lei lo sapeva, non la voleva docile, cedevole, così lottò e cercò di morderlo, ma fu solo nel sentirla gridare che lui le liberò una mano per coprirle la bocca con la sua.

Ah, al diavolo, era sbagliato amare quello che stavano facendo, ma lei lo desiderava e non poteva impedirsi di volerlo. Né di amare lui. Gli morse il palmo della mano, ma era solo un assaggio di quello che bramava, e il morso si trasformò in un bacio pieno di desiderio mentre lui si slacciava i jeans.

Con le mani di nuovo libere, lei poteva lottare e lo fece, ma Heath era più grosso e più forte, e comunque, voleva davvero sfuggirgli? No, naturalmente. I suoi morsi, i suoi colpi, erano un invito. Più tardi avrebbe potuto sentirsi colpevole per quell'amore che niente aveva a che fare con quello descritto nei libri e nei film, ma non ora. Non quando il corpo di lui sopra di lei diventava tutto.

Gridò, la bocca schiacciata contro la sua mano quando la penetrò... era un po' asciutta e il suo pene l'aveva graffiata. Heath uscì e dopo averle divaricato le ginocchia, le passò una mano sotto le natiche per sollevarle i fianchi. Poi affondò ancora dentro di lei, e questa volta fu più facile perché adesso era bagnata e scivolosa. Pronta per lui.

Gemette, e Heath le affondò una mano nei capelli, costringendola a piegare la testa all'indietro. Cazzo, faceva male. Sentiva il suo pene pulsare dentro di sé.

«Zitta» mormorò Heath rauco. «Non vorrai che ti sentano.»

Oh, certo, era così fra loro, dovevano stare zitti e fare in modo che nessuno sapesse. Tutto questo andava fatto in segreto, al buio, con gesti furtivi che avrebbero dovuto rimpiangere, e che mai rimpiangevano.

Lei non lo faceva mai.

Lui la stava scopando con affondi regolari, un ritmo che lei conosceva bene. Il modo in cui premeva il bacino contro il suo clitoride, più e più volte, fino a che lei si inarcava e gli graffiava il dorso e incrociava le gambe sulla sua schiena per esortarlo a spingere di più, ancora di più. Era quello il momento in cui lui usciva quasi completamente e con la mano le schiudeva le grandi labbra.

Con altri uomini Effie era in grado di controllarsi, ma non con lui. Mai. Non si abbandonò all'orgasmo; piuttosto, ne fu trascinata via. Le ondate di piacere si susseguivano, e lei gridò nella bocca di lui, che spinse ancora più a fondo.

Heath la morse sulla curva della spalla, fino quasi a farle male. Voleva lasciare un segno, comprese lei, e sì, lo avrebbe ritrovato al mattino, quel segno, il punto in cui lui aveva lasciato la prova di quanto stava accadendo.

Effie venne di nuovo.

Heath alleviò il dolore con la lingua, poi le catturò di nuovo la bocca, questa volta stuzzicandole le labbra come avrebbe fatto con il pene. Lei non era in grado di avere un altro orgasmo. Era esausta, prosciugata dal piacere, ma quando lo sentì gemere e rabbrividire, lo attirò a sé e lo tenne stretto.

Heath venne con un grido soffocato, il viso sepolto nell'incavo della sua spalla. Rimase così, senza muoversi, per qualche minuto, prima di uscire e sdraiarsi al suo fianco. Quando se la tirò vicino per accoccolarsi contro di lei, Effie si rese conto di avere i glutei bagnati. Pensò distrattamente alle lenzuola pulite, a una coperta da gettare su entrambi, ma alla fine tutto quello che fece fu svegliarsi il mattino dopo, la luce che entrava a fiotti dalle finestre, il corpo dolorante e accanto a sé nel letto un posto vuoto.

. 19 .

Era tardi, dannazione. Effie, che si era attardata a catalogare i punti del corpo che le dolevano, ora si alzò di scatto. Polly avrebbe perso l'autobus della scuola e lei avrebbe dovuto accompagnarla, lei puzzava di sesso e aveva un gran bisogno di una doccia, ma non ce n'era il tempo. Infilò frettolosamente la vestaglia e imboccò il corridoio.

In cucina c'era Heath. «Ehi» la salutò.

«Ehi. Devo...» Effie si interruppe. «Che ora è?»

«Quasi le nove. E non preoccuparti, ho accompagnato io Polly alla fermata e l'ho vista salire.» Le tese una tazza di caffè. «Ho pensato che ne avresti avuto bisogno.»

Effie si schiarì la gola. «Caspita. Mi dispiace.»

«Perché? Mi sveglio sempre presto, lo sai. E mi piace salutare la mia ragazza quando esce per andare a scuola.» Heath tacque un momento. «Mi manca, Effie.»

Lei sorseggiò il caffè. C'era troppo dolcificante, ma era pur sempre caldo e gradevole. «È che rischia di confonderla, lo sai» mormorò vagamente.

«Avete vissuto con me per quattro anni della sua vita.» Il tono di Heath era privo di inflessioni. «Qui, l'unica persona confusa sei tu.»

«Non voglio litigare con te per questo.»

Heath mise in tavola due toast, a cui aggiunse burro e gelatina di frutta, mentre lei si riempiva nuovamente la tazza. «Il dolcificante» disse poi. «Ora uso vero zucchero nel caffè, oppure lo prendo nero.»

«Le ho detto che ho dormito nella camera degli ospiti, sai» disse Heath. «Non sono un imbecille totale. Ma voglio bene a Polly, e non riuscirai a convincermi che non sarebbe di aiuto per te avere qui qualcuno che ti dia una mano.»

«Sei di nuovo in arretrato con l'affitto?»

«Vaffanculo, e no.» Neppure ora lui perse il controllo. «Non fare la stronza. Sai bene che lavoro e che il mio è un lavoro decoroso. Mi apprezzano, e non ho bisogno della tua fottuta carità. Anzi, probabilmente sono messo meglio di te.»

Effie non si scompose. «Ci sono altre ragioni per cui fra noi non funzionerebbe.»

«Sicuro. Tua madre mi odia. E tu vuoi essere libera di scoparti altri uomini.»

«Non funzioniamo come coppia» gli ricordò Effie, decisa a non permettergli di farle saltare i nervi.

Alla luce del giorno, non aveva più rimpianti di quanti ne avesse avuti la notte, ma poteva contare su un po' più di buon senso.

Senza ribattere, Heath sedette e cominciò a spalmare di gelatina una fetta di pane. Sempre gelatina, mai marmellata, perché nella marmellata c'erano pezzi di frutta. E mentre lo osservava, Effie si scoprì incapace di allontanare l'incommensurabile tristezza che la stava invadendo. Bevve il caffè e guardò fuori dalla finestra, dandogli le spalle. Aveva fame, ma in quel momento non sarebbe riuscita a mangiare.

«Perché non vuoi lasciare che ti aiuti?» la incalzò lui. «Quando sai che mi renderebbe felice?»

Finalmente Effie lo affrontò. «Perché ha un prezzo, non è così? Il renderti felice.»

«Tutto ha un prezzo.» Heath spinse via il piatto e si

alzò. L'occhiata piena di desiderio che le lanciò era quasi più di quanto lei potesse sopportare. Chiuse gli occhi e lo sentì fermarsi alle sue spalle. «Non sei stanca di fare tutto da sola?»

«Sì. Ecco perché il sito di incontri.»

«E sta funzionando?»

Effie non esitò. «Ho conosciuto una persona piacevole. Siamo usciti diverse volte.»

Heath la allontanò per guardarla in faccia. «Lo stesso tizio, più di una volta. Ma tu non...» Si interruppe un istante prima di aggiungere: «Non troverai quello che cerchi. Lo sai, vero?».

Lei non voleva che fosse vero. Chiuse gli occhi, inspirò, poi esalò lentamente.

«Credi davvero che qualcun altro ti farà felice? Realmente felice?»

Effie scosse la testa. «Se si affida agli altri la propria felicità, non si hanno che delusioni.»

«Quando si ama qualcuno, la cosa che ti sta più a cuore e che vuoi è che sia felice» ribatté Heath. «E non t'importa del prezzo da pagare.»

Lei continuava a inspirare e a espirare.

Heath indietreggiò di qualche passo. «Molto bene. Mi vuoi fuori della tua vita?»

«Non ho detto questo.»

«Stare con te solo a metà mi sta uccidendo. E lo sai.»

Effie lo sapeva, ma non disse nulla. Non si voltò. Le sue dita si strinsero intorno al bordo del piano di lavoro, e un'unghia si incurvò all'indietro, provocandole un dolore che si rifiutò di mostrare.

«E ogni volta che stiamo insieme, mi dico, non sperare che si accorga che per te non può esserci nessun'altra. Che ti dia la possibilità di dimostrarle che insieme stiamo bene, bene davvero, qualunque cosa dica sua madre. O chiunque altro. E ogni volta questa speranza va in frantumi e tu mi massacri, Effie, e alla fine è talmente ovvio che non mi ami» disse ancora Heath. «Perché se mi amassi, non continueresti ad allontanarmi.»

«Non puoi semplicemente essere soddisfatto di quello che posso darti?» proruppe lei. «Con te dev'essere sempre tutto o nulla?»

Heath non rispose, ma lei sentì il tintinnio del metallo e il fruscio della stoffa, stava staccando il cappotto dal gancio che era suo e soltanto suo, e sempre lo sarebbe stato. Si volse, allora, riluttante a lasciarlo andare via, ancora una volta, con parole dure sospese fra loro. Avrebbe voluto dirgli che lo amava e che lo avrebbe amato sempre, ma l'espressione del suo viso glielo impedì.

«Il problema, Effie, è che tu non mi dai niente. Non realmente.» Con una stretta di spalle, Heath aprì la porta.

«Non è vero.»

«Non mi dai niente che tu non dia anche a un'altra mezza dozzina di tizi. O forse adesso a uno soltanto.»

Le fece male, e non era vero. Lo era stato in passato, quando imperversava tra gli uomini come il vento fra le canne, ma non lo era ora, e da molto tempo. Però sollevò il mento con aria di sfida. Non si sarebbe difesa aggredendolo. Non su quella questione.

Heath la guardava con quei suoi occhi incredibilmente verdi, passandosi una mano fra i capelli troppo corti. «Grazie per il taglio» disse. E lei non avrebbe saputo dire se era ai capelli che si riferiva, o a qualcosa di più sostanziale. Di più profondo.

Ma dopotutto non aveva importanza, perché lui uscì e lei lo lasciò andare senza richiamarlo.

. 20 .

Effie si svegliò con un dolore all'addome. Ci era abituata, ormai. Una nausea improvvisa. Ma no, questo era diverso. Era un dolore profondo e straziante, e benché lei avesse la sensazione di dover vomitare, sentiva che quella non era una malattia. Certamente però qualcosa che non andava per il verso giusto. A fatica si alzò a sedere. Sbatté le palpebre, ancora disorientata. Attraverso la porta che sua madre insisteva per lasciare socchiusa, filtrava una luce fioca. Sul letto, lenzuola morbide, pulite, cuscini, un materasso immacolato. E sotto i piedi, morbida moquette.

Era a casa, oh Dio, era a casa, a casa.

Non era un sogno quello, ma la vita reale, e lei avrebbe pianto per il sollievo se non fosse stato che stava cercando con tutta se stessa di disimparare a piangere. Tese l'orecchio per captare i piccoli suoni prodotti da sua madre, ma percepiva solo il sommesso russare del padre. Quel rumore era lo sfondo della sua infanzia, e avrebbe dovuto calmarla, ma ora aveva qualcosa di sbagliato. Forse nulla sarebbe stato più come prima.

Quando si alzò, i crampi le strapparono un grugnito. Aveva bisogno di andare in bagno, e in fretta. Più o meno a metà strada, qualcosa sembrò rompersi dentro di lei, le impregnò le mutandine bianche e iniziò l'inesorabile discesa lungo le cosce. Lei sapeva che era sangue ancor prima di raggiungere il bagno. Non accese la luce, ma armeggiò con il sedile del water; il copriasse peloso le ricordava la sua infanzia, ma senza portarle alcun conforto. Tutto quello che riusciva a pensare era quanto dovesse essere sporco quel copriasse, e ora forse lo sarebbe stato ancora di più.

Per non saperlo, bastava che non accendesse la luce. Se si fosse seduta al buio, con le mutandine fradicie calate fino alle caviglie, avrebbe potuto fingere di avere avuto un incidente. Imbarazzante, ma nulla che non avesse già dovuto affrontare. Sarebbe stata seduta qui fino a che i crampi non si fossero attenuati, poi avrebbe fatto una lunga doccia calda e infilato gli indumenti sporchi nella cesta della biancheria, sperando che sua madre non li avrebbe notati.

Ma la mamma notava tutto.

Effie era a casa da sei settimane, e in quell'arco di tempo non c'era stato un solo suo gesto che l'altra non avesse notato. Lei avrebbe dovuto sentirsi felice di essere a casa, nel suo letto caldo, con un frigo pieno di cibo che lei non riusciva a convincersi a mangiare, e genitori attenti e amorevoli. Ma quell'esame costante, la mancanza di intimità, il modo in cui tutti la fissavano ovunque andasse, tutto questo aveva fatto sì che a volte avesse sognato l'oscurità del seminterrato.

Le mancava il calore di Heath nel letto accanto a lei. Un esercito di pupazzi non avrebbe potuto mai prenderne il posto. Sua madre non le permetteva di vedere Heath da sola. Restava seduta in cucina mentre loro bevevano cioccolata calda giocando a carte, oppure in soggiorno, quando cercavano di vedere un film. Heath non era il ragazzo di Effie. Per lei era molto, molto di più. Suo padre, o almeno una parte di lui sembrava capirlo, ma sua madre non lo avrebbe capito mai, mai.

Se non che ora la mamma avrebbe scoperto quello che era successo. E lei non era capace di fingere. La verità di quanto era accaduto nel seminterrato non sarebbe più stata segreta, a meno che Effie non avesse trovato la forza di alzarsi e ripulirsi. Ma anche mentre ci provava, le mani premute contro il ventre attraversato da fitte, avrebbe voluto piangere per quello che aveva perduto.

Non avrebbe voluto restare incinta a diciassette anni, ma nemmeno aveva voluto essere sequestrata da un pazzo e tenuta prigioniera tre anni in un seminterrato. Il bambino non era una sorpresa. Era da molto tempo che Effie sapeva come nascevano i bambini. Non si fanno certe cose senza rischiare una gravidanza, e lei e Heath erano stati tutto fuorché attenti.

«Effie? Che succede? Stai bene?»

«Tutto a posto» riuscì a rispondere lei. «Devo aver mangiato qualcosa che mi ha fatto male.»

La mamma bussò piano. «Fammi entrare.»

«No, sto bene. Sono...» Un gemito la costrinse a interrompersi.

La mamma bussò più forte. «Fammi entrare, Felicity!» E poi: «Phil! Sta male!».

«No, no, no» alitò Effie, ma era già troppo tardi.

La maniglia venne scossa. Aveva chiuso a chiave, ma non significava niente; suo padre aveva uno di quei piccoli attrezzi di metallo che aprono le porte. E la porta si aprì. Accompagnata dalla luce, troppo vivida. Effie si coprì gli occhi con la mano.

La mamma urlò. Effie avrebbe voluto alzarsi, dirle di smetterla, che andava tutto bene, che non c'era nulla che lei potesse fare, ma c'era il sangue. Così tanto sangue. Imbrattava le sue gambe, il pavimento, l'asse del water. Le sue mani. Quando serrò i pugni, Effie ne percepì la vischiosità. Quella piccola vita, ormai perduta.

«Oh, mio Dio» gridò la mamma. «Fai presto, Phil. Bisogna portarla in ospedale.»

«Niente ambulanza» disse il padre di Effie, e lei avrebbe voluto abbracciarlo. «Non vorrai che vengano a saperlo tutti.»

«Mi dispiace. Mi dispiace tanto» sussurrò Effie.

«Shh, bambina. Andrà tutto bene.» Suo padre afferrò un paio di asciugamani e glieli avvolse intorno alla vita. In auto, Effie occupò il posto del passeggero; alla guida c'era suo padre mentre, seduta dietro, sua madre borbottava senza sosta. Al Pronto Soccorso, venne immediatamente condotta in uno degli ambulatori, fatta stendere su un lettino e la visitarono, mentre da un lato suo padre le teneva la mano e dall'altro la mamma le bagnava la fronte con un panno finché lei la pregò di smettere. La mamma bisbigliò qualcosa che fece accigliare l'infermiera che stava effettuando la visita e che le chiese di lasciare la stanza.

«Mi dispiace tanto» disse poi rivolta a Effie. «Hai perso il bambino. Io... sapevi di essere incinta?»

«Sì» rispose lei.

Suo padre emise un piccolo suono triste, ma la sua stretta si accentuò. L'infermiera la ripulì e poi le diedero una camicia da notte.

«La mamma si arrabbierà» farfugliò Effie. «Per gli asciugamani.»

Poi finalmente si addormentò.

Qualcuno la svegliò scrollandola. Scattò a sedere, terrorizzata, perché l'ultima volta che aveva dormito in un ospedale era stato dopo il seminterrato, e sì, ecco di nuovo l'agente Schmidt.

«Lui cosa ci fa qui?»

«L'ho chiamato io» spiegò la mamma. «Dovrà ricevere la tua dichiarazione. Perché quell'uomo non possa mai più fare del male.»

L'agente Schmidt aveva dei begli occhi azzurri e capelli biondi accuratamente pettinati all'indietro. Aveva anche un sorriso simpatico. «Ciao, Effie. Mi serve solo qualche informazione, va bene? Te la senti?»

Quando le domande iniziarono, Effie si guardò intorno alla ricerca del padre. Non c'era. Era andato a prendere il caffè, disse la mamma. Era ancora un po' intontita e il dolore era tornato, ma non sapeva se per via di quello che le avevano fatto, o per qualcosa d'altro. Tutto quello che sapeva era che loro volevano sentirla dire che era stato *papà* a farle questo, e non era vero.

«No. Non è così. Non è stato lui.» Aveva la gola spessa. E labbra aride. La mamma le diede bere con una cannuccia e lei bevve troppo in fretta e subito arrivò la nausea.

«Effie» disse la mamma, senza neppure un'occhiata al poliziotto, «se non è stato quell'uomo, se stai dicendo che è stato il ragazzo, be'... sei minorenne, e lui è un adulto. Ci sono comunque accuse da muovere.»

Contro Heath. Che aveva, sì, diciannove anni ma non era adulto; era ancora un ragazzo, proprio come lei, solo che nessuno dei due era più un adolescente. Non esattamente. Effie pensava all'adolescenza come penserebbe a un film o a un sogno. Era esistita, ma non per lei.

Guardò la madre. Poi il padre, fermo sulla soglia con due bicchieri di carta in mano e sul viso una tale espressione di stanca sofferenza che lei non poté sopportarlo. Allora si rivolse all'agente Schmidt, con i suoi begli occhi azzurri e le grandi mani forti e l'uniforme, e disse: «Sì. È stato *papà*».

. 21 .

L'idea era di andare al cinema, ma dopo aver controllato le opzioni, Effie e Mitchell avevano concordato che non c'era niente di così interessante e che sarebbe stato solo uno spreco di tempo. Così erano finiti di nuovo a casa di lui, con una pizza e una bottiglia di vino e un film da guardare su Interflix.

Lei avrebbe potuto incolpare il film che, presentato in modo accattivante, si era rivelato di una noia abissale. Avrebbe potuto attribuire la colpa al vino. Ma in ultimo, fu costretta a riconoscere che era stata la curiosità a spingerla ad avvicinarsi a Mitchell perché potesse circondarle le spalle con un braccio.

Effie era andata a letto con uomini al primo appuntamento, e anche senza nessun appuntamento, e lei e Mitchell si frequentavano da diverse settimane ormai. Ma si sentì stranamente intimidita quando lui si girò a guardarla, il viso su cui si susseguivano giochi di luci e ombre. E quando si chinò per baciarla, voltò il viso, in modo appena percettibile.

«No?»

Effie rise. «Non no. Solo... piano.»

Mitchell le ravviò dietro l'orecchio una ciocca vagabonda. Si fece più vicino, posandole una mano sulla coscia, ma senza salire più in alto. Con le labbra le sfiorò la guancia, il collo, e sì, okay, era bello. Il contatto lieve della sua bocca sulla pelle, il calore del suo respiro.

Ora, se solo avesse usato i denti...

Quando Mitchell si ritrasse, pensò che l'avrebbe baciata, ma lui sorrise soltanto. Era la cosa giusta. Le parole avrebbero presupposto un qualche genere di risposta, e per Effie era sempre più facile esprimersi con il corpo che con la voce. Fu lei a baciarlo, e con minor tenerezza. Lo sentì schiudere le labbra, e quando vi insinuò la lingua, Mitchell emise un gemito basso, quanto mai gratificante. Effie gli scivolò in grembo, cavalcioni, gli prese il viso fra le mani. Senza esitare lui le afferrò i glutei. «E questo sarebbe piano?» sussurrò contro la sua bocca.

Bastò per farla esitare. «Non...»

«Shh. Va bene così. È fantastico.»

Si baciarono a lungo. Baci lenti, avidi, feroci, dolcissimi. Gli piaceva farsi succhiare la lingua, scoprì, ma sembrava sorpreso lui per primo dalla scoperta. A lei non piaceva che le sue mani restassero saldamente piantate sulle natiche invece di esplorarla dappertutto, ma lo attribuì alla timidezza di cui aveva dato prova fin dall'inizio. Forse aspettava che fosse lei a dargli il via.

«Toccami» ansimò contro la gola di Mitchell. Lui era pronto, non era quello il problema, ma qualcosa di impacciato, di esitante nella risatina con cui rispose, la indusse ad allontanarsi. Per cercare di capire.

Mitchell si appoggiò alla spalliera del divano. Aveva gli occhi leggermente vitrei, la bocca semiaperta, e Effie si chiese come avrebbe reagito se gli avesse preso fra i denti quelle labbra. Non avrebbe gradito, si rispose. Non avrebbe gradito neanche un po'.

«Se andassimo di sopra?» suggerì Mitchell.

«In camera tua?»

Lui rise. «Sì. In camera mia.»

Effie balzò in piedi. «Andiamo.»

Passarono parecchi istanti prima che lui prendesse la

mano che gli tendeva e si alzasse. Effie stava cominciando a pensare che volesse mandarla in bianco, quando Mitchell si decise. Si alzò e la prese fra le braccia per un altro bacio. «Andiamo.»

La camera non fu uno choc. Pareti e lenzuola bianche, cuscini decorativi sul letto king size. Alle pareti, pochi schizzi, aridi e perfetti.

«È tutto molto pulito» mormorò Effie, e sedette sul letto dandogli le spalle.

Mitchell la guardò. «Umm... sì... be'... allora, forse dovremmo... vuoi che scosti le coperte?»

«Oh. Sì. Assolutamente.» Effie si alzò e rimase a guardarlo impilare ordinatamente i cuscini sulla panca collocata ai piedi del letto.

«Vuoi fare una doccia?»

Si riscosse. Al diavolo. Voleva semplicemente essere cortese o si aspettava davvero che si cacciasse sotto l'acqua? Nulla stava andando come aveva immaginato, ma a dirla tutta non aveva sprecato molto tempo a fantasticare la sua prima scopata con Mitchell. A quel punto, sembrava più che altro che una cosa conducesse inevitabilmente a un'altra, e più rapidamente di quanto sarebbe stato preferibile.

«Forse... o... tu la fai?» domandò.

«Se tu vuoi...»

Lei rise, non perché fosse divertente, ma precisamente perché non lo era.

«Spengo le luci» disse ancora lui.

Il buio fu un sollievo. Rese più facile, una volta nuda, infilarsi tra le lenzuola che profumavano appena di lavanda. Sentì il clic degli occhiali di Mitchell sul comodino. Attese che lui la toccasse.

E la toccò, finalmente. Sul fianco, quindi sul ventre. Si girò verso di lei e la baciò; poi un viluppo di gambe e braccia e il suo membro, ancora duro, grazie a Dio, contro la coscia. Allungò la mano per accarezzarlo, ma nel sentire che lui si ritraeva, la lasciò ricadere.

E attese che la baciasse.

Fu migliore dei baci scambiati sul divano. E finalmente lui la toccava, esplorando. Il tocco di Mitchell non era esitante, ma più dolce di quanto avrebbe apprezzato. Non abbastanza duro, abbastanza possessivo.

Ma, dopotutto, era stata lei a dirgli di andarci piano. Effie si concentrò, obbligando il corpo a reagire. Non era abituata alla passività, ma ora si scopriva incapace di qualunque cosa che non fosse lasciare a Mitchell tutte le mosse.

Lui era paziente, questo doveva concederglielo. E pieno di energia e con il doveroso profilattico, la stava penetrando a un ritmo regolare e continuò fino a che...

«Oh. Dio. Sì, così...» ansimò lei. Un orgasmo. Piccolo, ma genuino. Lui la seguì quasi subito, con un lieve grugnito e affondi più rapidi che l'avrebbero spedita in orbita, se solo fossero continuati il tempo sufficiente. Le crollò addosso con un brivido.

Mitchell sfilò il profilattico ancor prima che il pene fosse completamente inerte, e scivolò sotto le coperte.

«È stato... inaspettato» disse dopo un altro prolungato silenzio. Effie, che stava scivolando nel sonno, riaprì gli occhi. Si girò di fianco, una mano sotto la guancia, e lo guardò. «Cosa vuoi dire?» fece.

Lui voltò la testa. Nel fioco bagliore della lampada da notte, lei colse il candore dei suoi denti quando sorrise. «È stato fantastico. Voglio dire soltanto che è stato anche inaspettato.»

Lei aveva paura di chiedergliene la ragione. Mitchell intendeva che non aveva previsto che lo avrebbero fatto, o che aveva immaginato che sarebbe stato più bello? O ancora, che era stato più bello di quanto avesse immaginato? Quanto a lei, non era il sesso peggiore che avesse mai fatto, ma certo era lontanissimo dall'essere il migliore. Non che avesse intenzione di dirlo, naturalmente.

«Le sorprese possono essere una buona cosa» disse invece. «Non credi?»

«Assolutamente.»

Dopo di che si addormentarono entrambi, poi però Effie si destò con un sussulto e un'esclamazione che fortunatamente non svegliò Mitchell. Scese silenziosa dal letto per andare in bagno, e stava raccogliendo i suoi vestiti quando la voce di lui la raggiunse nel buio.

«Non devi per forza andartene.»

«Devo... devo proprio andare a casa. Mia figlia...» Non sarebbe andata a prendere Polly a casa della nonna prima di molte ore, ma non c'era bisogno che lui lo sapesse.

«Ma certo.» Si sedette sul letto. «Ti accompagno alla porta.»

«No» lo fermò Effie. «Va bene così. Non volevo svegliarti.»

Mitchell scosse il capo. «Lo so.»

Non sapeva che altro dire, così si limitò a rivestirsi, consapevole dello sguardo di lui benché sapesse che di lei poteva vedere solo la sagoma. Si accostò al letto per baciarlo. Questo, almeno, lo fece.

«Ti chiamo» disse Mitchell.

Un altro bacio di lei gli atterrò più o meno sulla bocca. «Okay» disse Effie. Poi se ne andò.

. 22 .

La galleria di Naveen non era forse la più grande della zona, ma aveva due sedi, una a New Yok e l'altra a Philadelphia, la massima distanza che Effie era disposta a percorrere. Non solo; con lei era onesto, e proponeva i suoi lavori ai compratori più importanti. Così, quando si attivò la suoneria associata al suo nome, Effie rispose, benché fosse in coda alla cassa del supermercato e odiasse quelli che si attardavano a chiacchierare, rallentando la fila.

«Ehi, tesoro» disse Naveen. «È un brutto momento?»

«Per te? Mai.» A gesti, Effie indicò a Polly di cominciare a disporre i vari articoli sul nastro trasportatore.

«Sei seduta?»

«No, in effetti. Sono in coda al supermercato. Perché?»

«Ho venduto il tuo dipinto» disse Naveen. «Credo che sarai molto, molto contenta.»

Effie rise. «Certo che lo sono. Hai intenzione di dirmi a quanto, o devo rivolgermi a Elisabeth per saperlo?»

«Non c'è. Dovrai accontentarti di me.» Dalla voce, si capiva che l'uomo inalberava un sorriso largo come quello dello Stregatto di Alice. «Sei proprio sicura di non volerti sedere?»

Era arrivato il loro turno. «Finisci di vuotare il carrello, per favore» disse a Polly. E all'uomo: «Dimmelo e basta, Naveen».

«Venti.»

«Venti... dollari?» Effie era confusa.

«Ventimila dollari. Venti. Mila. Biglietttoni.» Naveen sembrava al settimo cielo, e avrebbe potuto biasimarlo lei? Che diavolo, no. Ventimila?

Inspirò a fondo. Le girava tutto intorno e per un momento pensò che avrebbe dovuto sedersi per terra e mettere la testa fra le ginocchia. «Mi stai prendendo in giro?»

Vide la figlia guardarla incuriosita e sollevò il pollice a indicare che andava tutto bene.

«Niente affatto. È una dei miei migliori compratori. I suoi clienti sono ricchi come Creso e si fidano di lei senza riserve. Il tuo lavoro, Effie... devo dirtelo. Ho capito che l'avrei venduto nell'istante in cui l'ho visto. È la cosa migliore che hai fatto.»

La prima ondata di eccitazione stava già svanendo. Anche detratta la commissione di Naveen, sarebbe rimasto un sostanzioso gruzzoletto, destinato però a essere rapidamente assorbito dalle spese di tutti i giorni, da pneumatici nuovi e scarpe da ginnastica per Polly.

Ciononostante, valeva la pena festeggiare. Terminata la conversazione, Polly si rivolse alla figlia. «Stasera andiamo fuori a cena» annunciò. «Ho appena venuto un quadro.»

«Grande, mamma!» Polly sorrise. «Possiamo andare al *Melting Pot*? Può venire anche Heath?»

Effie, che stava estraendo la carta di credito, annuì. «Possiamo andare al *Melting Pot*, sì. E sì, puoi dirlo a Heath.»

Non parlava con lui da tre settimane, benché sapesse che scambiava regolarmente messaggi con Polly e un paio di volte fosse andato a prenderla a scuola per andare al bowling o intrattenerla con qualche altra *attività paterna*. Dal canto suo, Effie annaspava in un flusso inaspettato di ordini, commissioni dell'ultima ora che, immaginava, fossero destinate a regali. Ottimi per il budget familiare, ma comportavano lunghe ore di quello che solo occasionalmente poteva definire lavoro gratificante. Era quindi riconoscente per l'intervento di Heath, anche se non le faceva altrettanto piacere che aspettasse Polly fuori casa, né l'ostinazione con cui non rispondeva alle sue chiamate.

Meno di un'ora dopo, erano al *Melting Pot*. Heath, a cui Polly aveva inviato un sms, chiamò mentre entravano nel parcheggio.

Effie tese la mano. «Lascia parlare me» le disse. «Ehi.»

«Ehi.» L'uomo non sembrava troppo contento di sentirla. «Credevo di aver chiamato Polly.»

«È così. Ho venduto quel pezzo. Naveen mi ha chiamato oggi. Siamo al *Melting Pot* per festeggiare.»

«Congratulazioni. Sapevo che si sarebbe venduto. È bellissimo.»

«Vieni, allora? Offro io. Quattro portate.»

«Mi spiace, ma non posso. Un'altra volta, magari.»

Il tono di Heath era leggero, casuale, me le sue parole la ferirono. Non al petto, non al cuore, ma in quel punto alla base della gola da cui scaturivano i conati di vomito. Deglutire faceva male. Effie si costrinse a respirare a fondo.

«Polly ci teneva» disse.

«La vedrò in un altro momento.»

«Heath» proruppe Effie, poi lanciò una rapida occhiata alla figlia, che fingeva di cercare qualcosa nella borsa, ma non perdeva una parola. Di nuovo si sforzò di calmarsi, di sorridere. «D'accordo, allora. Un'altra volta.»

Non attese un'eventuale risposta, ma restituì il cellulare a Polly, che la guardava con aria d'attesa. «Okay» disse. «Invitiamo Nana. Scommetto che sarà tutta eccitata.»

. 23 .

Effie voleva uscire dall'ospedale. Non c'era niente che non andasse in lei. Niente di fisico, quanto meno. Niente che si potesse risolvere con bende, punti o un'ingessatura. Era sicura che esistevano pillole che avrebbero potuto fare molto per i ricordi, ma con le droghe aveva chiuso. I medici erano preoccupati per l'improvvisa astinenza. Non sapendo esattamente che cosa somministrava loro *papà*, le avevano detto, non potevano prevedere come avrebbe reagito il suo corpo. Volevano tenerla sotto controllo.

Heath, lo avevano mandato a casa.

Non era minorenne, a differenza di lei. Non aveva un'assicurazione, mentre Effie usufruiva di quella dei genitori. Non era giusto, lo sapeva, ma non sapeva se pensare che Heath era stato rimesso in libertà oppure messo da parte.

«Voglio andare a casa» dissee alla madre, che si affannava intorno a lei fino a farle venir voglia di urlare. «Voglio solo andare a casa.»

«Domani.» Era la promessa che Effie si sentiva fare da tre giorni, ma sua madre sembrava crederci. Con la mano stirò il copriletto, poi le offrì da bere dalla tazza di plastica e un po' di budino, e lei buttò giù tutto, perché l'unica cosa che voleva era uscire di lì.

Voleva anche Heath. Non le avevano più permesso di vederlo dopo quel primo giorno, quando, sporchi e doloranti e morti di fame, erano stati accompagnati lì in ambulanza dall'agente Schmidt. Suo padre le aveva spiegato che Heath era stato dimesso. Sua madre non voleva neppure sentir parlare di lui.

Un'altra giornata passò fra test ed esami e risvegli notturni per la misurazione della pressione. Effie era esausta. Aveva preso due chili, il che sembrava soddisfare i medici quanto bastò per decidere di mandarla a casa. Fu costretta a stare una sedia a rotelle, anche se le sue gambe non avevano nulla che non andasse. Politica aziendale. Quando spinta dal padre varcò le porte dell'ospedale e uscì nell'inattesa luce del sole, Effie alzò gli occhi verso il cielo e starnutì quattro o cinque volte.

Suo padre rise. «Ecco la mia ragazza.»

Effie voleva solo restare sotto la doccia del suo bagno fino a consumare tutta l'acqua calda. Poi infilarsi un pigiama pulito e cacciarsi a letto e dormire per tutto il tempo che necessario. Ma neppure quel desiderio sarebbe stato soddisfatto, perché c'erano troppe auto davanti a casa. E persone raggruppate sulla veranda. Palloncini. Un cartello.

«Bentornata a casa!»

Oh, no, pensò Effie. *Oh, no.* Ma non c'era nulla che potesse fare. Suo padre aveva invitato i vicini, i parenti. E quando entrò, c'era una manciata di sconosciuti che avevano trovato la strada per la cucina e ora se ne stavano lì, con le tazze di punch in mano. Gli sconosciuti fecero domande a cui Effie rifiutò di rispondere.

Suo padre li cacciò di casa, ma a quel punto era troppo tardi. Effie era scoppiata in lacrime e grida, e si rifugiò in camera sua sbattendo la porta in faccia a tutti coloro che volevano guardare, e sapere. La sola persona che voleva vedere, che aveva bisogno di vedere, non era stata invitata.

Quello che voleva realmente era Heath, ma sebbene

avesse promesso di non lasciarla mai, mai, lui se ne era andato. Suo padre era seduto sul bordo del letto e le allungò goffi colpetti sulla spalla. In passato l'avrebbe stretta forte, ma fra loro c'era una distanza nuova di cui lei conosceva la causa. Non era più la sua bambina. Lui pensava alle cose che erano successe nel seminterrato, e aveva ragione, naturalmente. Delle cose erano successe. Ma per lui non avrebbero dovuto avere importanza, e invece ne avevano. Forse pensava che Effie lo avrebbe spinto via, o che non avesse bisogno del suo conforto, ma ne aveva un bisogno disperato.

Quando provò ad appoggiarsi a lui, la sua postura rigida e gli incerti colpi di tosse la spinsero a ritrarsi. Effie si portò le ginocchia al petto e ci appoggiò il mento. I capelli ancora umidi la infastidirono, così allungò la mano verso il comodino. C'era stato un grosso mazzo di elastici nel cassetto prima che fosse rapita, e c'era ancora.

La scoperta provocò di nuovo il pianto. La sua stanza era rimasta la stessa. La casa, quasi la stessa. I suoi genitori erano un po' più vecchi, ma anche loro erano più o meno gli stessi. Solo Effie era cambiata.

«È mio amico» disse. «Tu non capisci.»

«Capisco che fra voi si è instaurato un rapporto speciale. Ma tua madre e io pensiamo che almeno per il momento sia preferibile che tu stia tranquilla per un po' con noi. Per riadattarti. Se ti è davvero amico, capirà.»

«Hai riempito la casa di gente che non volevo vedere, e di sconosciuti» ribattéEffie. «Giornalisti.»

Il padre prese un'aria così triste che lei rimpianse di aver parlato. «Mi dispiace enormemente, tesoro. Chissà come, devono aver saputo della festa e si sono intrufolati. Credimi, non li avrei mai fatti entrare. Ma pensavo che vedere i parenti e gli amici ti avrebbe aiutata a farti sentire più a casa. Credevo che ti sarebbe stato d'aiuto.»

«Heath mi sarebbe stato d'aiuto.»

Suo padre curvò le spalle. Sospirò e si premette le nocche sugli occhi. Poi sollevò la cornetta e compose. All'occhiata di Effie, rispose con un sorriso stentato. «Chiamava tutti i giorni quando eri in ospedale. E ha lasciato questo numero per te. Chiamalo. Se è quello di cui hai bisogno. Chiama.»

Effie lo avrebbe abbracciato, ma qualcosa nel suo atteggiamento glielo impedì.

Restò al telefono con Heath per tre ore. Per buona parte del tempo non dissero niente, ma il suono leggero del suo respiro fu sufficiente a calmarla. Quando finalmente si salutarono, Effie sentì di poter abbandonare la sicurezza della sua camera e scese in cucina a mangiare qualcosa.

La porta della stanza dei suoi era socchiusa, il basso brusio di un talk show di tarda serata, familiare come una ninnananna. Effie si chiese se bussare, poi decise di non farlo. A sua madre un semplice *buonanotte* non sarebbe bastato, e la giornata era stata fin troppo lunga.

In cucina, fu sorpresa di trovare suo padre seduto al tavolo, con davanti un bicchiere di liquido ambrato. Lei non lo aveva mai visto bere alcol, neppure una birra, e che ora bevesse scotch era sufficiente a sconcertarla.

«Ehi» fece suo padre. «Effie.»

«Sono scesa a prendere qualcosa da mangiare.»

«Bene. Bene.» Lui indicò il frigo, ma senza alzarsi. «Ci sono un sacco di avanzi. Della festa. È stata un'idea stupida. Mi dispiace.»

Senza rispondere, Effie tirò fuori un vassoio di carne fredda e formaggio, poi aprì il cassetto dove sua madre aveva sempre tenuto il pane. Era pieno di panini alle olive e alle noci; il genere di pane che si serve in una serata speciale. Questa volta, scoprire che quasi tutto era rimasto uguale ebbe su di lei un effetto completamente diverso, e dovette posare entrambe le mani sul piano per non tremare.

Inspira. Espira. Quando si girà a metà per guardare il padre, lo vide con gli occhi fissi sul bicchiere, che girava e rigirava fra le mani.

Effie si preparò un sandwich, ispezionando con cura ogni fetta di carne, pane e formaggio. Non aggiunse altro. L'idea della consistenza viscida della maionese, che sembrava a posto ma sarebbe potuta essere andata irrimediabilmente a male... era insopportabile. Il sandwich era troppo asciutto, ma era anche la cosa migliore che avesse mai mangiato.

«Quel ragazzo» disse inaspettatamente suo padre, poi si zittì.

«Heath.»

«Sì. Non sarà facile per lui.»

Effie non sapeva bene cosa rispondere. Staccò un altro morso. Masticò. Deglutì.

«Se ti va di parlare di quello che è successo...» Un'altra pausa. Suo padre posò il bicchiere. La guardò.

La sua era un'offerta, ma non riuscì fino in fondo a voler sapere cosa le fosse successo. «Anche le cose brutte fanno di te la persona che sei» riprese lui. «Non devi mai vergognarti di quello che sei, Effie. Questo è tutto quello che tengo realmente a dire.»

Per un po' restarono in silenzio, poi suo padre si alzò per andare a versare il drink nel lavello. Passando, le strinse brevemente la spalla. Rimasta sola, Effie bevve un bicchiere d'acqua, fredda e dolce. Salì di sopra. Davanti alla porta di camera sua, si fermò un momento a respirare la quiete. Gli odori. La morbidezza della moquette sotto i suoi piedi.

La sicurezza. Era a casa.

. 24 .

«Ehi» disse Effie nel suo nido di coperte e cuscini. Aveva già spento la luce. «Come stai?»

«Effie.» Mitchell sembrava contento di sentirla. «Ciao. Sto bene, sì. Pensavo proprio a te.»

Lei rise. «Oh. Bene. Cioè, pensavi bene?»

«Molto bene. Allora, come va? È un po' che non ti sento.»

Era passata meno di una settimana dalla notte in cui avevano scopato, e neppure lui si era fatto vivo con una telefonata o un messaggio. Non era la prima volta che lasciava passare una settimana senza contattarla, e Effie lo ricordava, proprio come in precedenza aveva ricordato il pallino verde accanto al suo nome.

«Ho avuto da fare. Lavoro. Figlia. Cose così. Mi dispiace non... essermi fatta viva prima?» Una domanda, piuttosto che una scusa, e istintivamente rabbrividì. Gesù, parlava come una di quelle ragazze perennemente inconcludenti che aveva sempre detestato.

«Ah. Hai avuto da fare. Sicuro.» Una pausa, poi: «Riguardo a quello che è successo...». Oh, dannazione. Uno di quelli che vogliono sezionare il sesso. «Volevo solo essere sicuro che per te non ci fossero problemi» finì Mitchell.

«Oh. Capisco. Be'... è stato carino, no? Fantastico, anzi» si corresse in fretta.

Lui ridacchiò.

«È stato fantastico, sì. Ma quando non ti ho sentito...»

«Forse avevamo da fare tutti e due.» Il tono di Effie era più gentile di quanto credeva che sarebbe riuscita a renderlo. «Succede.»

«Già. Il lavoro. I figli. Portano via un sacco di tempo.»

«Mia figlia è meravigliosa» disse Effie. «Non mi dispiace occuparmene.»

«Non intendevo... è logico. Quello che volevo dire... mmh, mi dispiace?»

La stessa inflessione di scuse esitanti nella sua voce. Effie si rilassò un po'. Le relazioni, pensò poi. Una gran seccatura anche quando non erano particolarmente complicate.

Parlarono ancora. Di televisione: lui non aveva mai visto *Runner*, e Effie non aveva mai sentito parlare del suo programma preferito. Di libri: Mitchell ne divorava almeno un paio a settimana. Effie al massimo uno all'anno. Non avevano molto in comune, ma sembrava che non importasse, perché Mitchell la faceva ridere.

«Stiamo chiacchierando da due ore» fece notare infine lei con un'occhiata all'orologio. «E io devo alzarmi presto per aiutare Polly a prepararsi.»

«Pensi mai di averne altri?»

La domanda la sorprese. «Sì» rispose. «Insomma, in modo piuttosto vago penso che mi piacerebbe che Polly avesse una sorella. Io non ne ho.»

«Hai fratelli?»

Fratelli.

«No» replicò. «E tu? Bambini. Ne vuoi?»

«Ci ho riflettuto. Danno un sacco di lavoro. Guardo mia sorella e mi chiedo come sia possibile sopravvivere ai primi anni. Ma... sì. Mi piacerebbe averne. Cinque, magari.» Mitchell rise, poi: «Sto scherzando. Uno o due sarebbe perfetto».

Un altro figlio. Effie si posò una mano sul ventre.

Partorire Polly era stato difficile e complicato, e secondo i medici era alquanto improbabile che concepisse di nuovo. Non impossibile, ma poco probabile. Quando, esattamente, diventava opportuno dire a un potenziale partner che difficilmente avrebbe potuto dargli dei figli?

Non ora, decise. Troppo presto. Troppo intimo.

«Be', buonanotte» disse Mitchell quando il silenzio si dilatò. «Ti sei addormentata?»

«Come? No... ma è tardi. Buonanotte.»

«Quando ti vedo?» Mitchell buttò lì la domanda un istante prima che lei interrompesse la chiamata.

«Quando vuoi vedermi?»

«Adesso» fu la risposta.

Oh oh.

«Domani? A colazione?»

«Perfetto. Al *Blue Moon Café*? A mezzogiorno?»

Ecco fatto, pensò Effie dopo che si furono salutati. Frequentare gli uomini. Posso farlo. Si avvolse nelle coperte, ma il sonno non la prendeva.

Il sesso l'avrebbe aiutata, e non del tipo che aveva fatto con Mitchell, ma c'era Polly, il che significava che non poteva sgattaiolare fuori per andare a bussare alla porta di Bill. Quanto a Heath... no, non poteva chiamarlo. Il rischio che le dicesse di no era troppo alto. Restavano il cassetto del comodino e la sua piccola collezione di sex toys.

Si spogliò e tornò a sdraiarsi. Pizzicò forte i capezzoli, già induriti dall'aria fredda. Insinuò una mano tra le gambe, accarezzando il morbido pelo pubico. Non era come se a farlo fosse qualcun altro. Poi il clitoride. Più in basso, si infilò due dita dentro, ma non era ancora bagnata. Be', per quello c'era il lubrificante.

Si girò su un fianco per recuperare il levigato pene di metallo che aveva comprato online. Un'estremità aveva una brusca curvatura, l'altra dei noduli. Era gelido quando lo infilò, ma la sensazione era gradevole e dovette trattenersi dal gemere. Lentamente, lentamente, dentro e fuori, ma ogni volta più in profondità, finché l'estremità smussata entrò in contatto con la cervice uterina.

Non sarebbe bastato.

Una delle ragioni per cui la masturbazione non era mai del tutto soddisfacente era che... be' avrebbe potuto schiaffeggiarsi, tirarsi da sola i capelli, pizzicarsi i capezzoli, ma non sarebbe mai stato esattamente lo stesso. Effie sapeva tutto di sesso doloroso, di sottomissione e sadomaso, e non ne andava pazza. Ma le piaceva sentirsi sporca quando scopava.

Non serviva uno strizzacervelli che le spiegasse perché. Sapeva che era a causa di quanto era accaduto nel seminterrato, di come lei e Heath si erano cercati a vicenda perché non c'era nessun altro. Sapeva che era perché dolore e lotta erano le cose che per prime avevano accompagnato il suo sesso, e quello era stato il suo imprinting.

Effie sapeva di se stessa cose che avrebbe preferito non sapere.

Per un momento fu sul punto di rinunciare e mettere via il vibratore. Venire rischiava di costarle più fatica di quanta fosse disposta a farne. Pensò di nuovo a Heath, arrabbiato con lei. Se fosse riuscita a persuaderlo a raggiungerla, sarebbe stato ancora arrabbiato. Le avrebbe fatto male. L'avrebbe scopata. Afferrata con forza e... oh sì. Era questo che voleva.

Si inarcò, spingendo più a fondo il pene, mentre immaginava le dita di Heath che affondavano nei suoi capelli e tiravano con forza. Pensò alle sensazioni che provava nel colpirlo, ai suoi grugniti. Il metallo prima freddo si era intiepidito. A ogni affondo, l'estremità smussata stimolava il suo punto G.

Altro lubrificante. Dita vischiose. Le serviva di più. Effie rotolò su stessa, tirò fuori il piccolo dilatatore, lo infilò nell'ano. Faceva male, ma oh, era così magnificamente piena, adesso. Serrò i glutei mentre maneggiava il pene sempre più velocemente. Stringendo il clitoride fra pollice e indice, lo strattonò come se fosse un minuscolo pene.

Heath era il solo uomo che l'avesse presa da dietro. Pensò a questo, ora, al suo uccello che si muoveva dentro di lei mentre le scopava la fica con le dita. Pensò alla volta in cui l'aveva colpita sul clitoride mentre veniva, e che le aveva fatto male ma le aveva anche regalato un orgasmo stratosferico.

Pensò a quando lo mordeva.

A come lui la supplicava di fargli del male, e lei lo faceva, e dopo toccava a lui fargliene. Ancora e ancora. Desiderio e sofferenza, a formare una sola cosa in un modo che soltanto loro due potevano comprendere.

Trascinata da quei ricordi, sentì arrivare l'orgasmo, che la lasciò scossa dai brividi. Emise un grido sommesso, senza più forza. Come reduce da feroce percosse, il suo corpo era svuotato, dolorante.

E così il suo cuore.

. 25 .

«Mamma...» Polly tamburellava con la matita sul tavolo. Era seria in viso. «Devo parlarti.»

Effie alzò gli occhi dall'album degli schizzi che teneva in equilibrio sulle ginocchia. Stava ritraendo la figlia; solo bianco e nero, e tratti appena accennati. Non era una ritrattista, ma il lavoro stava venendo meglio di quanto avesse sperato.

«Certo.» Sfumò un'altra linea. «Di che si tratta?»

«Ho fatto una brutta cosa.»

Bastò per farle deporre l'album. «Uh-oh.»

Il labbro inferiore di Polly aveva preso a tremare. «Sono andata su Internet.»

Dannazione. Cosa aveva visto? Nella mente di Effie balenarono le cose peggiori in cui aveva avuto la sfortuna di imbattersi, e lei era un'adulta, presumibilmente in grado di filtrare i contenuti della rete. Si chinò in avanti, pronta al peggio. «E cos'era, Polly?»

«Parlava di te.»

«Ah.» Anche questo era un problema, benché di natura diversa. Polly aveva ripreso a picchiettare la matita sul quaderno, un'abitudine che di solito la faceva impazzire, ma questa volta la ignorò.

«Ho trovato questo sito che parla di te.»

«Ah, quello.» Avrebbe dovuto capire che non si trattava di adolescenti maligne e delle loro madri. «Tesoro, quelle persone...»

«Diceva un sacco di cose. Su di te, Heath e il tizio che vi ha tenuti prigionieri nel seminterrato e tutto quanto.»

Effie ricordava bene la conversazione che avevano avuto; i particolari che aveva fornito e quelli che aveva tenuto segreti. Polly aveva ascoltato e sembrava aver reagito bene, meglio di quanto lei avesse previsto.

Si era sbagliata, a quanto pareva. «Sì» disse ora. «Ho visto quel sito.»

Improvviso, il piccolo pugno di Polly calò sul tavolo.

«Parlano di te come se ti conoscessero. Ma non è così!»

«No, infatti. Gli piace crederlo, però.»

«Ma perché?» Lo sguardo di Polly era così carico di confusione, di lacerante incertezza, che Effie si alzò per andare a sedersi accanto a lei.

«Perché alla gente piace pensare di conoscere le cose. Non so per quale motivo, tesoro.»

«È stupida.»

«Già» rise Effie. «Ma, Polly, a volte la stupidità paga i conti.» Si alzò per andare a prendere il cacao e lo zucchero. Polly adorava la cioccolata calda, e se mai c'era stato un momento per berla, era certamente quello.

«Molte delle persone che comprano i miei quadri non conoscono me. Né Heath.» riprese. «Amano pensare di conoscermi in qualche modo, e questo fa sì che apprezzino di più il mio lavoro. Non lo so, tesoro; è complicato. Ma tu devi tenere a mente che in realtà non mi conoscono affatto. Non conoscono te. Non conoscono Heath.»

«Non c'è niente di vero in quello che dicono?»

Sul fuoco, il latte si stava scaldando, Effie si girò. «Alcune cose lo sono. Ma c'è anche un bel po' di quelle che si chiamano speculazioni. Vale a dire, inventano quello che non sanno in base a quello che sanno. Stupido, come abbiamo detto.»

«Sì.» Polly aggrottò la fronte. «Mamma...»
«Dimmi.»
«È stato brutto, vero?»
«Sì, tesoro. È stato brutto. Ma è successo. E una volta mio padre mi ha detto che perfino le cose brutte contribuiscono a fare di noi quello che siamo. Quindi cerco di non permettere a quella cosa di continuare a farmi soffrire.»
Polly si alzò e andò ad abbracciarla. Effie la strinse forte, e le carezzò i capelli morbidi. Il suo amore era come un fuoco.
«Come si fa a impedire che continui a far male, mamma?»
C'era solo una risposta onesta da dare. «Non lo so, Polly. Ma ci provo. Tutti i giorni.»
«Ti voglio bene.» La ragazzina aveva gli occhi pieni di lacrime.
«E io ne voglio a te, Polly.» Effie la baciò sulla fronte. «Non connetterti più senza il mio permesso, okay? O dovrò privarti di qualche privilegio.»
Polly sospirò. «Lo so. Scusa.»
«Se hai domande, vieni da me.» Parlando, aggiunse il cacao al latte e mescolò.
«Tu e Heath avete litigato?»
Ancora una volta, c'era solo una risposta da dare. «Sì.»
«Perché?»
Effie le posò davanti la tazza fumante. «Non credo che la cosa ti riguardi.»
Polly parve mortificata. «È che non mi piace quando litigate.»
«Credimi, non piace neanche a me.»
«Heath è il tuo migliore amico, vero?»
«Sicuro.»
Di nuovo la figlia la guardò corrugando la fronte.

«Non potete fare pace? A me dici sempre che devo farlo, quando litigo con le mie amiche.»

Effie rise senza allegria. Era un buon consiglio e avrebbe dovuto farlo suo. «Sono certa che faremo la pace molto presto.»

«Mamma.» Come faceva spesso, Polly si azzittì di colpo.

«Sì?»

«Ricordi quando ero piccola e vivevamo tutti insieme?»

«Naturalmente. Dubito però che lo ricordi tu.»

«Invece sì. Su una parete della mia camera erano dipinti dei fiori e c'era la stessa sedia a dondolo che ho ancora.»

L'artista era Effie, ma era stato Heath a dipingere i fiori. Heath aveva comprato la sedia a dondolo in un negozio dell'usato, e l'aveva ripulita e verniciata. Lui aveva fabbricato la culla e in seguito il lettino che Effie aveva portato via quando lei e Polly si erano trasferite.

«A me andrebbe bene» disse ancora Polly scrollando le spalle. «Se voleste vivere di nuovo insieme.»

Il tono troppo casuale non la ingannò. «Non succederà, Polly.»

«Ma...»

«È stato Heath a dirti di chiedermelo?» Quando la figlia non rispose, Effie si voltò a guardarla. «È stato lui?» ripeté.

Finalmente l'altra scosse la testa. «No. Gliel'ho chiesto io. E lui mi ha detto di parlarne con te.»

Non molto diverso dal mettere attivamente quell'idea in testa a Polly. Effie sentiva le avvisaglie di un'emicrania. Non fece altri commenti, ma alla figlia disse: «Finisci i compiti».

Quando arrivò un messaggio da Mitchell, decise di non rispondere. Invece, uscì sulla veranda a contemplare le tele ancora incomplete. Mitchell l'aveva vista nuda, ma ancora non conosceva gli aspetti più importanti di lei. E più Effie rimandava il momento di dirgli la verità sul suo lavoro e il suo passato, più diventava difficile.

Heath sapeva tutto di lei, e così sarebbe sempre stato. Insieme o separati, lui le stava dentro. Lei poteva odiare quella consapevolezza, ma così era.

. 26 .

Effie aveva mandato Polly dalla madre prima di raggiungere l'appartamento di Heath, munita della sua miscela di caffè prediletta e di una confezione di ciambelle zuccherate. Non aveva chiamato per avvertire; non aveva voluto dargli la possibilità di dirle di non andare.

Avrebbe potuto entrare direttamente... dopotutto in quella casa avevano vissuto insieme... ma bussò e attese come avrebbe fatto una sconosciuta, perché così si sentiva dopo tutto quel tempo. «Effie.» Heath parve sorpreso, e incredibilmente felice prima che ricordasse di assumere un'espressione scostante. «Che succede? Polly sta bene?»

«Benissimo.» Effie gli porse il sacchetto. «Non mi fai entrare?» Ignorò la sua scrollata di spalle. «Generi di conforto» disse ancora e, non riuscendo a strappargli un sorriso, sospirò e lo posò lei stessa sul tavolo. Quando Heath vi aggiunse due tazze, lei aveva già mangiato una ciambella. «Non ne vuoi?» chiese.

«Non ho fame.»

«Heath...»

Lui si dipinse sul viso quell'espressione caparbia che una donna intelligente avrebbe interpretato come un ammonimento. Effie amava considerarsi una donna intelligente. Quasi sempre. «Mi dispiace» disse. C'era un accenno di grigio fra i capelli scuri di Heath. «Mi dispiace» ripeté, e si alzò per fare il giro del tavolo e sedersi cavalcioni su di lui. Gli prese il viso fra le mani, costringendolo a guardarla. «Mi dispiace, mi dispiace, mi dispiace.»

Heath le permise di avvicinare il viso al suo, ma la sua espressione rimase distaccata, remota. L'aveva esclusa, e come avrebbe potuto biasimarlo?

Lo baciò. Lui non ricambiò il bacio. Premette la fronte contro la sua. «Mi dispiace» ripeté ancora.

«Non sai nemmeno per che cosa ti scusi» disse Heath.

Lei cominciò a strofinarsi contro il suo collo, vi affondò leggermente i denti. Aveva un sapore migliore dello zucchero, migliore di qualunque altra cosa.

Sorrise, trionfante, nel sentirlo gemere, e premette il bacino contro il suo inguine. Sentì il pene indurirsi in mezzo a loro. «Mi manchi, Heath.»

Lui aveva gli occhi chiusi, ma a quelle parole li riaprì. «Bene. E spero che questo ti stia uccidendo. Un po' ogni giorno.»

«Shh.» Effie si rialzò, posandogli le mani sulle spalle. «Ho detto che mi manchi. Non fare lo stronzo.»

«Mi fai impazzire, lo sai?» Le mani di lui già frugavano sotto l'orlo della gonna. «Mi costringi a odiarti.»

Effie rabbrividì. Aveva i capezzoli eretti. Con il pollice gli aprì la bocca, prima gentilmente, poi agganciando il dito all'interno della bocca per tirare con più forza. Un istante prima di prendergli il lobo dell'orecchio fra i denti e mordere.

Con un'esclamazione soffocata, Heath si alzò. Usò il braccio libero per spazzar via quello che c'era sul tavolo. Le tazze si infransero rumorosamente a terra. Quasi prima di accorgersene, Effie era supina sul piano; con uno strattone le abbassò gli slip lungo le cosce.

Entrò in lei, ma senza spingere. Invece, gli prese il clitoride tra il pollice e l'indice, e senza staccare gli occhi dai suoi, lo strinse. Lo lasciò andare. Di nuovo. E poi ancora e ancora, fino a che lei pensò che sarebbe impazzita.

«Scopami» alitò.

«No.» Immobile dentro di lei, Heath si rifiutava di muovere qualunque parte del corpo che non fossero quelle due dita.

Effie inarcò la schiena, le spalle premevano contro il tavolo. Dopo le avrebbero fatto male, lo sapeva, ma al diavolo, era così maledettamente bello che ne sarebbe comunque valsa la pena. Afferrò il bordo del piano, e strinse saldamente le ginocchia intorno ai fianchi di Heath, aprendosi ancora di più. Ma per quanto lo supplicasse, lui restava immobile.

«Zitta» ansimò. «Sta' zitta e basta, Effie.»

«Dimmi in che modo mi odi.» Effie ebbe una risata che era quasi un singhiozzo nel vedere il lampo nei suoi occhi.

«Chiudi il becco!»

«Scopami come mi odi» disse Effie.

Con un gemito, Heath uscì da lei. Il pene in mano, ne strofinò la punta sul clitoride umido, congestionato. «No.»

Quel torturante stuzzicare era già difficile da reggere, ma la carezza ritmica, costante del pene contro di lei, mentre scivolava fra le pieghe e risaliva fino al clitoride senza mai entrare... la stava uccidendo, e lei sarebbe morta volentieri.

Venne, una volta, poi una seconda. Galleggiava lontano, conscia delle sue grida sommesse, interminabili, ma incapace di trattenerle. Non le grida, né il tremito inarrestabile di tutto il corpo.

Sollevò la testa in tempo per vedere Heath inondarle di sperma il ventre, e un ultimo, brivido di piacere la attraversò. Lui era venuto in silenzio, senza neppure un ansito, un sussurro o una sillaba del suo nome.

Dopo, andò al lavello e con un canovaccio pulito si ripulì prima di infilare di nuovo i jeans. Effie lo guardava. Le dolevano i gomiti, e le natiche, ma quando Heath si accostò per tenderle lo strofinaccio, lo afferrò per il davanti della camicia e lo baciò. Lo tenne così finché non smise di resistere e rimase immobile.

Gli aveva detto che le dispiaceva, ma non era esattamente come chiedere il suo perdono. Mentre sciacquava il canovaccio, Effie cercò le parole giuste. Così tante ore senza che provassero la necessità di parlare, e ora si scopriva incapace di trovare le parole giuste. Heath conosceva ogni aspetto di lei; non c'era un solo suo pensiero che non potesse intuire.

Perché, allora, le riusciva tanto difficile dirgli semplicemente quanto lo amava e lo desiderava?

«Mi fai stare male» fu quello che disse alla fine.

«E con ciò? Cos'è che sei, Effie, uno spettro? Perché a volte è questa la sensazione che mi dai. Sei un fottuto spettro che non sa fare altro che tormentarmi.»

«Ma non voglio!» Lei abbassò la voce. «Non capisci? Stare insieme non ci fa bene. Riusciamo soltanto a ricordarci a vicenda il passato. È come... come se ci facesse impazzire.»

«Preferisco che tu mi tormenti, mi faccia impazzire, piuttosto che lasciarmi.»

Un colpo sommesso, esitante alla porta. Effie guardò Heath, che si strinse nelle spalle senza parlare. Il tempo che lui andasse ad aprire, e si stampasse il sorriso neutro che si riserva ai vicini, agli addetti alle consegne.

«Ciao» disse Sheila Monroe con la sua voce di gola. Gli passò davanti ed era già quasi in cucina quando vide Effie. Si bloccò e rivolse a Heath un'occhiata attonita.

«Ciao, Sheila» disse Effie.

Heath aveva aperto il frigo e ora ne stava estraendo parecchi contenitori di plastica che mise in una borsa termica. Sheila lo osservava spostando il peso del corpo da un piede all'altro, e di tanto in tanto sbirciava Effie di sottecchi. Non le sfuggirono le ciambelle e le tazze rotte a terra. Quando Heath le tese la borsa, le sue braccia esili tremarono. «Le porto fuori io» si offrì lui. «Sei venuta in auto?»

«Mi ha dato un passaggio Reggie. Non mi hanno ancora restituito la patente. Mi aspetta nel parcheggio.» Sheila rivolse a Effie un sorriso incerto. «Come stai, Effie?»

«Benissimo, grazie.»

L'altra annuì, come se non si fosse aspettata una risposta diversa. «E la tua piccolina?»

«Bene.»

«Quanti anni ha, ormai, dieci? Undici?»

«Quasi dodici, se riesci a crederci.»

«Non ci riesco.» La risata di Sheila era più sicura del suo sorriso. Si caricò la borsa in spalla, ma sulla soglia esitò prima di stringere Heath a sé in un goffo abbraccio. «Grazie.»

«Ci sentiamo la prossima settimana, okay?» Heath la seguì fuori, chiudendo la porta alle loro spalle.

Non che quello che dicevano o facevano fossero affari di Effie. Che radunò le sue cose. Infilò le scarpe. Si scostò i capelli dal viso, chiedendosi se Sheila avesse visto quello che avevano fatto sul suo viso, non solo per terra. Non le importava, decise.

Quando Heath rientrò, era pronta ad andare. Si abbottonò il cappotto aspettando che lui le chiedesse di restare. Non lo fece. «Bene» disse allora rigida. «Credo che andrò.»

Heath si schiarì la gola. «Sheila ha bisogno di aiuto. E non ha nessun altro. Non sa prendersi cura di sé. Le hanno ritirato la patente per guida in stato di ebbrezza e al lavoro fatica ad avere ore sufficienti. Sai che non...»

Effie lo interruppe. «Non mi devi spiegazioni.»

«Non ne vuoi, ma questo non significa che io non preferisca dartene.»

Lei scosse la testa. Non voleva che litigassero di nuovo, non per Sheila né per nessun altro motivo. Solo pochi istanti prima era pronta a chiedergli... cosa? Di trasferirsi da loro? Di creare insieme una vita, una famiglia, e scoprire se poteva funzionare? Ma proprio quella era la ragione per cui non sarebbe mai potuto accadere. Ma insieme non avrebbero mai potuto lasciarsi alle spalle il passato. Non in un modo... sano.

«Polly mi ha chiesto se vivrò ancora con voi» disse Heath.

Lei lo guardò. «Sì, lo so.» E poi, in un sussurro: «Tienimi stretta».

La prese fra le braccia, allora, e lei pensò che non voleva lasciarlo andare. Rimasero così a lungo, poi finalmente Effie indietreggiò. Con tenerezza, lo baciò all'angolo della bocca.

«Tormentami» sussurrò Heath. «Fammi impazzire per il resto della vita. Ma ti scongiuro, Effie, non lasciarmi. Devi solo farti amare.»

«Non credo di potere...» Piccolo. Tesoro. Amore mio. *Fratello.* Irrigidendosi contro il vorace crescendo di sofferenza che la minacciava, gli volse le spalle.

«Però, Effie» disse Heath, freddo come il ghiaccio, freddo come il vuoto, così freddo da bruciare più di qualunque fiamma. «Non sai che non volere e non potere non sono affatto la stessa cosa?»

Era già arrivata all'auto quando cedette ai singhiozzi. Laceranti, rumorosi, benché si coprisse la bocca con una mano per soffocarli.

Erano nella stanza accanto, e nonostante le mani sulle orecchie, Effie li sentiva. Uno schiaffeggiare ritmico. *Papà* che borbottava ordini.

«Più forte. Ancora un po'. Bene. Sì, bene così.»

Benché sapesse di cosa si trattava, Effie non era mai stata costretta a partecipare. Nulla le impediva di lasciare la camera e andare di là. Nulla, se non la paura. Non voleva vedere quello che *papà* costringeva Heath a fare.

«La ucciderò» aveva detto *papà* più e più volte. «Non crediate che non lo farei. Se esci dalla tua camera. Se fai un rumore, *sorellina*, se mi accorgo che ci hai raggiunti. La ucciderò. Se provi un altro tiro come quello che hai già fatto. La ucciderò. Non te, *sorellina*, e neppure lui. Ucciderò quella donna. La volete sulla coscienza?»

Papà sapeva come tenerli in riga, e non solo con la droga. Sapeva cosa dire. Sapeva minacciare. In seguito, Effie si sarebbe scoperta incapace di spiegare perché lei e Heath non lo avessero mai sopraffatto, perché non avessero cercato con più convinzione di fuggire. Era stato difficile da capire perfino per lei, quando si era guardata indietro e aveva provato a capire cosa li avesse trattenuti.

Stasera durava più del solito. Altre parole. Il sommesso mormorio di una voce femminile che protestava, subito tacitato da un tonfo sordo. *Papà* era arrabbiato.

«Devi farla piangere!» urlava, *papà* aveva un tono iroso. La voce sommessa della donna che protestava era stata presto zittita dallo schiocco della carne contro la carne.

«Non m'importa» diceva *papà*. «Non m'importa quello che vuoi tu. Ti ho detto di farla piangere!»

Effie non piangeva. Si metteva i tappi nelle orecchie e voltava la faccia verso il muro. Sperava che finisse presto, perché dopo *papà* portava a Heath tutto quello che lui gli chiedeva, per qualche giorno mangiare non sarerbbe stato rischioso e sarebbero passate settimane prima che fossero costretti ad affrontare di nuovo tutto questo.

Non pensava di poter dormire, ma evidentemente si addormentò, perché la prima cosa di cui fu consapevole subito dopo era il letto che cedeva sotto un peso familiare e la luce che veniva spenta. Heath si muoveva con cautela contro la sua schiena, quasi temesse di essere respinto. Come se Effie potesse respingerlo, dopo quello che aveva fatto per lei. Così era lei stessa a prendergli il braccio e a tirarselo addosso, ma era solo quando si scopriva a dimenarsi e ridacchiare e avvertiva qualcosa premerle contro le natiche, che sbarrava gli occhi e si immobilizzava di colpo.

Effie era vergine, ma non stupida. Quando aveva dodici anni, al campo estivo esisteva fra le ragazze una sorta di silenziosa competizione per vedere chi fosse stata così brava da sbirciare un *pisello*. Non era stato difficile riuscirci in piscina, dove i ragazzi spingevano le ragazze in acqua per poterle toccare.

Lei non si era mai fatta prendere. Aveva visto calzoncini da bagno tesi sul davanti ed espressioni imbarazzate, ma fino a questo momento, non aveva mai sentito un pisello contro di sé. Si dimenò di nuovo, tanto per vedere. Quando sentì il respiro di Heath spezzarsi di nuovo, si girò nel suo abbraccio per guardarlo. Gli infilò un ginocchio tra le gambe per aderire maggiormente a lui.

Pronunciò il suo nome.

Heath stava tremando; forse lo aveva offeso in qualche modo? Nel buio Effie cercava il suo viso, ne seguiva i contorni con la punta delle dita. Si sforzò di capire se era ferito, ma non si potevano sentire i lividi. «Stai bene?» chiese.

«No.»
«Cos'è successo?»
Lui la baciò, schiacciandole le labbra contro i denti. Fu una sorpresa, e per nulla simile a come lei aveva immaginato il suo primo bacio. Fu violento e aggressivo e le tolse il fiato. Sentì il sapore del sangue, aprì la bocca per protestare e la lingua di lui vi si insinuò, quasi riempiendola.
Quando Effie gli posò le mani sul petto e spinse, lui le afferrò i polsi, stringendo così forte da farla sussultare sotto la sua bocca. E fra loro, il pene duro che premeva contro il suo ventre. Le dita di Heath schiacciavano i polsi talmente forte che il dolore saettò lungo tutte le braccia, e d'istinto lei sollevò un ginocchio e colpì. Lo prese nella parte alta della coscia, ma evidentemente fu sufficiente perché Heath sussultò e mollò la presa.
Effie lo schiaffeggiò, e con l'altra mano lo afferrò per la camicia, che si strappò quando lui indietreggiò. Heath rotolò fino ad averla sotto di sé, i polsi bloccati sopra la testa. Lei non riusciva a vedere niente e poté solo sentirlo, il suo peso la schiacciava così forte contro il materasso bitorzoluto che poteva sentirne le molle. Poi, ancora una volta, la bocca di lui trovò la sua. Con un ginocchio, Heath la obbligò a divaricare le gambe.
«Vuoi sapere cosa mi fa fare lui?» le sussurrò Heath all'orecchio. «Lo vuoi sapere?»
No, no, no, Effie voleva, ma qualcosa nel modo in cui Heath si strofinava contro di lei le impediva di rispondere. Inarcò la schiena quando i denti di lui trovarono la pelle morbida della gola. Gridò quando la morse.
No, no, non era così che doveva andare, pensò, ruotando freneticamente la testa da un lato all'altro. Lui avrebbe dovuto mostrarsi gentilmente insistente; lei avrebbe dovuto respingerlo e farlo aspettare. Sarebbe dovuto succedere la sera del ballo studentesco, magari,

sul sedile dell'auto di lui. E lei avrebbe dovuto avere più di sedici anni. La colpì, improvviso, il pensiero del tempo che aveva trascorso laggiù.

Le labbra di Heath scesero sulla clavicola e ancora più in basso, calde e umide attraverso la T shirt leggera, poi le lasciò andare un polso per prenderle i seni. Quando li strizzò contemporaneamente, Effie si dimenò e gemette supplichevole, ma non gli chiese di fermarsi.

«Sì.» La sua voce, roca, gutturale. «Ti prego, Heath, Voglio sapere che cosa ti fa fare.»

A quelle parole, lui rabbrividì. Scese ancora di più lungo il suo corpo, così in fretta che lei non ebbe il tempo di reagire. Di protestare.

Le sollevò la gonna e ora era in mezzo alle sue gambe. Stava per posare la bocca proprio lì. Oh, no, questo no... non era pronta per questo... troppo tardi. Con un dito, lui allontanò le mutandine di cotone. La sua bocca e la sua lingua erano calde e bagnate. Quando prese a leccarla, era più di quanto lei potesse sopportare.

Effie credeva di capire il sesso. Il motivo per cui la gente lo faceva, oltre che per avere figli. Sapeva che era bello, ma questo, oh questo non assomigliava a niente di quello che aveva immaginato. Questo era il dolore elettrizzante di quando ti fanno il solletico fino a farti pensare che sverrai, anche se non succede mai.

C'erano parole per esprimere tutto ciò. Le sentiva. Poteva perfino assaporarle. Quali fossero, però, Effie lo ignorava. Tutto quello a cui riusciva a pensare era ciò che stava accadendo a lei, e che voleva che continuasse, fino a quando... oh sì, ecco... fino a quando non avrebbe più potuto respirare, né vedere né udire.

Quando sul letto si spostò, lo sentì allontanarsi e allora allungò la mano nel buio e gli afferrò la camicia. Al buio, era più facile attirarlo a sé.

Il suo bacio sapeva di mare, acre e scivoloso. Era ancora duro. Lei trovò il pene, lo percorse per tutta la lunghezza con le dita, esplorando, incerta prima, poi incoraggiata dal modo in cui lui pronunciava il suo nome.

Voleva che provasse quello che aveva provato lei. Ci sarebbe riuscita. Sapeva che per i ragazzi era diverso, ma ignorava in che modo. Ci provò, però. Leggera come una piuma, la sua mano lo accarezzava.

Nel sentire il primo umore vischioso, si fermò, incerta. Aveva... fatto?

Capì che così non era quando Heath posò la mano sulla sua e accelerò il ritmo. C'era dell'altro. Il suono del suo respiro. Il gemito che era anche il nome di lei.

Poi ecco, calore e un odore intenso.

Lo cercò con la bocca e poi lui la strinse a sé. Restarono così finché il freddo si fece insopportabile.

«Ti amo» sussurrò Heath contro la sua bocca.

Effie credeva di sapere del sesso; ora capì che pensava di sapere dell'amore e che in entrambi i casi si sbagliava. Avrebbe voluto dirgli che lo amava. Non era quello che si diceva quando si era fatto quello che avevano appena fatto loro? Voleva dirglielo perché era la verità, ma a fermarla era qualcosa di altrettanto vero.

«È facile amare qualcuno quando non si ha scelta» disse Effie. «Quando è tutto quello che hai.»

. 27 .

Mitchell era il tipo che ti apriva la portiera della macchina. Effie era già uscita con uomini così; c'entrava la legge della probabilità o qualcosa del genere. In un mare di imbecilli, stronzi e tossici persi, dovevano pur esserci un tizio o due decenti.

Ma le dava una sensazione strana aspettare che lui scendesse dall'auto e facesse il giro per aprirle la portiera. Poteva andare che lui si impadronisse del conto, poteva andare che a cena le scostasse la sedia, ma quella faccenda della portiera...

«È antiquato» gli spiegò davanti a un passabile piatto di pasta con olio e aglio. «Tutto qui.»

Mitchell ebbe un largo sorriso. «Cosa posso dire? La mamma mi ha tirato su bene.»

Il suo sorriso era sorprendentemente malizioso per il gentiluomo che pretendeva di essere.

«Davvero.» Effie sorrise a sua volta. «Ed è una bella cosa. Solo...?»

«Ti mette a disagio?»

Lei annuì. «Mi dispiace...»

«No, va bene. Il fatto è che a me piace» disse Mitchell. «Nel caso che tu pensassi che sia una seccatura, non lo è. Mi piace farlo.»

«Mi fa sentire inerme» esclamò Effie, pentendosene immediatamente. Vide l'espressione di lui da sorpresa farsi preoccupata. «Oh, lascia perdere» disse allora, e affondò la forchetta nel piatto di pasta. Ne arrotolò una forchettata, che poi schiacciò contro il cucchiaio. Un vecchio trucco per far credere che stava mangiando mentre non ingoiava più di un boccone o due.

«Non voglio lasciar perdere» stava dicendo Mitchell. «E non voglio che tu ti senta a disagio con me, Effie. Mi addolora che qualcosa che ho fatto ti faccia sentire così.»

Dannazione. Ecco che lo aveva fatto. Aveva tirato fuori il bianco cavaliere che era in lui.

«È solo una cosa mia. Non voglio... non voglio parlarne. Davvero. Non avrei dovuto sollevare la questione.» Effie cambiò argomento e Mitchell, cortesemente, la assecondò. Al momento del dessert, avrebbe voluto un caffè, ma sorseggiò una tazza di tè caldo. Rifiutò il dolce, sostenendo di essere sazia.

In macchina, lui avviò il motore senza però mettere in moto. «Non hai mangiato. Dici di essere sazia, ma non hai mangiato nulla.»

«Sì che ho mangiato.» Consapevole del tono difensivo, Effie si sforzò di addolcirlo. «Ma non avevo molta fame.»

Un inopportuno borbottio del suo stomaco la denunciò come bugiarda, ma sostenne lo sguardo di Mitchell. Sfidandolo a contraddirla.

Lui sospirò. «Mia sorella ha sofferto di anoressia. È stata ricoverata un paio di volte. Conosco i trucchi.» La guardò. «L'ho notato quasi immediatamente, ma non ho detto nulla perché non volevo metterti a disagio, e poi non sembravi... al diavolo. So bene che non è necessario avere un determinato aspetto, ma...»

«Non sono anoressica. Né bulimica.» Effie trasse un lungo respiro prima di riprendere con più calma: «Ho un problema con il cibo, sì. Ma non del genere che pensi tu».

«Capisco.»

Non capiva, naturalmente. Non avrebbe potuto senza una lunga e dettagliata spiegazione che Effie non era intenzionata a dargli. Le mani incrociate in grembo, guardò fisso davanti a sé. Aveva ripreso a piovere.

Non dissero molto durante il tragitto fino a casa di lei, e la radio accesa parve sottolineare il silenzio.

A casa di lei, Mitchell mise in folle ma senza spegnere il motore. Diversamente dal solito, non scese per aprirle la portiera. Ovviamente lei se ne rammaricò non appena si rese conto che non lo avrebbe fatto. Ovviamente non lo avrebbe detto, non senza apparire stupida.

«Bene. Buonanotte, E grazie della cena.» Posò la mano sulla maniglia.

«Effie... aspetta un momento.»

Ora si sarebbe scusato di nuovo, pensò lei. Oppure avrebbe cercato di convincerla a *parlarne*, qualunque cosa si fosse messo in testa che andava discusso. Avrebbe dovuto farselo al primo appuntamento, pensò ancora. Scoprire cosa c'era dentro quei pantaloni cachi e chiuderla lì. Passare oltre. Cosa le aveva fatto credere di poter essere normale?

«Sono un buon ascoltatore» disse Mitchell.

Effie inarcò un sopracciglio.

«Di tutte le donne che ho conosciuto su LuvFinder, tu sei la sola a cui sembra che parlare non piaccia.» Le rivolse un altro di quei suoi sorrisi maliziosi che avrebbero dovuto stonare con il resto di lui, e che invece lo rendevano così accattivante. «A essere onesto, mi fa arrabbiare un po'.»

Finalmente Effie rise. «Davvero? Ti piacciono le chiacchierone?»

«Non proprio. Diciamo che mi ci sono abituato. Quel sito... ci iscriviamo sperando di fare nuovi incontri. Veniamo abbinati in base a non so quale algoritmo, oppure cerchiamo e cerchiamo fino a trovare qualcuno che ci piace. E a quel punto possiamo solo augurarci di piacere a quella persona, e wow, se riusciamo a convincerla a incontrarci...» Mitchell si strinse nelle spalle. «Poi devi solo pregare di piacerle quanto basta perché voglia un secondo appuntamento. E che piaccia a te.»

«E proprio così, sì.» Sulla soglia si profilò la sagoma di sua madre. «Ora accenderà e spegnerà la luce» profetizzò lei.

«Allora devo baciarti in fretta» rise Mitchell.

Effie lo lasciò fare, e il bacio fu dolce e piacevole come quelli che lo avevano preceduto. Non aveva previsto la mano sulla nuca, né l'altra sul ginocchio, che saliva e saliva fino che lei non lo fermò. Il bacio si fece più profondo, più aggressivo, e anche quando staccò le labbra dalle sue, Mitchell non si allontanò.

«La notte che abbiamo passato insieme...» cominciò.

«Sì?»

«Ci penso continuamente.»

Sorpresa, Effie sentì di stare arrossendo. «Davvero?»

«Sì. Tutto il tempo.»

Lei lo baciò di nuovo. Posò la mano su quella di lui, facendola risalire lungo la coscia prima di allontanarla con un sospiro.

«Voglio rivederti» disse lui.

«Anche se non parlo molto?»

Mitchell sorrise. «Sì. Forse proprio per questo. Ti rende misteriosa. Come se tu fossi piena di oscuri segreti che forse ti convincerò a rivelare.»

«Se te li rivelassi» replicò Effie, «non sarebbero più segreti, giusto?»

«Pensavo che non saresti mai tornata» si lagnò la madre di Effie. «È tardi e il tempo sta peggiorando. Ero preoccupata.»

«Improbabile. Mi hai vista ferma in auto sul vialetto.»

L'altra sbuffò. «E so quello che facevi.»

«Baciavo un uomo» disse Effie per provocarla. «Con la lingua e tutto.»

«Maledizione, Felicity. Sotto gli occhi di tutti!»

«Cosa c'era da vedere? I finestrini erano appannati.» Ridacchiando, Effie la strinse in un abbraccio improvviso. «Grazie per aver badato a Polly. Puoi dormire qui, se non te la senti di guidare. Domattina potremmo preparare i pancake.»

«Mi piace dormire nel mio letto. E devo fare uscire il cane.» La donna scoccò a Effie un'occhiata in tralice. «Lui ti piace?»

«È a posto. Decisamente a posto. Te l'avevo detto, no? Non mi credi?»

Sua madre alzò gli occhi al cielo. «Un uomo a posto non se ne starebbe sul vialetto a palparti.»

«No» assentì Effie. «Immagino che entrerebbe e mi scoperebbe sul tappeto davanti a mia madre.»

L'altra si oscurò in faccia e scosse la testa, ma subito dopo rise, sommessamente prima, poi come se l'ilarità la soffocasse. «D'accordo, d'accordo» cedette.

«Sono una donna adulta, anche se ti faccio impazzire» disse Effie. «E so che ti ho dato la mia quota di problemi, mamma. Ma sto provando a mettere ordine almeno in certi aspetti della mia vita, okay? Ci sto provando sul serio. E se questo significa un uomo come Mitchell...»

«Cosa c'è che non va in lui? Hai detto che è a posto.» Sua madre si infilò il cappotto.

«Lo è. Troppo.» Effie, che aveva trovato un elastico in tasca, lo usò per raccogliere alla bell'emeglio i capelli. Alleggerirne il peso era un sollievo simile a quello che provava nel togliersi il reggiseno, cosa che passò a fare subito dopo.

«Com'è possibile che qualcuno sia troppo a posto?»

«È troppo, tutto qui.» Effie notò l'espressione sconfor-

tata della madre. «Cosa c'è?» chiese.
L'altra scosse il capo. «Oh, Effie. Non dire mai una cosa del genere.»
Lei si scoprì a deglutire per sciogliere il nodo che di colpo le aveva chiuso la gola.
«Ora vado» proseguì sua madre. «Ma, Effie...» Le andò vicino, prendendola per le spalle. «Ascoltami. Nessun uomo è troppo per te. Proprio il contrario. E un'altra cosa: la tua vita è già in ordine. Ti guardo, vedo che madre meravigliosa sei per Polly, e non potrei sentirmi più orgogliosa. Sei una donna piena di talento e di creatività, hai buon cuore. Non permettere a nessuno di convincerti che non è così.»
Il loro abbraccio durò un po' più di quanto accadesse abitualmente.
«Grazie, mamma» disse Effie.
«E mangia» replicò l'altra. «Stai diventando troppo magra.»
«Non si è mai troppo magri.»
La donna si batté la mano sul ventre rotondo. «Non discutere con tua madre.»
Una volta sola, Effie prelevò dal congelatore un contenitore di zuppa e la scaldò nel microonde. La zuppa di Heath, preparata nella cucina dell'università, e che lui le portava perché sapeva che si sarebbe fidata quanto bastava per mangiarla.
Quando era andata in bagno, aveva lasciato il cellulare sul tavolo, e solo ora vide che era arrivato un sms. Era di Mitchell: solo una faccina sorridente e la parola *Buonanotte!*.
Seduta al tavolo di cucina, Effie si nascose il viso fra le mani e pianse.

. 28 .

Era la prima volta che Effie faceva il test di gravidanza, sebbene avesse spesso contato i giorni di ritardo, pregando per un miracolo. Secondo le istruzioni, doveva aspettare tre minuti, ma era già china sulla provetta, in attesa del segno *più* che certamente sarebbe comparso. Li aveva già sperimentati in passato, tutti quei segnali, e sapeva di essere stata ancora una volta stupidamente disattenta.

Ed ecco, l'orologio ticchettava e nella finestrella bianca comparivano due linee rosa che si intersecano. Nessuna possibilità di negarlo o ignorarlo, nessuna possibilità di cancellarlo a forza di parole. Era incinta.

Di nuovo.

Il suo ciclo non era mai stato regolare. Tutti i medici le avevano detto che era normale nelle donne che non si alimentavano a sufficienza, e non si era mai allarmata quando le succedeva di saltare due, perfino tre mesi. Quindi perché questa volta aveva fatto il test, invece di dare per scontato che fosse uno dei soliti ritardi? Semplice. Ricordava come si sentiva la prima volta.

Nuda, Effie si guardava allo specchio, girandosi da una parte e poi dall'altra, alla ricerca di eventuali rigonfiamenti. Le ossa del bacino sporgevano. Il ventre, però, era meno concavo del solito. Sua madre l'aveva tormentata senza sosta perché era dimagrita. Nei pochi mesi prima che Effie cominciasse a frequentare il college locale, la tensione fra loro era aumentata a dismisura, ma non litigavano spesso.

Di colpo il panico la invase. Cadde in ginocchio, scossa dai conati, ma rigettò solo un po' di bile gialla. La fronte premuta contro le piastrelle fredde, Effie pensò di pregare, ma quale dio l'avrebbe ascoltata, ora?

Fuori, la mamma stava bussando. Non aveva mai parlato di anoressia con Effie, ma girellava sempre nei paraggi del bagno quando lei ci rimaneva troppo a lungo.

«Fra un po' esco per andare al centro commerciale» disse con fare disinvolto, come se non l'avesse sentita vomitare. «Vieni con me?»

«Ho i compiti da fare.» Effie si era diplomata nei termini, ma per un soffio, e si era iscritta ai corsi estivi per corrispondenza così da evitare alcune delle lezioni del livello inferiore. Ora, pensò, non avrebbe dovuto preoccuparsi di finire un problema di matematica. Era già fottutamente evidente che non sapeva contare.

«Effie.»

Effie sospirò e si alzò per aprire il rubinetto del lavabo. Avvolse la provetta in un po' di carta igienica e la cacciò in fondo al cestino dei rifiuti, nascondendola sotto batuffoli di ovatta e fazzolettini di carta. Poi si lavò i denti per cancellare il sapore della bile.

Con un largo sorriso falso, spalancò la porta così rapidamente che sua madre dovette indietreggiare di scatto. Ebbe la buona grazia di mostrarsi imbarazzata e in quel momento tutto ciò che Effie avrebbe voluto fare, sarebbe stato crollare tra le sue braccia e farsi cullare come quando era piccola e si graffiava un ginocchio. Avrebbe voluto che la madre le preparasse il brodo d pollo e le lasciasse vedere vecchi episodi di *The Patty Duke Show*, come aveva fatto le prime settimane dopo il suo ritorno a casa.

Allora non lo aveva apprezzato, ma ora avrebbe dato qualsiasi cosa per tornare a quel tempo.

Invece, la guardò dritto negli occhi perché era quello il modo migliore per dire una bugia, e disse: «Ho i compiti da fare, te l'ho detto».

«Non mi va di lasciarti qui da sola. Vorrei proprio che venissi con me.»

Effie mantenne un'espressione neutrale. Riuscì a pensare soltanto alle due lineette rosa. Il resto della sua vita racchiuso nell'equazione di cui la finestrella bianca aveva fornito la soluzione.

«Non posso, davvero.» Effie addolcì il proprio tono. «Ma se finisco in tempo, al tuo ritorno potremmo guardare un film. Con i popcorn? Ne ho una voglia matta.»

Fu la promessa di mangiare a convincere sua madre, glielo lesse un viso. Un barlume di sollievo subito sopraffatto da una diffidenza che Effie detestò perché la fece sentire schifosamente colpevole. Aveva causato a sua madre dolori e preoccupazioni a non finire, e stava per causargliene altri.

Più tardi, dopo un'insalatiera di popcorn che Effie aveva preparato personalmente per essere certa che non nascondessero alcunché, e una commedia romantica noleggiata al videostore, la madre di Effie entrò in camera sua. In mano aveva il test di gravidanza, e gli strati di carta igienica non nascondevano il rosa acceso del segno *più*.

«È quel ragazzo, vero? Te la fili di nascosto per incontrare quel ragazzo!» Le scagliò contro la provetta e quando la colpì al viso, con un brivido Effie la fece cadere a terra. Sua madre respirava con affanno, brevi ansiti isterici. Aveva lo sguardo allucinato e i capelli dritti come se fosse stata davanti a un ventilatore.

Effie non vedeva Heath da quasi un mese. Non scopava con lui da molto, molto più tempo. Lui voleva più di quanto lei potesse dargli. Lo faceva sempre, lo facevano quasi tutti, ma Heath era l'unica persona a cui Effie non riusciva a mentire. Di più: Heath era l'unica persona a cui poteva dire qualunque verità. Heath voleva che amasse lui e solo lui, e lei non poteva farlo. Ogni volta che lo guardava, si ritrovava nel seminterrato. Così litigavano. Si facevano del male a vicenda, continuamente, perché il motto di Effie era che se già sai quanto il coltello sia affilato è da pazzi continuare ad affettarsi le dita per averne la certezza.

«Ucciditi sul serio questa volta, se devi.» Aveva reagito alle minacce di lui. «Forse starai meglio morto che smanioso di avere quello che non potrai mai avere.»

Era la cosa più crudele che Effie avesse detto e si sentiva ancora sopraffare dalla vergogna quando ci pensava. Ma a volte la cosa più dura era anche la più giusta. *Se non puoi dare a chi ami quello che vuole, di tanto in tanto dagli quello di cui hai bisogno tu, giusto, Effie?*

«Non è di Heath.»

Sua madre sbiancò in viso. Serrò i pugni. Non aveva mai alzato le mani su Effie, ma certo sembrava sul punto di farlo adesso.

«Bugiarda. Lo so che sgattaioli fuori per incontrarlo. Te lo sento addosso quando rientri, quel puzzo. Credi che non lo sappia?»

Effie serrò le labbra. «Sono incinta, mamma, ma non sto mentendo. Non è di Heath.»

«Di chi, allora? Oh Dio, Felicity, oh mio Dio, oh mio Dio...» Poi sua madre marciò verso il telefono che stava sulla scrivania. «Chiamo la polizia.»

«Per che cosa?» Allarmata, Effie si alzò.

«Non avevi ancora diciotto anni! Lui ne ha venti. È... è violenza sessuale. O qualcosa. È stupro, e io gliela farò pagare!»

«Ho compiuto diciotto anni mesi fa, mamma.»

L'altra rispose con un'occhiata ferma, solenne e totalmente velenosa. «Non lo eri la prima volta.»

Effie le strappò di mano l'apparecchio che cadde sulla scrivania. Lo scomparto delle batterie si aprì, lasciando uscire un piccolo groviglio di fili.

«Non puoi! Lo arresteranno!»

«Ha dei precedenti, Effie. Quel ragazzo significa solo guai, e così è stato sempre.» Le narici di sua madre fremevano.

«Heath...» Effie non riuscì a continuare.

«È un ragazzo malato, disturbato. Non combinerà mai nulla. E ti usa. Non va bene per te.»

Non andava bene per Effie, ma non per le ragioni che pensava sua madre. Heath non andava bene per lei perché l'amava troppo, voleva darle troppo. Era un memento costante di quanto lei fosse vuota.

«Il bambino non è di Heath, mamma. Non puoi metterlo nei guai. Non per questo.»

«Chi ti ha fatto questo, allora?»

Effie si girò di scatto. «Nessuno me lo ha fatto! È successo. Non sono stata abbastanza attenta. Credevo di sì, ma non era vero.»

«Chi?»

Effie sapeva esattamente chi era il padre del bambino, e non intendeva rivelarlo a nessuno. Non alla madre, che se la sarebbe presa con lui perfino più di quanto se la sarebbe presa con Heath, per il quale, almeno in un'occasione aveva provato una compassione contorta, ipocrita. No, sua madre sarebbe andata fuori di testa del tutto. Lui avrebbe perso sicuramente il lavoro. Sarebbe scoppiato uno scandalo. La gente avrebbe ricominciato a occhieggiare Effie.

Non lo avrebbe detto neppure a lui. Era il genere d'uomo capace di farsi avanti; aveva il complesso dell'eroe, lei ne era certa. Forse avrebbe fatto la cosa giusta, ma avrebbe anche finito solo per odiarla per il resto della vita. E poi, viveva in uno squallido bilocale con mobili malconci e piatti scompagnati, e a volte beveva troppo e chiedeva a Effie di fargli cose che lei mai aveva immaginato potessero piacere a un uomo. O a lei.

Non era un uomo che avresti desiderato sposare, e neppure un uomo con cui avresti voluto creare un legame duraturo. Non così, non in questo modo. D'istinto si portò una mano al ventre in un gesto protettivo. Non gli avrebbe detto mai nulla.

«Non lo so» disse in fretta. «Ma non è Heath.»

«Come sarebbe a dire, non lo sai? Come puoi non saperlo? Effie, se qualcuno ti ha fatto del male... un'altra volta...»

Quella vecchia storia. *Papà* non le aveva mai *fatto del male* in quel modo, ma non c'era stato verso di convincere alcuno in tal senso.

«Non lo so nel senso che ci sono stati talmente tanti ragazzi» mentì Effie. «Potrebbe essere uno qualunque di parecchie dozzine. Non lo so, mamma. Di alcuni non conosco nemmeno il nome. Né so dove abitano.»

Sua madre fece un passo indietro. Sembrava distrutta, e perché? Perché sua figlia aveva ammesso di fare sesso? Di farsi sbattere? Effie aveva passato tre anni prigioniera di un pazzo deciso a rapire i figli di qualcun altro dopo che era stato allontanato dai suoi, e la mamma andava in pezzi per il sesso?

Effie andò all'armadio e prese una borsa. Cominciò a riempirla. Non guardava quello che ci buttava dentro. Camicie, pantaloni, mutandine e calze, un maglione che odiava ma che prese ugualmente.

«Cosa stai facendo?»

«Me ne vado.»

«Effie, no. Ci occuperemo noi di tutto. Possiamo riuscirci. Non sei costretta a rovinare la tua vita!»

Effie pensava a tutto quel sangue, alla facilità con cui il bambino era scivolato fuori di lei. In silenzio. Le cose peggiori accadono nel silenzio. Di nuovo si portò una mano al ventre. «Ti sei rovinata la vita quando hai avuto me?»

«Ero sposata e avevo ventiquattro anni. Non è affatto la stessa cosa. Per te voglio più di questo.»

«Forse questo è il massimo che posso pretendere. Me ne vado. Mi farò viva per dirti dove sono.»

Quando Effie si presentò alla porta, Heath la fece entrare senza neppure aspettare che gli venisse chiesto. Quando lei lo baciò, non la fermò. La prese tra le braccia e caddero insieme tra le lenzuola spiegazzate.

Le sue mani si muovevano sul corpo nudo di lei, che si inarcava sotto il suo tocco. I capezzoli erano diventati più sensibili, e quando lui ne prese uno in bocca, lei non riuscì a stare zitta. Lui le mise una mano davanti alla bocca. Non c'era alcun bisogno di stare in silenzio, qui in questo squallido loft dove i muri spessi un metro impedivano ai vicini di sentire qualsiasi cosa. Era una vecchia abitudine che forse, se avessero continuato a fare quello che stavano facendo, avrebbero finito per perdere. Ma ora quella mano era ruvida e calda sulla sua bocca, e sapeva di mare.

Le dita di Heath si muovevano fra le sue gambe, trovando posti umidi, segreti, portandola al limite ma senza lasciarglielo superare. Quando lei si dimenò per spingerlo a premere più forte sul clitoride, lui la prese per i polsi e la costrinse a girarsi bocconi. Per un istante Effie si dibatté, timorosa per il bambino... ma ne aveva già perso uno, dopotutto. Sapeva cosa aspettarsi. E non sarebbe stata la cosa peggiore del mondo se fosse accaduta ancora, giusto?

Continuò comunque a dibattersi perché sapeva che lo

eccitava. Poi a sua volta si eccitò, quando lui la afferrò per i capelli e la spinse giù, la faccia premuta contro il materasso e il culo all'aria. Heath non la sculacciava. Qui non si trattava di imitare qualche film di tarda serata con manette e maschere di piume.

Effie non sapeva bene di cosa si trattasse.

Sapeva soltanto che... è questo. Heath alle sue spalle, che la sbatte con tanta forza da farle temere che finirà per ucciderla.

C'erano state occasioni, moltissimo tempo fa, in cui a notte fonda esplorava il proprio corpo. Seni minuscoli, il sorprendente piccolo brivido quando si toccava i capezzoli, quello più eccitante e violento di quando si infilava la mano tra le gambe. La prima, rada peluria. Il modo in cui sentiva il proprio corpo aprirsi quando si toccava, si accarezzava. Allora non sapeva che fosse sesso, ma sapeva che era bello.

Effie non riusciva a immaginare di farlo ora. Masturbarsi fino a venire? Non era sicura di potere. Il solo piacere che poteva davvero provare era con lui.

Quando il suo corpo gli si serrò intorno, Heath ebbe un brivido e uscì. Caldi getti di sperma la colpirono sulla schiena, sulle braccia, sulle natiche. Effie seppellì il viso nel cuscino, scossa dagli ultimi brividi dell'orgasmo. Poi dalle lacrime.

Heath non le chiese di chi fosse il bambino. Annuì, semplicemente, quando lei glielo disse. La tenne stretta e la baciò sulla testa. E quando lei non poté più sopportare l'intimità di quell'abbraccio, la lasciò andare. Lui era così. Sapeva quando lasciarla andare.

«Sto da Heath» disse Effie per telefono alla madre. «Ma credimi sulla parola, mamma, se chiami la polizia o lo cacci in qualche guaio, non verrò mai più a casa. E non ti permetterò di vedere il bambino. Scomparirò, e questa volta non riuscirai a riportarmi indietro.»

La voce di sua madre era quella di una donna disperata e arrabbiata contemporaneamente. «Non capisci che voglio soltanto il meglio per te? Forse ci arriverai, quando sarai madre. Voglio il meglio, tutto qui. E Heath, Effie... lui ti ha rovinata.»

«Ma non capisci, mamma?» replica lei stancamente. «Ero già rovinata.»

. 29 .

Naveen aveva chiamato Effie quella mattina sul presto per proporle una mostra, una personale. Lei ascoltò il messaggio mentre beveva il caffè, e subito pensò al lavoro necessario per dipingere un numero di quadri sufficiente. Quelli un po' kitsch con gli orologi nascosti non erano adatti. Pagavano i conti, però, e lei aveva degli ordini da evadere. Non aveva il tempo di aspettare che la musa della creatività la toccasse, per non parlare del fatto che tele come quella appena venduta le rubavano l'anima.

«Non so, Naveen» disse quando lo richiamò. «Credo che ci vorrà ancora tempo prima che sia pronta per una cosa del genere. Stai parlando di un sacco di lavoro.»

Il mercante insistette. «Pensaci. Magari hai dei pezzi finiti che non hai venduto?»

Appoggiata al frigorifero, Effie guardava il portacenere di vetro che aveva comprato anni addietro in un negozio dell'usato. Pesante, elaborato, palesemente realizzato in un'epoca in cui tutti fumavano e bevevano e il mondo era illuminato in technicolor. Lei lo usava per tenerci spiccioli, bottoni e graffette.

Aveva in effetti parecchie tele dipinte nel corso degli anni. Quadri a cui lavorava nella semioscurità, che la lasciavano sudata e con la nausea, e a volte carponi per terra, con il viso fra le mani. Troppo grandi da spedire, troppo scuri e violenti per piacere persino ai collezionisti delle altre sue opere. Li dipingeva e li metteva via, sperando ogni volta di aver esorcizzato un nuovo demone. Insieme, formavano una collezione, anche se non una che Effie si aspettava o voleva che altri vedessero. Quei quadri erano le sue ore perdute.

Chiuse gli occhi. «Quanti te ne servirebbero?»

Naveen fece un piccolo suono con le labbra. «Minimo dieci. Posso riempire qualche buco con i tuoi lavori di adesso, ma mi piacerebbe averne almeno altri dieci sulla falsariga di quello che abbiamo appena piazzato.»

«Avido» rise Effie. Ne aveva almeno il doppio, coperti da vecchie lenzuola.

«Ehi, un ragazzo deve pur mangiare. E non venire a dirmi che guadagnare non ti piace. Posso venderli. Sai che posso. E anche gli altri lavori. Ma, Effie...»

«Credimi, lo so. Gli orologi nascosti non sono arte.»

«Non dello stesso genere, quanto meno.»

«Ho delle ordinazioni da soddisfare, prima. Quegli orologi mi danno da mangiare. A me e a mia figlia. Non posso prometterti niente.» Posò la tazza nel lavello, chiedendosi distrattamente se non fosse il caso di prepararsi un po' di caffè. Ma no, si sarebbe concessa una tazza di qualche miscela esotica al centro commerciale. Che fosse qualcun altro a lavorare per lei.

«Pensaci» ripeté Naveen. «Posso fare in modo che Elisabeth fissi una data in primavera. Mancano cinque mesi; con un simile anticipo, non dovremmo preoccuparci. E una volta là, datti da fare, passa più tempo che puoi con i collezionisti. Sarà un enorme passo avanti per la tua carriera, Effie. Non devo dirti che non è affatto facile.»

«Guadagnarsi da vivere facendo l'artista? No, decisamente non hai bisogno di dirmelo. Mia madre me lo ricorda in continuazione. Vorrebbe che tornassi a scuola.» Effie rise, anche se con un briciolo di amarezza. Aveva un mezzo diploma in amministrazione aziendale, ma il pensiero di passare la giornata seduta in un banco le faceva venire voglia di perforare qualcosa con una matita, probabilmente i suoi stessi occhi.

«Moltissimi non ci riescono, sai.»

«Non me lo dire.» Poi, dopo una pausa: «Il compratore sapeva... chi sono?».

Naveen sbuffò. «Non ne ho idea.»

Il che significava sì. Effie si massaggiò stancamente il ponte del naso. «Fantastico.»

«Ha importanza, se serve a far vendere?»

L'aveva per lei, ma quello che rispose fu: «No. Immagino di no. Come dici tu, bisogna pur mangiare».

«Dirò a Elisabeth di chiamarti per fissare le date» disse ancora Naveen. «Ciao, bella; mandami qualche orologio da esporre.»

«Certo. Vedo quello che ho.»

Con un sospiro, Effie infilò in tasca il telefono. Sapeva di essere fortunata. In quel settore, il talento poteva portarti solo fino a un certo punto; era la fortuna a darti accesso ai posti giusti, a renderti popolare o collezionabile o quello che era. E la fortuna non durava per sempre. Avrebbe dovuto approfittarne finché poteva, o sarebbe davvero finita dietro a una scrivania ad archiviare robaccia e rispondere al telefono.

Quando però fu davanti al cavalletto, tutto quello a cui riuscì a pensare fu un'imitazione di Thomas Kinkade, ma con uno scoiattolo gigantesco sul tetto di uno dei suoi cottage natalizi. Avrebbe potuto realizzare un Van Gogh con un'astronave Tradis che vorticava intorno alle stelle, ma non sarebbe stato originale. L'immagine girava in Internet, e in ogni caso non aveva visto una sola puntata del *Doctor Who*. Monna Lisa con i baffi?

Al diavolo, erano tutte stronzate. Peggio che stronzate. Quanto meno il resto della sua produzione, *Gli Orologi*, era originale. Quanto meno, aveva provato qualcosa nel dipingerli, anche se non aveva provato la frenesia, l'eccitazione quasi religiosa e spossante che la prendeva quando dipingeva i sogni del seminterrato.

Non poteva evocarla a suo piacimento, tuttavia. Poco importava cosa volesse Naveen, né ciò che la stessa Effie desiderasse realizzare. E poi, non aveva ancora fatto il pieno di caffè.

«Dee» disse quando l'altra rispose al telefono, «prendi un caffè con me?»

«Oh. Diavolo, sì. Vado al lavoro più tardi, oggi. Stesso posto?»

Poco dopo, Effie prendeva la borsa e le chiavi e usciva. Aria fresca, un caffè dall'aroma esotico, magari anche un dolce. Poteva passare un po' di tempo con Dee, magari fare qualche schizzo, e approfittarne per riflettere su cosa avrebbe potuto funzionare nella personale. Valeva la pena tentare.

La ragazza dietro il banco portava una T-shirt con un logo familiare, uno dei suoi. Sorpresa come sempre quando si trovava davanti al fatto che nel mondo reale c'erano sconosciuti che compravano le sue stronzate, Effie sorrise. «Bella maglietta.»

«L'ho presa al *Tin Angel*.» La ragazza ricambiò il sorriso. «Il negozio di Johnny Dellasandro, ha questa grande esposizione di cose per tutti i gusti. C'è mai stata?»

Effie scosse la testa. Era la ditta che produceva i suoi pezzi a occuparsi delle consegne; tutto quello che vedeva lei erano le royalties. «Devo proprio farci un salto.»

«È speciale, ha un sacco di bella roba. Cosa le porto?»

«Un latte e caffè e uno scone ai mirtilli. No, alla cannella.» Effie stava ancora esaminando i dolciumi quando sentì un colpetto sulla spalla. Si girò, sicura che fosse Dee, ma trasalì sorpresa.

«Mitchell!» esclamò sorridendo. «Ciao.»

«Ciao. Mi sembravi tu. Vieni qui spesso?»

«No, non proprio. Pensavo tu fossi al lavoro.»

«Abbiamo una riunione *scrum* fra un'ora. Hai presente quelle riunioni in cui tutti vanno e vengono. Metodologia di sviluppo software. Ho pensato di venire a prendere qualcosa al volo.» Mitchell indicò un croissant al cioccolato. «Quello» disse tirando fuori il portafogli. «E un caffè, grazie. Ehi, offro io.»

Effie fece per protestare, ma lo sguardo di lui la bloccò. Rise e chinò la testa. «Oh, va bene. Grazie, allora.»

«Così va meglio.» Insieme sedettero a un tavolo vicino alla vetrata. «Sei molto carina, oggi.»

Carina? Quel giorno era in jeans, una maglietta sotto il cappotto e un paio di malandatissime Converse nere. Si era truccata prima di uscire? Non se lo ricordava. «Uhm. Be', grazie.»

«Allora, che programmi hai per la giornata?» Mitchell la guardava con aria di attesa.

Effie appese la borsa allo schienale della sedia ma non estrasse l'album degli schizzi. «Solo qualche commissione da sbrigare. Tutto molto noioso.» Divertita, lo guardò fare il croissant a pezzetti che dispose ordinatamente sul piatto, prima di pulirsi le dita con il tovagliolino. Divertita, sì, ma anche attratta. Qualcosa in quella meticolosità le diceva che lui avrebbe posto molta attenzione anche a dettagli di altro tipo.

Mitchell intercettò il suo sguardo. «Mi fa piacere averti incontrato; pensavo di telefonarti» disse. «La prossima settimana c'è il *First Friday*. Tutti i negozi e le gallerie della Front e della Second resteranno aperti fino a tardi; ci saranno musica, cibo e tutto il resto. Ti va di venirci con me?»

«Devo trovare qualcuno che badi a mia figlia, ma sì, mi piacerebbe. Non sono mai stata a un *First Friday*.»

«È divertente» disse Mitchell. «E con te lo sarà di più.»

Il campanello della porta squillò, ma Effie non si volse che quando, con la coda dell'occhio colse un lampo di blu e capelli chiari. *Merda*. Tornò a girarsi in fretta, ma naturalmente era inutile. Notare le cose era il lavoro di Bill. Si irrigidì, in attesa del momento in cui lui si sarebbe avvicinato al tavolo con l'unico scopo di metterla in imbarazzo, ma lui ordinò il suo caffè e uscì senza nemmeno un *ciao*.

Mitchell si era accorto del suo turbamento. «Tutto bene?»

«Sì. È solo che... niente.» Effie gli sorrise.

«Sei nei guai con la legge?» Sembrava una battuta, ma lei non lo conosceva abbastanza da poterlo dire con sicurezza.

«Cosa? Dio, no. Conosco quel tizio, tutto qui.»

«Un ex boyfriend? O magari attuale?»

«Né l'uno né l'altro» disse Effie con fermezza. Posò la mano su quella di lui. «Solo uno che ho frequentato per un po'. Un amico. Più o meno. Ma di sicuro non un ragazzo.»

Mitchell sembrava soddisfatto. «Mi fa piacere saperlo, sul serio. Mmh, Effie, c'è una cosa di cui vorrei parlarti.»

Non poteva trattarsi di niente di buono. Colpa del sesso. Aveva cambiato la situazione. O stava esagerando? Ma no, non a giudicare dal modo in cui lui la guardava. Dannazione. «Va bene.»

«Da un mese a questa parte, ho frequentato solo te. So che non abbiamo mai parlato della possibilità di fare coppia fissa, ma volevo fartelo sapere comunque. Ci... ci staresti a vedere soltanto me? Non sto parlando di una relazione superseria, ma per me onestà e chiarezza sono importanti. E a essere sincero, detesto tutti i giochetti di quel sito.»

«Anch'io» disse Effie, che non aveva provato alcun giochetto perché di solito rifiutava di uscire più di una volta con qualcuno e non aveva mai avuto esitazioni a usare il pulsante nero.

«E poi pensavo che dato che abbiamo già...»

Mitchell si era accigliato, come se si fosse aspettato che dicesse qualcosa di più, e dannazione, probabilmente avrebbe dovuto, ma cosa c'era da dire? Avevano scopato. Succedeva. Le persone lo facevano in continuazione e poi magari non si guardavano nemmeno più. Perché i rapporti sentimentali dovevano richiedere tanta fatica? Da quando aveva cominciato a uscire con Mitchell, non aveva effettivamente visto nessun altro, ma questo non faceva di loro una coppia.

E nondimeno, aveva detto a Heath, a sua madre e a se stessa che cercava proprio quello... e così era, no? Allora perché, davanti alla prospettiva concreta, tutto in lei si ritraeva?

«Quindi...?»

Effie sorseggiò il latte per prendere tempo, poi gli rivolse un piccolo sorriso che, sospettava, non avrebbe reso più gradita la risposta. Ma doveva dirgli la verità. Non lo aveva fatto riguardo a molte altre circostanze, almeno in questa Mitchell meritava onestà.

«Non sono sicura di essere pronta a fare questa promessa.»

Il viso di lui si chiuse.

«Oh, certo. Va bene.»

Lo aveva ferito. «Ma ti farò sapere per il *First Friday*, okay? Mi piacerebbe davvero tanto andarci con te.»

«Ottimo.» Mitchell si alzò. Aveva bevuto solo metà del caffè. «Il mio numero ce l'hai. Fammi uno squillo. O mandami un messaggio. Mi ha fatto piacere vederti, Effie.»

Lei si alzò per abbracciarlo.

«Anche a me. Ti chiamo.» Poi tornò a sedersi e con un sospiro tirò fuori l'album degli schizzi. Aveva tracciato solo pochi tratti quando il suo cellulare ronzò. Mitchell? Di già? Le salì alle labbra un sorriso che si trasformò in una smorfia quando lesse il nome sul display.

Carino, il ragazzo.

Bill. Sospirando, lei digitò.

Nessun criminale da molestare?

Preferisco molestare te.

Effie lanciò un'occhiata fuori, quasi aspettandosi di vederlo sul marciapiede, ma c'erano solo auto parcheggiate e un tizio con indosso un lungo cappotto nero che stava entrando nel caffè. Non rispose all'ultimo messaggio, ma neppure riuscì a concentrarsi sul disegno. Maledetto Bill, pensò.

Stacco adesso. Vieni da me.

NO, digitò lei, e subito lo cancellò. Riprese a scrivere, senza però pigiare il tasto Invio. Stava ancora decidendo il da farsi quando arrivò un altro sms.

Te la leccherò fino a farti urlare.

Effie faticò a soffocare un gemito.

Nemmeno questa volta rispose, anche se i tre puntini indicavano che Bill stava ancora scrivendo. Arrivò un nuovo sms, questa volta di Dee che si scusava di dover cancellare l'appuntamento; dalla scuola l'avevano chiamata per andare a prendere Meredith con la febbre. Il tempo di scrivere la risposta, e arrivò l'sms di Bill.

Ti fotterò fino a farti dimenticare come ti chiami.

Oh, universo, pensò Effie. *Quale lezione stai cercando di insegnarmi?* Poi scrisse.
Promesse, promesse. Arrivo tra mezz'ora.

In ginocchio, Effie prese in bocca il pene di Bill. Fino in fondo, mentre nell'altra mano a coppa stringeva i testicoli. Lo sentì grugnire. Non le stava tirando i capelli. Benché lei glielo avesse chiesto, l'aveva accontentata per pochi secondi appena.

Ci fu uno schiocco quando si ritrasse. Lo guardò. «Vienimi in bocca.»

Bill aveva gli occhi vitrei, la bocca umida, forse perché fino a un momento prima la teneva affondata nella sua fica. Che ora pulsava. Si infilò una mano tra le gambe e cominciò a toccarsi mentre si chinava a prenderlo di nuovo in bocca.

Era vicina, vicinissima, ma non ancora sul punto, quando lui le inondò la bocca. Lei aveva appena ingoiato quando Bill uscì, la tirò in piedi e la baciò. I loro denti si scontrarono. La sua mano le si insinuò fra le cosce, la trovò aperta e bagnata.

Effie voleva venire, lo voleva al punto di non riuscire a pensare ad altro. Troppo tempo senza piacere, perfino quello che lei stessa si regalava. Voleva venire come facevano le persone normali, facilmente o a fatica, ma non aveva un orgasmo dalla sua ultima volta con Heath.

Non voleva pensare a lui in quel momento, ma il ricordo del suo sapore lavò via quello di Bill. Le mani di Heath, i suoi baci, il suo viso. Lei poteva odiare che fosse così, ma lo era, e sì, ecco che veniva e veniva, mentre Bill mormorava parole d'incoraggiamento.

Erano sul letto quasi prima che lei se ne rendesse conto. Al suo fianco, Bill russava piano. Senza fare rumore, Effie si alzò e andò in bagno a fare la doccia. Doveva andare a prendere Polly alla fermata dell'autobus, e non voleva accogliere la figlia con ancora addosso l'odore del sesso.

Lui dormiva ancora quando tornò di là e gli si sedette accanto. Gli posò una mano sul fianco, pensando di destarlo e augurandosi che così non fosse. Perché allora avrebbero dovuto parlare e in quel momento lei non se la sentiva.

Lo usava. E lui usava lei. Lo facevano da un pezzo, e non aveva ragione di pensare che dovesse cambiare. Ma sarebbe successo, se avesse dato a Mitchell la risposta che lui sperava. Allora sì, tutto sarebbe cambiato.

«Bill.» Effie spinse un po' più forte. «Svegliati, Bill.»

«Co...» A fatica lui aprì gli occhi, la guardò. «Che c'è?»

«Il tipo del café. Ci siamo visti un po' di volte. Mi ha chiesto di uscire solo con lui.»

Bill sbadigliò. «Sì. E allora?»

«Allora, non ti dà fastidio?»

Borbottando una sfilza di imprecazioni, lui si alzò a sedere. «No. Dovrebbe?»

«Forse. Non lo so.»

«Vuoi che mi dia fastidio? Cristo, Effie, sono stanco. Ho fatto il turno di notte.»

Lei si alzò. «Non eri troppo stanco per cacciarmi l'uccello in bocca.»

«E a te andava più che bene, quindi dov'è il fottuto problema? Vuoi uscire con degli uomini? Fallo. Che diavolo, sposati, se ti va. Non è quello a cui puntano tutte, alla fine?»

Effie aveva incrociato le braccia sul seno. «E che c'è di male?» imperversò. «Cosa c'è di male nel cercare qualcuno che ti abbia a cuore? È quello che fa la gente, Bill, a meno che non sia troppo incasinata anche solo per provarci.»

«Be', non è quello che siamo tu e io? Troppo incasinati anche solo per provarci?»

Effie sorrise con malignità.

«Ti odio, lo sai?»

«Sbagliato: *vorresti* potermi odiare» la corresse Bill, tirandosi le coperte fino alle spalle. «Continua a tentare; magari ci arriverai.»

I bisbigli cessarono appena Effie entrò nello spogliatoio. Ci sarebbe stato da pensare che avevano tutti qualcos'altro su cui spettegolare, ma no, parlavano ancora di lei. Suo padre diceva che avrebbe potuto stare a casa e studiare privatamente, perfino cambiare scuola, ma Effie aveva detto di no. Questa storia l'avrebbe seguita comunque, e questi ragazzi, almeno, li conosceva. Era più facile liquidare voci e occhiate quando si sapeva che Rachel Franklin aveva bagnato il letto fino in quinta elementare, e che il papà di Courtney Spenser era finito in prigione perché guidava ubriaco.

Nessuna faceva la doccia, anche se l'insegnante di educazione fisica avevano detto che dovevano. Effie sì, però. Avrebbe lavato ogni maledetto angolo del suo corpo con acqua bollente. Che importava se questo avrebbe significato denudarsi davanti alle altre? Nessuna di loro aveva dovuto passare intere settimane sentendosi sporca. Effie non avrebbe mai rinunciato a un'occasione per ripulirsi, e specialmente oggi, dopo aver sudato in pista come avevano fatto. E la giornata scolastica era finita; nessuna fretta di precipitarsi alla lezione successiva.

Si lavò i capelli con calma, godendo della leggerezza lasciata dallo shampoo. Si insaponò le ascelle, l'addome, le cosce. Quando alzò gli occhi, c'era Cindy Jones ferma sula soglia che la guardava. Cindy, che usava troppo eyeliner e si radeva un lato della testa, era l'antitesi della perfetta cheerleader, ma godeva di una certa popolarità e aveva un codazzo di imitatrici che le svolazzavano intorno. E ora stava fissando Effie.

«Che c'è?» fece lei con aria di sfida.

Il sorrisetto di Cindy disse tutto. Quando Effie uscì

dal box doccia, avvolta nell'asciugamano, l'atra ronzava nelle vicinanze del suo armadietto, nella fila accanto. Alzò la voce per farsi sentire. «Già, ha buttato giù non so quante pillole, sì, ogni genere di pillola, con una bottiglia di scotch. Hanno dovuto spedirla in ospedale a farsi svuotare lo stomaco.» Cindy parlava con la sicurezza di chi sa che nessuno metterà in discussione quello che dice.

Effie si infilò slip e reggiseno, poi si avvolse i capelli nell'asciugamano non curandosi minimamente di ciò che le altre stavano dicendo. Ma Cindy non era soddisfatta: lei *voleva* che Effie sapesse che stavano parlando di lei. Voleva una reazione.

«È stato un patto suicida» disse a voce un po' più alta. «Fra lei e quel tizio con cui stava. I genitori l'hanno trovata nella vasca da bagno con un rasoio sul polso.»

Effie non ne poté più. Fece il giro della fila di armadietti. «Chiudi il becco.»

Cindy si voltò verso di lei con un altro dei suoi sorrisetti. Perché ce l'avesse tanto con Effie, non era chiaro, se non forse che, paragonata a quella di Effie, la sua vita non la rendeva nemmeno lontanamente simile alla dura per cui si spacciava. A cosa mai era sopravvissuta Cindy, se non forse a un paio di jeans sbagliati sotto l'albero di Natale?

«Lo sanno tutti che due settimane fa sei stata in ospedale. E non per via dell'influenza.»

Emorragia e crampi erano cessati solo pochi giorni prima, ed Effie ne aveva persi solo tre di scuola. Strinse i pugni per frenare una collera che non voleva manifestare. «E quindi pensi che abbia voluto uccidermi?»

Per un secondo il sorriso di Cindy vacillò. Non si aspettava che Effie le tenesse testa, perché nessuno lo faceva mai. Effie gettò l'asciugamano su una panca e si mise le mani sui fianchi. Nessuna delle altre la guardava, per vergogna o perché la sua parziale nudità le intimidiva.

«Se avessi cercato di uccidermi, non mi avrebbero dimessa lo stesso giorno.» Era il turno di Effie di sogghignare. Tese entrambe le braccia. «E sui polsi non ho neppure un graffio. Questo è quello che vale la tua teoria sul rasoio.»

Cindy alzò il mento. «Senti, non è poi questa gran cosa. Un sacco di persone cercano di uccidersi. Insomma, sono dei perdenti, però, che diavolo.»

Effie guardò le altre ragazze una a una. Nessuna voleva incontrare il suo sguardo. Non poteva dire loro il vero motivo per cui era finita al Pronto Soccorso. La verità era ben peggiore della menzogna di Cindy. Il solo pensiero la annientava. Sentiva suo padre dire: «Non devi tornare immediatamente a scuola, sai. Nessuno ti biasimerà se resti a casa per un po'».

E sua madre che rispondeva: «Deve tornare alla vita normale, Phil. O non lo farà più».

Se c'era stato un momento in cui Effie aveva voluto tornare alla vita normale, era stato questo. La bulletta della scuola proprio di fronte a lei. Ma Effie era più grande di tutte quelle ragazze, anche se non per età. Non bastava che dovesse lottare in classi che tecnicamente erano due anni indietro. Doveva anche mangiare merda, o rassegnarsi a essere un'emarginata.

«Ci ho provato, ma non proprio sul serio.» Le parole avevano un gusto di cenere, ma vide come si illuminarono le facce. Come Cindy si guardava intorno compiaciuta, sebbene sapesse che la sua era una bugia.

«Una volta mia cugina ha tentato di uccidersi» saltò su Rachel.

Courtney annuì. «Sì, anch'io sono stata a un campo estivo con una ragazza che ci aveva provato.»

A una a una, tutte le componenti del gruppetto raccontarono il loro aneddoto. Tutte conoscevano qualcuno che ci aveva provato, ma a quanto pareva nessuno ci era riuscito. C'era accettazione nei loro occhi, nelle loro voci, ed Effie lasciò che la accogliessero nella loro cerchia perché non voleva esserne lasciata fuori.

Ma non riuscì a smettere di pensare. Dopo cena, mentre si supponeva che stesse facendo i compiti, riuscì soltanto a fissare le pagine del libro di storia e a ripetersi che lei non avrebbe mai avuto bisogno di sapere chi aveva scritto la *Magna Carta*. Era anche a stomaco vuoto, perché sua madre aveva preparato una sorta di chili, e dentro c'erano semplicemente... troppe cose perché lei potesse mangiarlo.

Chiamò Heath, ma a rispondere fu il padre, ubriaco. Non sapeva dove fosse il figlio, e Effie era sicura che nemmeno gli importasse.

Doveva uscire da quella casa.

L'unico modo per farlo era di nascosto. La mamma sarebbe impazzita se avesse saputo che voleva sgattaiolare fuori nella notte, sola. Anche se non fosse mai accaduto nulla, sua madre avrebbe cercato di tenerla sempre vicina; a maggior ragione ora per nulla al mondo le avrebbe permesso di uscire e farle vivere la sua vita di adolescente, non importava quanto tenacemente sostenesse che Effie doveva tornare alla normalità. Era tutto complicato, ormai. E non sarebbe migliorato.

Così uscì di nascosto, passando cautamente davanti al salotto, dove i suoi sedevano alle estremità opposte del divano e fissavano lo schermo del televisore. Attraversò la cucina e oltre la porta del garage, e infine si ritrovò fuori a correre, nella serata autunnale.

Cominciò a piovere. Lei continuò a correre, le suole che schioccavano sul selciato, i pugni serrati. Non si sarebbe ripresa, mai.

Effie sapeva correre veloce, e sapeva correre lontano,

ma non riusciva a fare le due cose contemporaneamente.

La pioggia era più forte, le gocce erano aghi di ghiaccio. E lei era debole. Con un'imprecazione, si chinò in avanti, respirando con affanno.

L'auto che si fermò accanto a lei non aveva lampeggianti, ma era pur sempre un'auto di pattuglia. Effie si raddrizzò. L'ora del coprifuoco era passata da un pezzo. Avrebbe inventato una scusa, ma quando il finestrino si abbassò mostrando la faccia familiare, capì che non ce ne sarebbe stato bisogno.

«Sali» disse l'agente Schmidt.

«È stata mia madre a chiamarla?»

«No. Sali.»

Lei obbedì. Non era ancora fradicia, ma lo sarebbe stata presto se non fosse arrivato lui.

L'agente mise in moto, solo che non andò in direzione di casa sua. Si infilò invece nel parcheggio del negozio di ferramenta ma sul retro, e parcheggiò dove vengono effettuate le consegne. Restò immobile, le mani sul volante, e non guardava lei, ma dritto davanti a sé.

«Non dovresti essere fuori a quest'ora» disse. «Andarsene in giro soli quando fa buio è un ottimo modo per finire nei guai.»

«Dovevo uscire di casa. Stavo impazzendo.» La voce di Effie si incrinò e chiuse gli occhi. Quando li riaprì, lui la stava guardando. Oh, ecco un'occhiata che comprendeva bene.

Lo stava baciando ancora prima di imporsi di fermarsi. Lui l'avrebbe allontanata, pensò – era quello che doveva fare, giusto? Era un adulto, e lei aveva diciassette anni, era un agente di polizia e lei un disastro vivente, ma in questo momento riuscì a pensare solo all'uniforme blu di lui quando varcò la porta del seminterrato impugnando la pistola. A come aveva abbassato l'arma nel vederli, lei e Heath, ancora attoniti dopo l'incursione di Sheila che gridava che non dovevano muoversi.

Tutto quello che riuscì a sentire era la voce di lui che ripeteva all'infinito: «Va tutto bene, va tutto bene».

Così lo baciò, e lui non la respinse. Aprì la bocca, invece, e le loro lingue si sfiorarono. Le posò una mano sulla nuca, trattenendola ma senza allontanarla. Lei percepiva il suo conflitto, ed era decisa a uscirne vittoriosa.

«Non qui» disse lui. E più tardi, quando lei gli stava sopra nel suo letto, con le semplici lenzuola bianche e i cuscini bitorzoluti: «Chiamami Bill. Mi chiamo Bill».

. 30 .

Nei giorni buoni, il tragitto fino a Philadelphia richiedeva due ore piene... se riuscivi a evitare il traffico sulla Schuylkill, e francamente, era un sogno impossibile. Ciononostante, Effie ce l'aveva fatta in meno di tre ore e non doveva rincasare a un'ora precisa perché si era accordata con Heath perché andasse a prendere Polly alla fermata dell'autobus. Era stato il suo ramo d'olivo, e lui lo aveva accettato, ma Effie dubitava che nel complesso avrebbe fatto una grande differenza.

Non voleva pensarci.

«Effie! Ciao!» Elisabeth lavorava per Naveen almeno da quando Effie gli vendeva i suoi quadri, anche se solo da qualche tempo si occupava personalmente di acquisizioni. «Qualcosa da bere? Caffè, tè, una bibita? Devo avere anche una bottiglia di vino da qualche parte.»

«Un po' presto per il vino, perfino per un'artista» rise Effie, calandosi sul soffice divano rosso. «Il tuo ufficio è sorprendente.»

«Ho detto a Naveen che se volevamo puntare a una clientela di livello superiore, era importante dare l'impressione che valessimo il loro tempo. Lui è per gli spazi vuoti, essenziali, ma ho dovuto convincerlo che a quella gente piace ammirare le tele esposte in galleria, ma le compra quando riesce a immaginarle appese a casa propria.» Elisabeth riempì una tazza di caf-

fè, poi guardò Effie con aria interrogativa.
«Sì. Grazie. Nero va benissimo» disse questa.
«Così» riprese Elisabeth, «ho ristrutturato il mio ufficio in modo da creare questo salottino. Anche se casa sua è diversa, per il cliente è più facile immaginare la tela in un soggiorno o un ingresso, e devo dire che sta funzionando. Si vende parecchio di più. Ma dimmi di te; ho visto il pezzo che hai mandato alla galleria. È stupefacente, Effie.»
«Grazie.» Il complimento le fece piacere. «A volte le cose vengono nel modo giusto, sai com'è.»
L'altra scosse la testa. «Non potrei realizzare un'opera d'arte nemmeno se mi puntassero una pistola alla testa. Quindi no, non posso dire di saperlo, ma capisco. Ha senso?»
Effie rise. «Credo di sì.»
«E ora vediamo insieme le idee che ho avuto per la personale, okay? Direi che possiamo cominciare dalle date.»
Insieme, le due donne misero a punto date e orario, e il numero di tele simili all'ultima spedita da Effie che sarebbero servite. Avrebbero colmato i vuoti con gli altri suoi lavori, le assicurò Elisabeth, e proclamò che tutto sarebbe andato a gonfie vele, ma Effie non ne era altrettanto sicura.
«Non ho mai fatto una personale, e non sono sicura di essere all'altezza» confessò.
«Andrà benissimo, credimi. E francamente, al giorno d'oggi è questione soprattutto di marketing, di pubblicità. Di attirare la gente giusta. Se ci riusciamo, posso garantirti che venderai. Ehi, ti va di vedere il nuovo spazio? Non so se vederlo ti aiuterà o meno a capire cosa vorrai e non vorrai dipingere. Lavoro con artisti per cui l'ispirazione è l'unica cosa che conta, qualunque forma assuma, e altri decisamente più in-

teressati a guadagnarsi semplicemente da vivere.»

«Io propendo in toto per il guadagnarsi da vivere» disse distrattamente Effie, alzandosi per guardare più da vicino un pezzo appeso non nell'area clienti, ma al lato della scrivania. «Per fare dell'arte il mio lavoro, e non doverne cercare un altro.»

Era una fotografia, venti per cinquanta: ciottoli sparpagliati su un letto di velluto e uno, a forma di cuore, separato dagli altri. Eppure era più di una semplice foto. Qualcuno aveva aggiunto linee e colori, solo accenni qua e là, usando inchiostro e penna per trasformare uno scatto già bellissimo in qualcosa di speciale. Di unico.

«È un buon lavoro» disse voltandosi verso Elisabeth, che muta fissava a sua volta la foto.

«Un regalo.»

Effie si era morsa la lingua abbastanza spesso da riconoscere i segni di quel particolare conflitto interno nell'altra, e saggiamente cambiò discorso mentre la seguiva nella galleria. Era uno spazio luminoso, arioso, accogliente. Quadri, fotografie e sculture occupavano posti scelti con cura.

«Riesci a immaginare i tuoi lavori esposti qui?» Il cellulare di Elisabeth vibrò. «Scusami.» Guardò il display, aggrottò la fronte e tornò a cacciarsi l'apparecchio in tasca prima di rivolgerle un sorriso forzato.

«Non devi rispondere?» chiese Effie.

Elisabeth scosse il capo. «No. È che...»

Quando il cellulare tornò ad animarsi, Effie la guardò con aria solidale. Doveva trattarsi di un uomo.

«Scusami ancora» borbottò Elisabeth. «Dai un'occhiata in giro, intanto, fai come se fossi a casa tua.» E si allontanò, digitando furiosamente.

Effie ne approfittò per controllare a sua volta il telefono. Messaggi da sua madre, prevedibilmente. Heath la avvisava che in serata avrebbe portato Polly al bowling, purché avesse finito i compiti. Non doveva preoccuparsi se al suo ritorno non li avesse trovati. E uno di Mitchell, una semplice faccina sorridente e la parola *Ciao*.

Ciao, digitò Effie. Comparvero immediatamente tre puntini: Mitchell stava scrivendo. Attese la risposta con un occhio su Elisabeth, che camminava nervosamente su e giù senza smettere di digitare. Mitchell scrisse. Si fermò. Riprese a scrivere, si fermò di nuovo.

Poi finalmente *Ciao*.

Effie rise.

Hai digitato per un bel pezzo per scrivere una sola parola.

Volevo fare l'intelligente, ma mi sono perso per strada. Come stai?

Bene.

In quel momento Elisabeth tornò al suo fianco. Sembrava sul punto di scoppiare in lacrime. «Scusami» disse soltanto.

«Tutto a posto?»

«Non proprio, no.» Il sorriso della donna non arrivò agli occhi. «Ma non è neppure una novità. Coraggio, diamo un'occhiata agli spazi a cui abbiamo pensato per te.»

Questa volta a interromperle fu il cellulare di Effie. Lei ignorò il primo segnale di un messaggio in arrivo, ma al terzo si disse che avrebbe fatto meglio a dare un'occhiata. E se fosse stato Heath con un'emergenza qualsiasi?

«Una novità» disse, cogliendo l'occhiata incuriosita di

Elisabeth. D'impulso, le tese il telefono. «Uomini che tengono il broncio... non so come cavarmela con loro.»

Volevo sapere della prossima settimana, il First Friday. *Ci sei ancora?*

Troppo occupata per rispondermi, suppongo. Okay, fammi uno squillo quando avrai un po' di tempo per me.

«Ugh» fece Elisabeth, poi rise. «Forse non intendeva dare l'impressione di tenere il broncio.»

«Non lo so... non lo conosco abbastanza» ammise Effie. «Usciamo insieme da poco, ma se questo è il suo vero modo d'essere, grazie, ma non sono interessata.»

La donna le rivolse uno sguardo compassionevole. «So cosa intendi. Loro si sentono liberi di non leggere i tuoi messaggi o di non rispondere per giorni e giorni, ma si aspettano che tu scatti appena ti cercano.»

Come in risposta, il suo cellulare squillò. Elisabeth indirizzò a Effie un piccolo sorriso sghembo. «No, non rispondo. Che aspetti lui, per una volta.» Effie conosceva la gallerista da anni, ma non aveva mai avuto occasione di trascorrere molto tempo in sua compagnia. Sapeva che era sposata e che aveva figli grandi, ma quelle concitate comunicazioni non facevano pensare a un marito. Perlomeno, non a un marito affettuoso.

«Volevo chiederti se saresti disposta a portare anche qualche pezzo speciale» stava dicendo Elisabeth. «Li ho visti sul tuo sito web e mi piacciono davvero moltissimo.» Per un momento parve imbarazzata. «So che preferisci venderli direttamente, e non ti chiederei alcuna commissione in caso di vendita. Ma vorrei che la gente li vedesse.»

Sorpresa, Effie assentì. «Ma certo. Di quali stai parlando?»

«Ti faccio vedere.» Di nuovo alla scrivania, Elisabeth ruotò il monitor verso di lei. «Ho notato che questi sono in vendita da parecchio tempo. Di solito i tuoi lavori vanno abbastanza in fretta, così ho pensato... be', l'arte è talmente soggettiva, non è vero? So che hai il tuo parco di collezionisti che comprano gli *orologi...*»

Effie riempì il breve silenzio che seguì avvicinandosi un po' di più al monitor. «Oh, quelli?» fece poi. «Ti piacciono quelli?»

Erano tre tele a olio di cui Effie non aveva inteso formare un trittico, anche se poi era finita così. Molto simili a quelli ricercati dai collezionisti, avevano linee diritte, soggetti semplici e orologi, che però in questi erano quasi visibili... nessuna difficoltà nel trovarli. Lei si era convinta che proprio quello era il motivo per cui nessuno li aveva voluti.

«Sono un segreto, giusto?» Elisabeth la guardava e la sua voce, la sua espressione erano... reverenti non sembrava la parola giusta, ma di sicuro piene di rispetto. Sì, rispetto.

Effie piegò la testa di lato. «Perché dici questo?»

«Be', la gente ama i tuoi quadri perché sono una sfida. Bisogna trovare gli orologi. Obblighi chi li guarda a non apprezzarli solo perché sono graziosi... non solo questo» si affrettò a correggersi. «A volte sono inquietanti. Ma sempre gradevoli. Costringi a guardare dietro il quadro per vedere ciò che nasconde. Ho visitato i forum, e tutti... adorano tutti questo approccio, la considerano una specie di versione adulta di *Dov'è Wally?*.»

«Sì ma per fuori di testa» mormorò Effie.

Elisabeth non rise. «Sì, ecco dove subentra la componente voyeuristica. Eppure questi tre... insomma trovare gli orologi non è certo un problema. Non sono palesi, ma eccone uno, e un altro e infine il terzo.» La guardò. «Ma non è questa la verità nascosta, vero?»

Effie ricambiò il suo sguardo. «No. Non lo è. Che cosa vedi tu?»

Invece di rispondere, l'altra usò il mouse per ingrandire l'immagine. Sorrideva; un piccolo strano sorriso sornione. «Ci sono gli orologi, come abbiamo visto. Ci sono sempre. Ma qui... qui... e qui...» Elisabeth spostò il cursore sui vari punti. «... abbiamo questo. Un cuore con due iniziali. E... e H.»

Era vero, ma nessun altro sembrava mai essersene accorto. E Elisabeth aveva ragione anche su un altro punto: quei quadri erano in catalogo ormai da un paio d'anni e nessuno si era mostrato interessato. «Ho sempre pensato che fossero tra i miei lavori migliori» disse con voce quieta. «Non all'altezza di quello che ho mandato a Naveen, ma buoni.»

«Sono molto di più. La tela che ci hai spedito è arte, e se ne realizzerai altre, si venderanno altrettanto facilmente. Ma Effie, queste...» Elisabeth si appoggiò allo schienale della sedia, premendosi per un istante i palmi sulle palpebre. «Li hai dipinti per qualcuno che amavi, non è così?»

Effie aveva un nodo alla gola. «Sì. Qualcuno che amo molto.»

Elisabeth prese una velina dalla scatola sulla scrivania e la usò per asciugarsi gli occhi. «Lui lo sa?» chiese dopo un momento. «Quanto lo ami?»

«No.» Effie scosse la testa. «Come potrebbe? Non gliel'ho mai detto.»

Elisabeth si era girata a guardare la foto appesa. «*Devi* dirglielo. Anche se lui non ti ama. Fidati di me; se non lo fai, lo rimpiangerai in eterno.»

Ma il problema non era mai stato l'amore di Heath.

Effie indicò la fotografia. «Tu glielo hai detto? Lo hai detto all'uomo che ti ha dato quella?»

«Sì, gliel'ho detto, molto tempo fa.»

«Lo ami ancora?»

«Lo amo ancora» fu la risposta.

Effie aggrottò la fronte. «Cosa è successo?»

«Niente» disse Elisabeth. «Ma mi conforta pensare che lui lo sa.»

«Anche se non potrete mai stare insieme?»

«Specialmente per questo.» Poi la conversazione si spostò su altri argomenti.

. 31 .

«Scopare con te è come scopare un cadavere» si lagnò Bill. «Gesù, Effie che diavolo ti succede?»

«Magro è bello.»

Era ubriaca.

Appena entrata, aveva razziato il bar di Bill. Lui non aveva cercato di fermarla, anche se era minorenne. Che razza di poliziotto. Ora, Effie alzò la bottiglia verso di lui, che gliela tolse di mano.

«Hai bevuto abbastanza. Ti preparo un sandwich, qualcosa. Cristo. Stai per vomitare, per caso? Vai in bagno.»

Effie non stava per vomitare; si sentiva bene, anzi, felice, piena di... di qualcosa che non sapeva cos'era. Era estate. Il sole impiegava un'eternità a tramontare. Non era costretta a restare al buio per ore.

«Mi sono diplomata» disse.

Bill si girò per guardarla. Era ancora nudo, e la sua nudità le strappò una risatina. Lui si incupì, in mano il coltello del burro sporco di senape. «Perché ridi?»

«Hai le fossette sul sedere.» Effie ridacchiò di nuovo. «Ehi. Ehi, Bill. Ehm, agente Schmidt. Mi sono diplomata. Ce l'ho fatta, cazzo.»

«Non imprecare. È volgare.»

Effie alzò gli occhi al cielo. Addosso aveva solo una T-shirt di Bill, e cominciò a piroettare sul posto. Era una ballerina terribile, ma stava cercando di farlo ridere.

Lei e Heath ridevano fino a restare senza fiato, ma lei e Bill... non ridevano mai.

«Non pensavi che ce l'avrei fatta, vero? Tutto il tempo che ho perso, ma ho lavorato sodo e ci sono riuscita. Mi sono diplomata con il mio corso. Non sei fiero di me?» Ballando la maglietta salì sulle cosce.

E lì si posò lo sguardo di lui, lì e sull'ombra fra le sue gambe, e il suo sguardo si incupì. Effie sollevò ancora di più laT-shirt. E ancora. Voleva che lui la guardasse.

«E quali sono i progetti? Andare al college? Sposarti, sistemarti in una casetta a schiera, mettere al mondo un paio di marmocchi?»

L'euforia di Effie stava svanendo. Aveva fatto domanda di ammissione presso il college locale su consiglio del consulente scolastico, il quale aveva detto che solo dopo due anni di lezioni supplementari avrebbe potuto progettare di frequentarne uno migliore. A Effie, due anni, sembravano un periodo molto lungo.

«Non lo so. Sono soltanto contenta di avercela fatta. Penserò al dopo più tardi, immagino. Forse dopo che mi avrai scopata di nuovo.»

Lui le disse di non essere volgare, ma sentirla parlare così lo eccitava. Scopare con Bill era quanto di più sbagliato si potesse pensare, ma Effie non riusciva a smettere di farlo, perché scopare con Bill la faceva sentire come se forse, solo forse, ci fosse qualche speranza per lei di fare nella vita proprio quello che lui aveva appena descritto.

«E comunque, che c'è di male a volersi sposare o avere dei figli?» replicò. «Tu non ci hai mai pensato?»

«Sì, certo. Ma questo non significa che lo desideri.»

«No?» Effie sorrise. «Sarei una mogliettina perfetta. Cucinare e infornare e scopare...»

La risata di Bill era aspra, dura. «Tu? Hai diciotto anni. Perché diavolo dovresti pensare di sposarti?»

«Dà sicurezza.» Effie aveva smesso di sorridere; il leggero, vivido tepore provocato dai baci di Bill era quasi svanito.

«Non c'è niente di sicuro nel matrimonio» disse Bill. «Mangia il sandwich, che ti riporto a casa.»

Bill la accompagnò a casa, facendo attenzione a non farsi vedere dai suoi. La notte non era ancora scesa, e non avrebbero avuto quindi ragione di preoccuparsi, ma c'era qualcuno sulla veranda. La vista del lungo trench nero, dei capelli scuri e ispidi fece arrestare il cuore di Effie per un lunghissimo istante.

Heath aveva cominciato a sottolineare gli occhi verdi con l'eyeliner. Frequentava brutta gente. Lei non lo vedeva da mesi, perché l'ultima volta era ubriaco, ed era stato polemico e su di giri. Avevano litigato per qualcosa di talmente idiota che Effie neppure lo ricordava più; ricordava solo la sfilza di insulti che lui aveva sputato alla fine e che lei aveva ricambiato ancora più velenosamente.

A un certo punto avevano cominciato a odiarsi, e lei non sapeva cosa fare in proposito.

Nel vederla, lui si alzò. Bagliori metallici scaturirono dalla cintura, dalla fibbia e dalle borchie. E dagli stivali. Era così alto che Effie doveva piegare la testa all'indietro per guardarlo in faccia. Con lei quei travestimenti non funzionavano.

«Mi sono diplomata» disse. «Ce l'ho fatta.»

«Congratulazioni.»

Confusa, con la bocca arida per il troppo alcol, Effie aggrottò la fronte. «Cosa ci fai qui?»

«Sono venuto per vederti.»

Lei fece una piroetta. «Eccomi qui.»

Heath le prese la mano per fermarla. «Lo vedo. Sei stata di nuovo con quello.»

«Non sono stata con nessuno.» Effie non intendeva

mentire, ma le parole le uscirono di bocca come fossero macigni. «Che è successo alla tua faccia?»

Heath si toccò una guancia, dove stava fiorendo un livido scuro. «Mio padre e io siamo venuti alle mani. Mi ha cacciato di casa. Per sempre, questa volta.»

«Oh, mi dispiace. Ti va di entrare?»

«Ci sono i tuoi.»

Suo padre non aveva mai mostrato di odiare Heath quanto sua madre; ciononostante, era sposato con lei, e la appoggiava anche quando si comportava da autentica carogna. Effie passò davanti a Heath, diretta alla porta, ma le chiavi le scivolarono di mano. Ridendo, si chinò per raccoglierle, ma le sue dita annasparono inutilmente.

«Sei ubriaca» disse Heath.

«Entra.» Effie lasciò che fosse lui ad aprire, e una volta dentro si portò un dito alle labbra. I suoi erano sicuramente in casa, nonostante le luci nelle diverse stanze fossero tutte spente. Probabilmente stavano guardando la TV nella loro camera, e di sicuro sua madre era sveglia. Sosteneva di non riuscire a prendere sonno finché Effie non era a casa, sana e salva.

Ma almeno aveva smesso di aspettarla in soggiorno. Almeno fingeva di credere che Effie era più o meno diventata adulta. In cucina, Effie riempì due bicchieri di coca cola e vuotò immediatamente il suo. Adorava sentirsi ubriaca, ma i postumi non erano altrettanto divertenti.

«Hai fame?» domandò poi, e senza aspettare risposta, tirò fuori il necessario, carne, pane e formaggio, e preparò due sandwich.

Seduti al tavolo di cucina, Heath divorò il cibo, mentre Effie lo piluccò.

«Cosa pensi di fare?» gli chiese dopo un po'.

«Mi troverò un appartamento.»

Lei allontanò il piatto. «Come lo pagherai?» Guardò Heath pulirsi la bocca, osservò il movimento della punta delle dita intorno alle labbra, e un istante più tardi lo stava baciando, a cavalcioni sulle sue gambe. Le braccia di Heath la circondarono. Le loro lingue si toccavano e lo sentì duro contro di sé. Dovevano fare piano, ma lei avrebbe voluto farlo urlare.

«Ho un lavoro» disse Heath contro la sua bocca.

Effie gli prese il viso tra le mani. «Un lavoro? Dove?»

«Apprendista cuoco alla tavola calda. Ehi, potrai venire a mangiarci, sapendo che sono io a strapazzare le uova, no?»

«Non andartene mai più via da me» disse Effie.

C'era tra loro, feroce e struggente, un'oscurità che rifiutava di svanire. Lei gli sfiorò il livido, poi lo schiaffeggiò sull'altra guancia. Non sarebbero rimasti segni. Non intendeva fargli del male, non realmente.

Non avevano mai parlato del perché Heath desiderasse quel genere di trattamento o del perché a lei piacesse il calore alla mano scaturito dagli schiaffi.

Il cigolio del parquet al piano di sopra li spinse a girarsi. La madre di Effie non fingeva neppure di voler fare piano, né di stare aspettando che la figlia andasse a letto. Se Heath non avesse lasciato subito la casa, la madre li avrebbe raggiunti e avrebbe reso tutto molto spiacevole.

Effie lo baciò, baciò il livido sulla guancia. Non voleva che se ne andasse, ma sapeva che era meglio così.

«Non l'ho fatto.»

«Sì invece. Sei sparito per mesi...»

«Stavo cercando di risolvere i miei deliri.»

«Be', buona fortuna» rise Effie. Era crudele e lo sapeva, ma non riuscì a trattenersi.

«Credevo che di tutte le persone al mondo, tu almeno avresti creduto che potevo farcela.»

Ed ecco che lei avrebbe voluto gridarglielo che lei credeva in lui. Ma non poteva farlo e forse era meglio così.

Se Heath avesse risolto i suoi casini, Effie non avrebbe avuto più alcuna scusa per continuare a essere lei stessa così incasinata. E se alla fine per quanto ci avesse provato, non fosse riuscita a superare quello che era accaduto? Il college, un lavoro, quella casetta a schiera per cui Bill la prendeva in giro? Tutte quelle cose sembravano talmente lontane, talmente fuori portata, come se lei fosse condannata a non raggiungerle mai.

. 32 .

Effie non era mai stata alla galleria d'arte *Tin Angel*, un minuscolo studio annidato in un delizioso edificio di arenaria in Front Street, a Harrisburg. Di solito evitava completamente le gallerie; era troppo penoso paragonare le tele esposte alle sue e scoprire perché non funzionassero o perché non funzionava lei. Prese un bicchiere di vino, da tenere invece della mano di Mitchell mentre attraversavano le varie salette.

Sorpresa, nella stanza d'angolo, su una semplice parete bianca e illuminato da parecchi punti luce, scoprì un suo lavoro. Si fermò, incerta. Era uno di quelli che vendeva sul sito, e la piccola targa collocata sotto portava il suo nome.

«Questo...» cominciò, indicando la tela.

Mitchell si chinò a esaminarla. Guardò la targa. «Felicity Linton. La conosci?»

Naturalmente, ricordò lei. Lui non conosceva il suo vero nome. Rise e bevve un sorso di vino prima di scuotere la testa. «È interessante, non credi?» Fece per passare oltre, ma Mitchell non la imitò.

«Ti piace?» chiese invece.

«E a te?»

«Non lo so. Non mi dice granché, francamente. Sembra qualcosa che chiunque potrebbe fare, sforzandosi un po'.»

Effie si accigliò.

«Sembra essere più facile di quanto sia realmente. Credimi, lo so.»

«Sì, ma questo...» Mitchell si protese a studiare di nuovo il dipinto. «La sensazione è che dovrebbe esserci qualcosa di più, che dovrebbe trasmettere qualcosa di più.»

E c'era, pensò Effie. Ma a voce alta disse soltanto: «È questo il punto focale dell'arte. Rappresenta cose diverse per persone diverse». Finì il vino. «Un altro drink?»

«Ci sono altri posti da vedere, se ti va. Ad appena un isolato c'è un delizioso negozietto vintage. Potremmo farci un salto e poi andare a cena.» Mitchell sorrise, ignaro di essere stato insultato.

Sorrise anche Effie. «Ma certo. Andiamo.»

Dopo andò meglio, anche se lei si scoprì incapace di dimenticare il breve scambio. Non era la prima volta che qualcuno criticava il suo lavoro, ma che diavolo, sentirselo dire in faccia era parecchio più spiacevole. E non poteva neppure difendersi, se non rivelando la propria identità.

«Sei taciturna» osservò Mitchell.

Non l'aveva portata in un ristorante alla moda, ma al *Capital City Diner* e lei ne era stata contenta. Lì poteva ordinare qualcosa di sicuro ed economico, senza venire biasimata se non lo finiva. Non voleva altre discussioni sulle sue abitudini alimentari.

«Stanchezza, credo.» Inzuppò nel tuorlo un pezzetto di pane tostato. «Ma è stato divertente. A te è piaciuto?»

«Molto. Mi piace curiosare in quei negozi, hanno delle belle cose. Non compro mai nulla, però.» Mitchell aveva l'aria pensierosa. «Forse dovrei. Magari una ciotola o un vaso per il tavolino del soggiorno. Casa mia è troppo impersonale.»

«Lo so. L'ho vista.» disse Effie parlò d'impulso. Sapeva di essere offensiva e di stare reagendo sulle critiche di lui al suo quadro. Non era giusto da parte sua. Sapeva anche questo.

Mitchell tuttavia non parve offeso, e si limitò a dire: «Scommetto che la tua è piena di colori e di grandi cuscini e tutto il resto».

«Casa mia è piena soprattutto di cianfrusaglie. È tutto spaiato. E sono una donna di casa tremenda; pulire non mi piace.»

Mitchell non batté ciglio. «Siamo onesti. Pulire è una rottura di scatole.»

Non era andato a prenderla quella sera, e nel parcheggio si prepararono a salutarsi. «Grazie per essere venuta stasera» disse lui, facendosi un po' più vicino. Non la baciò.

«Non ho intenzione di chiederti di nuovo di stare insieme» proseguì. «Mi rendo conto che forse ho bruciato le tappe. Ma tu mi piaci davvero, Effie, e dopo... be', dopo la notte a casa mia... mi è venuto da pensare che secondo te forse eravamo stati un po' troppo precipitosi. Ed è così, credo. Non che non mi piacerebbe rifarlo, ovviamente.»

«Ovviamente» disse Effie.

«E non voglio che tu mi giudichi il tipo d'uomo che salta da un letto all'altro. L'ho fatto qualche volta, e non è come forse credi che sia.»

«No, Mitchell. Non ti ho giudicato in questo modo.» A volte era terribile, ma Effie aveva anche fatto sesso magnifico con uomini di cui conosceva a malapena il nome.

«Volevo dirtelo perché... sto cercando una relazione che duri, capisci, e se non è questa la direzione che abbiamo preso noi due, allora è importante che ti spieghi con franchezza la mia posizione.»

«Stai dicendo che non usciremo più insieme, a meno che io non diventi la tua ragazza?»

Mitchell annuì, ma subito dopo scosse la testa. «Non credo che dovremmo usare etichette. Ma se a te non interessa passare a una fase più stabile del rapporto...»

«Smetterai di frequentarmi.» Effie serrò le labbra. «Be', Mitchell, di fatto anch'io sto cercando qualcosa a lungo termine.»

Lo vide sorridere, ma restare in silenzio, e il suo sorriso fu un po' più esitante. «Ma non posso fare promesse che non so se sarò in grado di mantenere.»

«Non mi aspetto che tu passi lo straccio» disse lui.

Lei ridacchiò. «Oh, bene. Sì, questo fa certamente la differenza.»

Si guardarono. Effie aspettava che lui la baciasse, e quando lo fece fu gradevole. E nient'altro. Gradevole. Ma cosa c'era di sbagliato in questo?

«Ti chiamo più tardi» la salutò Mitchell. «Vai piano.»

In auto, prima di mettere in moto, Effie controllò il cellulare. C'era un messaggio di Bill.

Vieni.

No, digitò Effie. *Te l'ho detto, mi vedo con uno.*

Vieni comunque. Scopiamo, lui non lo saprà mai.

Lei cancellò il messaggio senza rispondere.

. 33 .

Da giorni ormai parlavano del piano. Avevano messo da parte ogni pezzo di carta, pezzetti di burro e vaschette di olio d'oliva, qualunque cosa che pensavano avrebbe bruciato. Heath aveva in tasca l'accendino che aveva sottratto a *papà* mentre Effie lo distraeva. Appena *papà* fosse sceso di sotto, Heath avrebbe dato fuoco al secchio dei rifiuti, e minacciandolo con quello lo avrebbe costretto ad aprire la porta. A quel punto, Effie sarebbe corsa di sopra a chiamare la polizia.

«Troppo stretto?» Heath strappò un altro tratto di nastro adesivo e glielo avvolse con delicatezza intorno al piede nudo. Senza scarpe, era fondamentale che lei avesse i piedi protetti.

Effie fletté il piede. «Muovere le dita è un po' scomodo.»

«È così che dev'essere. Bene, allora; appena scende, io appicco il fuoco. E se devo colpirlo, lo farò. Quando apre la porta, tu corri più veloce che puoi. Non voltarti e non preoccuparti per me.»

Ma lei si preoccupava. Da settimane ormai, capitava molto di rado che ricevessero cibo non contaminato da droga, ed era importante che si mantenessero lucidi, così mangiavano solo quanto bastava per restare in vita. Quando si alzò troppo in fretta, Effie vide dei punti luminosi danzarle intorno, e Heath non doveva sentirsi molto meglio.

Così, avevano deciso di tentare. Il tempo passava, e più aspettavano, più diventava difficile. Sdraiata vicina a Heath, stringendo la sua mano, Effie ne ascoltava il lento respiro. Le luci arancioni si erano spente, ma quelle bianche e sfolgoranti avrebbero potuto accendersi in qualunque momento. Quindi dovevano essere pronti.

Dormiva, e si risvegliava in un buio sempre più fitto. La svegliarono le luci arancioni. Lei e Heath arrancarono durante la giornata. Giocando a carte. Dormendo. Piluccando il cibo. Il nastro adesivo stava cominciando a irritare la pelle di Effie.

Non sapeva quanto tempo fosse passato quando finalmente le luci vivide si accesero. Heath le fece un cenno col capo e andò a mettersi accanto al secchio che avevano preparato in precedenza.

Era un buon piano. Avrebbe dovuto funzionare. Quando *papà* comparve con un vassoio di uova strapazzate e toast imburrati, Effie sentì la bocca che si riempie di saliva, ma poi Heath fece cadere l'accendino acceso nel secchio, e il contenuto prese fuoco, più rapidamente di quanto avessero immaginato. Con un grido, *papà* lasciò cadere il vassoio.

Papà gridava mentre cercava di spegnere l'incendio, ma un foglio infiammato era uscito dal secchio ed era finito su uno degli album di Effie, che prese fuoco. *Papà* colpì al viso Heath, che crollò in ginocchio. Raggelata, Effie guardò i frammenti fumanti di carta da parati.

«Apri la porta!» gridò Heath. Sputò una manciata di rosso e cercò di rialzarsi, ma *papà* lo colpì di nuovo.

Con le coperte strappate dal letto, *papà* cercò di spegnere l'incendio, ma riuscì solo a scatenare un'altra danza di fogli in fiamme. Finirono un po' ovunque, e alcuni annerirono e si spensero, ma altri acquistarono forza e vigore.

«Apri quella fottuta porta!» Heath era di nuovo in piedi e allungò un calcio al secchio, sparpagliando i frammenti in fiamme. Alcuni lambivano già le lenzuola. Papà rideva, le labbra contorte. Dalla tasca tirò fuori qualcosa... una siringa, un ago lucente. Indicò la porta.

«Andate» disse. «Non è chiusa a chiave. Non lo è mai quando sono qui sotto con voi.»

Effie e Heath si guardarono. Non era stata mai chiusa a chiave? In tutto quel tempo. Lei corse, attraversò la stanza con gli oggetti aguzzi conficcati nel cemento, uno la ferì penetrando attraverso il nastro adesivo, ma lei non si fermò. Su per le scale, su e su, fino in cima, fino alla porta. Ci si buttò contro, immaginando già la cucina, il telefono da cui avrebbe chiamato la polizia, o meglio ancora, sarebbe uscita in cortile e avrebbe urlato ai vicini di aiutarli.

Sbatté contro la porta con un tonfo, e quasi rimbalzò all'indietro. Per un interminabile istante rimase sospesa, le mani che annaspavano, i piedi in bilico sul primo gradino. Poi, all'ultimissimo secondo, afferrò il corrimano, colpì di nuovo la porta, ma non accadde nulla.

In fondo alle scale comparve *papà*. «Quella invece è sempre chiusa. Dieci serrature, e per ciascuna ci vuole una chiave diversa.»

Solo ora Effie notò la fila di dischi metallici sulla porta. Così tante serrature, e una sola maniglia. Ci batté sopra la mano, poi ancora. Le faceva male la mano. Si era tagliata.

Papà la raggiunse, la afferrò per la collottola e la trascinò giù, dove il fuoco divampava ancora. Heath era solo un fagotto per terra; non si muoveva.

«Ora spegnili» intimò *papà*. «Se non vuoi bruciare qua sotto, o farti soffocare dal fumo. Spegnili.»

Troppo tardi, pensò Effie. L'incendio era fuori controllo. Tutto quello che lei aveva erano le mani nude e i piedi rivestiti di nastro adesivo, per calpestare fiamme che poco prima sembravano enormi, ma ora si stavano tramutando in cenere, ma lo fece.

«Ucciderò quella donna, la prossima volta» disse calmo *papà*. «Sappi che la ucciderò, e sarà solo colpa vostra.»

«No. Per favore. Non volevamo... era solo uno scherzo...»

«La ucciderò davanti a voi, e allora capirete le conseguenze delle vostre azioni.» Con la punta del piede, *papà* toccò Heath. «Lui sarà fuori combattimento per un po'. Pulisci questo schifo.»

. 34 .

Effie era disposta a organizzare per il compleanno di Polly una festa in uno dei locali più frequentati dai ragazzi del posto, quello con i trampolini e i videogame, ma sua figlia aveva risposto negativamente: preferiva invitare qualche amica a dormire a casa loro. E aveva chiesto la sua cena preferita, preparata da Heath. Una piccola manipolazione della sua adorata figliola? Ovviamente, ma saperlo non rese a Effie più facile dire di no.

Era passato più di un mese dall'ultima volta che lo aveva visto, anche se almeno lui ora rispondeva ai suoi messaggi. E si comportavano vicendevolmente con estrema cautela.

Le due amiche previste a cena erano diventate sei, anche se due di loro non si sarebbero fermate a dormire, ma a Effie non dispiaceva. Ragazzine che ridacchiavano e ingurgitavano cibo spazzatura, con davanti un futuro luminoso. L'età adulta era infinitamente remota, e i dodici anni una sicurezza.

Effie aveva tirato fuori il servizio di porcellana passatole dalla madre, e messo perfino un paio di candelabri sul tavolo. I calici di plastica dura erano pieni di succo d'uva, c'erano i fiori portati da Heath, e la tovaglia bianca con i tovaglioli ricamati.

Mentre guardava le ragazze brindare fingendo di trovarsi in un ristorante alla moda, Effie sentì un nodo alla gola. Il calore di Heath, alle sue spalle, la invitava ad appoggiarsi a lui, ma non lo fece. Si voltò, tuttavia, e vide che stava sorridendo.

«Hai fatto un ottimo lavoro» disse Heath.

«E così tu.»

Per un momento le loro dita si intrecciarono. Avrebbero potuto baciarsi, se le cose fossero state diverse, ma così non era, e Effie si alzò per andare in cucina.

Sua madre era affaccendata a disporre nei piatti pasta e verdure. «Come va di là? Guarda che deliziosa presentazione.» Sventolò la mano in direzione dei vassoi portati da Heath, e non la guardò mentre aggiungeva: «Ha molto talento».

Effie esitò, incerta. Aveva sentito bene? «Chi?» fece. «Cosa?»

«Heath. Ha talento.»

«Sì.» Effie la occhieggiò.

«E salta agli occhi che Polly lo adora.»

«Uh-uh.»

«Bene. Era tanto per dire.»

Questa volta Effie non disse niente, ma la aiutò a finire di preparare i patti, che poi portò di là per servirli con un inchino e un accento francese fasullo che fece roteare gli occhi a Polly, ma ridere le altre. Effie si esibì in un inchino elaborato.

«Madame desidera qualcos'altro? Un poco di champagne, fo*rrr*se?»

«Mamma!»

«Va bene, va bene» rise anche lei. «Ce ne andiamo e vi lasciamo alle vostre cose. Vieni» aggiunse rivolta a Heath. «Facciamoci una bibita da adulti.»

Versò a entrambi del gin a cui aggiunse lime e soda. Heath sorseggiò il suo con diffidenza, prima di scrollare la testa.

«Sto cercando di allargare i tuoi orizzonti» rise Effie.

«Non si vive di sola birra. Dovresti saperlo.»

Lui però non rise. «Allora, gelato dopo cena? Poi me la filo» disse.

«Pensavo che saresti rimasto.»

«Naa. Ho da fare.»

«Ah.» Effie bevve un sorso. Se pensava che gli avrebbe chiesto quali piani avesse, avrebbe aspettato a lungo.

Quanto a Heath, non fornì altre spiegazioni, ma le rivolse uno sguardo fermo, intenso, che era già una risposta.

Non le importava, si disse Effie vuotando il bicchiere. E in ogni caso non avrebbe potuto farsi sbattere in una casa piena di ragazzine. Non le importava cosa facesse Heath quando non era con lei.

Quando il campanello squillò, entrambi si voltarono verso la porta. Oh, non poteva averla invitata lì. Accigliata, passò in soggiorno.

«Mitchell!»

«Ciao.» Lui sorrideva, con in mano il cartone di una pizza e un sacchetto di plastica che tintinnava. «Ho portato... oh. Vedo che hai compagnia.»

Alle spalle di Effie, Heath disse: «Me ne stavo giusto andando».

«No, aspetta.» Le guance in fiamme, lei si fece da parte. «Entra, Mitchell.»

Il cappotto blu spolverato di neve, lui posò i sacchetti sulle scale e tese la mano. «Salve. Io sono Mitchell.»

«Heath.»

Si strinsero la mano con decisione prima che Mitchell indietreggiasse per rivolgersi a Effie. «Avrei dovuto chiamare. Mi dispiace.»

«Nessun problema. C'è la festa di compleanno di mia figlia. Heath ha preparato la pasta, e c'è anche mia madre. Una cosa di famiglia.»

«Oh.» Lui sembrava sollevato, mentre Heath indietreggiava.

«Saluto Polly, poi vado. Lieto di averti conosciuto, Mitchell.»

Sempre più imbarazzata, Effie prese la pizza. «Portiamola in cucina.»

«Sicura che non sia meglio che vada? Non voglio interrompere la vostra serata.»

Nel sentirli entrare, la madre di Effie alzò la testa e li guardò sorpresa.

«Mamma, lui è Mitchell.»

Dovevano esserci stati silenzi più imbarazzanti di quello nella vita di Effie, ma la verità era che non riusciva a ricordarli. Quando comparve Heath per prendere il cappotto, lo sguardo di sua madre passò da un uomo all'altro, prima che si riscuotesse e rivolgesse a Mitchell un sorriso affabile. «Mitchell. Finalmente la conosco. Effie dice cose così carine sul suo conto.»

Heath aprì la porta; Effie si affrettò a seguirlo fuori. «Va tutto bene» disse lui, come in risposta a una domanda inespressa. «Sembra un tipo a posto. Ora rientra, o prenderai un raffreddore.»

Lei alzò gli occhi verso il cielo da cui cadevano fiocchi simili a batuffoli di ovatta. L'aria pungente prometteva ghiaccio. Sospirò.

«Non sapevo che sarebbe venuto.»

«Certo che no.» Heath cacciò le mani nelle tasche del cappotto. «Fagli spalare il vialetto prima che la neve sia troppo alta.»

«Heath.»

Di colpo lui si chinò ad abbracciarla, ma non abbastanza a lungo, e palesemente più per dovere che per un autentico desiderio. «Più tardi.»

Lei rimase a guardare l'auto che si allontanava, e quando i fanalini rossi scomparvero, aveva i capelli e le spalle coperti di neve. Si ripulì prima di entrare, e batté i piedi sullo zerbino.

«Ehi» fece Mitchell voltandosi a guardarla con un sorriso che illuminò i suoi occhi nocciola. «Stavo giusto pensando di mandarti un San Bernardo col suo barilotto.»

«Verrebbe da pensare che abbia troppo buon senso per uscire vestita in quel modo, vero?» rincarò sua madre.

Effie sorrise a entrambi. «Verissimo. Le ragazze sono pronte per la torta? Mitchell, canti *Happy Birthday* con noi?»

Nevicava ancora. La madre di Effie aveva insistito per andar via, ma si era deciso che le due ragazzine che avrebbero dovuto tornare a casa, rimanessero per non costringere i genitori a mettersi in macchina. Ora erano radunate nel salotto attrezzato con sacchi a pelo, e guardavano chissà quale programma per adolescenti bevendo coca cola.

Effie e Mitchell erano in soggiorno. Lui l'aveva aiutata a riordinare la cucina, muovendosi con un agio che l'aveva stupita. Il tempo di finire, e la sua auto era sparita sotto una coltre di neve.

Lei lo aveva invitato a restare, e ora con le voci che risuonavano dall'altra stanza, ricordandole che non erano soli, lo rimpiangeva. Mitchell aveva acceso il fuoco nell'imprevedibile camino, aveva suggerito una partita a carte e si era offerto di insegnarle a giocare a *gin rummy*. Non aveva tentato di baciarla, ma sarebbe successo più tardi, quando perfino le ragazzine di là si sarebbero arrese al sonno? Si aspettava di dormire con lei?

«Sono molto tranquille» commentò Mitchell, distribuendo le carte. «Mia sorella e le sue amiche erano così chiassose che a volte i miei dovevano intervenire.»

«Sono brave ragazzine. Spero solo che non si scateni qualche dramma.»

«Oh-oh. Ne prevedi uno?»

«No, ma non si sa mai. In effetti, c'è stato qualche problema con una di loro, anche se sembra che tutto si sia risolto. Ma sono preadolescenti. Certe cose capitano.»

«Mia sorella aveva un bel po' di false amiche» fece Mitchell. E dopo una pausa: «Diavolo, credo che ne abbia ancora».

«Quanti anni ha?» Effie studiava le carte, pianificando la sua strategia.

«Ventidue.»

Stupita, lei alzò gli occhi. «Molto più giovane di te, dunque.»

«Di circa quindici anni. Avevo un fratello maggiore. È morto in un incidente di barca quando io ero molto piccolo; i miei non lo hanno mai superato del tutto. E quando io avevo quindici anni, guarda un po', arriva una sorellina.»

«Dev'essere stata una sorpresa.»

Con un sorrisetto, Mitchell si strinse nelle spalle. «Di sicuro lo è stata per mio padre.»

Ah, c'era una storia, dunque. Effie scartò una carta, ne prese un'altra, le calò entrambe. «Che dici, sto cominciando a capire?»

Giocarono ancora qualche minuto, e quando Mitchell vinse, Effie gettò le carte sul tavolo con aria disgustata, sebbene le fosse indifferente vincere o perdere. Ora toccava a lei dare le carte e quando si chinò sul tavolo, Mitchell fece altrettanto. La baciò. Lei non si ritrasse. Fu lui, anzi, a staccarsi per primo, e quando Effie riaprì gli occhi, lo vide in piedi davanti al camino, a studiare le foto incorniciate. Passò un dito sul collage che Effie aveva realizzato subito dopo il trasloco in quella casa. «È lui il padre di Polly?» chiese di getto.

«No.» Effie si alzò, lo raggiunse. C'era una foto di lei con Polly poco più che neonata, e accanto a loro Heath che faceva una smorfia. Un'altra raffigurava Polly sull'altalena al parco giochi. Era Heath a spingerla, su uno sfondo di alberi con le foglie finte. Non guardava quelle foto da anni eppure, si rese conto, avrebbe potuto dire con esattezza dove e quando era stata scattata ciascuna.

Mitchell si voltò. «Ma è come se lo fosse, no?»

«Credo di sì. Fa parte della vita di Polly da quando è nata.»

«Quando sono arrivato, e tu hai detto che era una festa di famiglia, ho pensato che fosse tuo fratello. Forse un cugino, mi sono detto poi. Ma non è nessuna di queste cose, giusto?»

«Sì. Non c'è alcuna parentela fra Heath e me.» Effie lo guardò. «Ma fa parte della famiglia.»

«Ah.» Mitchell indietreggiò di un passo. «Sapevo che avrei dovuto chiamare, prima.»

Effie corrugò la fronte. «Avresti dovuto, sì. Ma ora sei qui, e lui non c'è. Quindi, se hai qualcosa da dire o da chiedere...»

Prima o poi avrebbe comunque dovuto dirgli tutto. Lo avrebbe fatto, si sarebbe svelata.

«È lui la ragione per cui esiti tanto a impegnarti?»

«Sì» rispose Effie.

«Stavate insieme?»

«Ci conosciamo da quando avevo tredici anni.»

«Oh. Il primo amore.» Mitchell pronunciò quelle parole come se ne conoscesse bene il significato.

Effie lo guardò. «Sì.»

Primo. Ultimo. Unico.

«Ma è finita?»

«Sì. Sotto quell'aspetto, almeno» disse ancora Effie, e

avrebbe voluto piangere per come le sembrava terribilmente vero.

Seguì un breve silenzio durante il quale Mitchell tornò a esaminare le foto. Poi, senza guardarla, mormorò: «È ammirevole che possiate essere amici per il bene di Polly».

«Saremo sempre buoni amici.»

«Messaggio ricevuto.»

Dall'altra stanza arrivò una cascata di risatine. Bastò ad alleggerire l'atmosfera che per un momento si era fatta pesante. Effie sorrise, poi indicò il collage.

«A diciotto anni rimasi incinta di una persona che vedevo in modo solo sporadico. Non ero stata abbastanza attenta. Mia madre reagì malissimo, ma Heath mi rimase accanto. Lui c'è sempre stato per me. È il mio migliore amico, e chiunque stia con me dovrebbe essere anche amico suo.»

«Mi sembra abbastanza giusto» assentì Mitchell. E dopo una breve esitazione: «Ho la sensazione che ci sia molto che non stai dicendo, ma non intendo farti pressioni. Tutto a tempo debito, suppongo».

Solo pochi minuti prima si era immaginata mentre raccontava tutto a Mitchell, ma ora, davanti alla possibilità concreta, si scoprì incapace di offrirgli alcunché. Impossibile spiegargli perché Heath significasse tanto per lei.

«Un'altra partita?» propose Mitchell, e lei si affrettò ad acconsentire.

Dopo, guardarono un film fino a quando nel salotto non regnò il silenzio. In punta di piedi, Effie andò a dare una sbirciatina poi spense la luce, lasciandone però una accesa nell'ingresso. In soggiorno, vide che Mitchell aveva sprimacciato i cuscini del divano e ora contemplava di nuovo le fotografie, quasi tutte di Polly, ma anche alcune di Heath. Nel vederla, accennò un gesto verso la finestra. Aveva smesso di nevicare ed era passato uno spazzaneve.

«Credo che ora le strade siano okay. Se vuoi che me ne vada.»

Rispondere non era facile. «Tu vuoi andartene?»

«Sarebbe meglio, se domattina la cosa diventasse imbarazzante.»

Effie pensò a Polly, esausta, al tavolo della colazione, alle sue amiche che bisbigliavano e ridacchiavano. «Sì, forse hai ragione. Ma non voglio che tu vada, se guidare non è ancora sicuro.»

«Ho un 4x4. Non ci saranno problemi.»

Quando lei avanzò di due passi, le andò incontro a metà strada. La baciò. Leggermente, prima, poi più in profondità, e la circondò con le braccia.

«No, non credo che dovresti prendere l'auto con questo tempo» disse Effie.

Lui la studiò un momento. «Posso dormire sul divano.»

«Non ce n'è bisogno...» Vedendo la sua espressione, Effie si affrettò ad aggiungere: «Abbiamo una stanza degli ospiti».

Gli mostrò la stanza e gli dette qualche asciugamano pulito. Uno spazzolino da denti della sua riserva. Un paio di pantaloni felpati troppo grandi per lei.

Sulla porta, Mitchell la baciò, e Effie lasciò che il bacio continuasse fino ad avere il fiato corto. Era acutamente consapevole delle sue mani. Della sua bocca. Della sua lingua. E sì, la pressione calda e insistente sul suo ventre.

Riaprì gli occhi. «Buonanotte.»

«Sì» disse con lui con voce roca. «Buonanotte.»

Lei trovò un biglietto sul cuscino la mattina dopo. Mitchell era sgattaiolato fuori prima che si svegliassero le ragazze, diceva. L'avrebbe chiamata presto. Aveva messo nel cesto della biancheria i pantaloni e gli asciugamani usati. La calligrafia di Mitchell era penosamente diritta e ordinata; non un tratto obliquo o vagabondo. Ma era dolce la sua premura. La sua considerazione.

Per quanto tempo, si chiese Effie rabbrividendo, era rimasto in piedi accanto al letto, a guardarla dormire?

. 35 .

La casa era grande e silenziosa e sì, dannazione, triste. Nell'appartamento Effie aveva insistito per avere una stanza tutta sua, ma era stata più che altro una scusa. Dormiva nel letto di Heath o con lui nel suo ogni notte, spesso con Polly accoccolata fra loro, e pensava che sarebbe stato fantastico svegliarsi finalmente senza gomiti nelle costole né esalazioni di alito cattivo.

Invece si sentiva sola. Non aveva neppure dormito. Anche il più piccolo rumore l'aveva tenuta sveglia a domandarsi quale ne fosse la causa.

Ma la cosa peggiore erano stati i sogni. Di nuovo nel seminterrato, sopra la testa il cigolio dei passi di *papà*. Le schegge di vetro e ceramica conficcate nel cemento. Il puzzo. La sensazione di annebbiamento che si era dispersa così lentamente.

Aveva già fatto la doccia e stava preparando la colazione quando comparve la testolina bionda e arruffata di Polly. La bambina si strofinava gli occhi e si guardava intorno. «Dov'è Heath?»

Effie sospirò. «Polly, la mamma e Heath te lo hanno spiegato. Ti hanno detto che tu e io vivremo qui, e che Heath resterà a casa sua. Ma lo vedrai sempre, tesoro.»

Il labbro inferiore di Polly tremò, ma lei annuì e non pianse. A colazione, tuttavia, era più taciturna del solito e nel pomeriggio fece di sua spontanea volontà un sonnellino. Non succedeva da almeno due anni. Fuori dalla porta, Effie ne ascoltava il respiro leggero e si copriva la bocca con le mani per non farsi sentire piangere.

Non c'era un accordo formale tra lei e Heath. Che, dopotutto, non era il padre di Polly. E loro due non erano mai stati sposati. La vita del genitore single, tuttavia, si era rivelata più ardua di quanto Effie avesse previsto, e quando Heath si offrì di prendere la bambina per un fine settimana e dare a lei la possibilità di lavorare con calma, lei acconsentì. Sentiva il bisogno di un po' di tempo per sé. Dipinse tutto il venerdì pomeriggio e il sabato, così da avere materiale sufficiente per l'apertura del suo *Crafty Store*. Ottimisticamente, sperava in un flusso di ordini continuo e sufficiente a non costringerla a tornare ai lavori part time per mantenere se stessa e la figlia. Non era vanità la sua, ma sapeva che c'erano collezionisti più che disposti ad acquistare i suoi dipinti. Forse non alla cifra a cui era stato venduto il primo, quello dipinto nel seminterrato, ma avrebbe venduto anche questi. Lo sentiva.

Arrivata al sabato sera, aveva i crampi alla mano ed era tutta indolenzita. Non solo: aveva fame, sete e i quadri avevano risvegliato sensazioni probabilmente utili al lavoro ma che minacciavano seriamente il suo equilibrio psichico. Se Heath fosse stato lì, lo avrebbe portato a letto, lo avrebbe schiaffeggiato e lo avrebbe costretto a tirarle i capelli. Lui avrebbe mormorato il suo nome in tono supplichevole, e lei sarebbe venuta, più e più volte e avrebbe dimenticato tutto il resto.

Ma non poteva chiamarlo. Non per fare sesso. Dopo la lite, i loro rapporti erano ancora precari. Nella sua vita, Effie era andata a letto con due uomini. Heath, e poi Bill. Quella sera, pensò, le sarebbe piaciuto trovarne un terzo.

Era allo stesso tempo più facile e più difficile di quanto si aspettasse. Con una bambina, Effie non aveva passato molto tempo nei bar, e soprattutto non sola. E poi non era brava a civettare; una danza complicata con un sacco di passi diversi che la confondevano.

La parte facile era trovare qualcuno che le offrisse da bere. Quella difficile era persuaderlo ad accompagnarla a casa. Effie aveva preso un taxi per raggiungere il bar, un locale alla buona, proprio per non doversi preoccupare dell'auto. Dopo tre gin tonic e una partita a freccette, però il suo compagno non dava segni di volere approfondire.

Finalmente, quando arrivò l'ora dell'ultimo giro, Effie decise di fare lei la prima mossa. Jason, questo era il suo nome, sembrava stupito nel sentirsi chiedere un passaggio, poi però sulle sue labbra spuntò un sorriso astuto. Lo stesso sorriso che lei gli rivolse poco dopo, quando le chiese il suo indirizzo.

Il sesso fu goffo ma adeguato, lei venne masturbandosi mentre lui la prendeva da dietro, Effie raggiunse comunque l'orgasmo. Dopo, Jason le offrì gentilmente l'uso della doccia.

«Non puoi fermarti, però» disse. «Voglio dire, ti pago il taxi, naturalmente; è molto tardi. Immagino che avrei dovuto dirtelo prima, ma ho una ragazza.»

Effie non aveva alcuna voglia di dormire con lui, né, se per questo, di rivederlo, ma si accigliò ostentatamente. «Oh.»

«Sì. È fuori città. Ci stiamo prendendo una pausa, diciamo.»

«Questo fine settimana?» rilanciò Effie, infilandosi gli slip.

Vide Jason a disagio, e non aveva alcuna intenzione di semplificargli le cose. Era arrabbiata, se non altro perché di tutti gli uomini presenti al bar, lui era stato il primo a offrirle da bere; avrebbe dovuto aspettare, trovare qualcun altro, qualcuno meno ansioso di liberarsi della sua presenza. «Senti» si costrinse a dire. «È tutto a posto, non preoccuparti. Grazie per il passaggio.»

«Mi dai il tuo numero?»

Già sulla porta, le si girò a guardarlo. «No.»

«Oh» fece lui. «Okay.»

Effie ci pensò per tutto il tragitto, poi mentre era in bagno e ancora quando si infilò a letto e fissò il soffitto. Al mattino, tuttavia, aveva quasi dimenticato Jason. Ci sarebbero stati molti, molti altri uomini.

La domenica pomeriggio andò all'appartamento che nonostante tutto sentiva ancora come casa sua. Bussò, e alla vista di Heath con un canovaccio buttato sulla spalla e su una guancia un baffo di farina, si sentì invadere da un'ondata d'amore così intensa da farla vacillare.

Insieme, finirono di preparare i biscotti, poi guardarono Polly che li portava in soggiorno. Si aspettavano che facesse cadere il vassoio, ma la bambina compì tutto il tragitto senza far cadere nemmeno una briciola.

«Lo sai» disse Heath quando si salutarono. «Tu e Polly potete sempre tornare.»

Lei era quasi sul punto di dire di sì, ma la verità era che se voleva che tutti loro andassero avanti, guardarsi indietro non era una buona idea. Così si accontentò di baciarlo. Sarebbe stata l'ultima volta per molto, molto tempo.

«Ce la sto facendo davvero. Un'esposizione tutta per me. In primavera. Quindi, sì, dovrò lavorare parecchio. Penso di tirare fuori qualche vecchio pezzo» disse Effie. «Per vedere se c'è qualcosa di valido da esporre.»

«Sono sicuro che lo saranno tutti.» Heath non si era tolto il cappotto, ma Effie, pur avendolo notato, non fece commenti.

«Andiamo, Polly, o faremo tardi alla proiezione.»

«Grazie per aver accettato di occuparti di lei» disse ancora Effie.

Lui si strinse nelle spalle. «Sai che per me è sempre un piacere. È tanto tempo che non la tengo per il fine settimana. Ma dovrò riportarla domenica non troppo tardi; devo lavorare.»

Effie quasi non lo sentì. «La personale comporterà molto lavoro» osservò, pensando già al tempo libero di cui avrebbe goduto nei due giorni successivi. Quanto sarebbe riuscita a realizzare. «Sto facendo un sacco di schizzi» continuò. «E ho un paio di idee, ma non saprò se funzionano finché non le avrò trasferite su tela.»

«Effie.»

Lei si zittì di colpo e lo guardò. Il suo sorriso era contagioso. «Heath.»

«Sei straordinaria. Vedrai che andrà tutto magnificamente. Sbrigati, Polly! Ho detto a Lisa che saremmo passati a prenderla.»

Effie, che era stata sul punto di abbracciarlo, si immobilizzò. Si guardarono.

«Non è niente di serio» disse finalmente lui.

«Lei lo sa?»

Una stretta di spalle. «Non ne abbiamo parlato. È divertente, sai. Ti piacerebbe.»

«Ne sono sicura.» Effie si costrinse a sorridere. «Dovresti portarla con te, un giorno. Magari potremmo cenare insieme.»

«Ma certo. Tu, io, Lisa, Polly. E Mitchell.» Il tono di Heath era leggero. «Non sarebbe fantastico? Una grande riunione della famiglia allargata. Invita anche tua madre; si divertirà.»

Effie rise. «Il tuo sarcasmo è troppo evidente, tesoro.» Nel vederlo trasalire, provò nuovamente l'impulso di abbracciarlo, ma ancora una volta si controllò. «*Siamo* una famiglia» disse invece. «E lo saremo sempre.»

Con un cenno di assenso, Heath chiamò nuovamente Polly, poi la guardò. «Sai, Effie, credo di aver bisogno di una pausa. Da te.»

«Di nuovo?» fu tutto quello che lei riuscì a dire.

«Sì. E questa volta parlo sul serio. Ci sarò comunque per Polly; sempre. Ma non voglio che tu mi chiami, se non per qualcosa che riguarda lei.» La voce di Heath era piana, quasi stesse ripetendo un testo provato e riprovato.

Quando Polly entrò saltellando, sulle spalle il grosso zaino e sulla faccia un ampio sorriso, Effie riuscì a pilotarla verso la porta e a baciarla e abbracciarla, mormorando parole che si augurava suonassero sensate. Heath spedì la ragazzina in macchina, e solo allora si voltò a guardare lei.

«Voglio che tu sia felice, e se puoi esserlo con quel tizio, allora dovresti provarci. Ma non puoi farlo se io continuo a girarti intorno, incasinando le cose.»

Effie scosse la testa, ma non parlò.

«Avevi ragione» riprese lui. «Non possiamo andare avanti se restiamo attaccati al passato. Usciamo entrambi da una situazione orribile, e non riusciamo a fare altro che ricordarcela a vicenda. Ci facciamo del male. Anche su questo avevi ragione.»

No.

No.

Effie scosse di nuovo la testa e si appoggiò allo schienale di una sedia. Le cedevano le ginocchia, ogni parola di lui era una pugnalata al cuore, una lacerazione dell'anima, ma non c'era nulla che potesse dire per fermarlo, perché era stata lei a mettere in moto quel meccanismo, e ora doveva convivere con quello che aveva iniziato.

«Voglio che tu sia felice, Effie. Davvero. Ma... forse

sono un figlio di puttana, ma non posso sopportare di stare a guardare. Mi viene voglia di morire. Riesci a capirmi?»

Lei aveva le labbra intorpidite. «Sì» sussurrò. «Sì, capisco.»

«Ti riporto Polly domenica.»

Un clacson lacerò l'aria, spingendolo verso la porta. Certo avrebbe detto qualcosa, pensò lei, l'avrebbe abbracciata oppure baciata. Doveva farlo, si disse, anche se la porta si era già chiusa dietro le spalle di Heath.

Doveva, ma non lo aveva fatto.

. 36 .

Mamme e Margarita. Era così che Dee aveva brillantemente battezzato il gruppo delle mamme. Aveva mandato a Effie uno di quei biglietti divertenti raffiguranti una donna di epoca vittoriana, con un bicchiere in mano e sotto la didascalia a proposito dell'ubriacarsi per sopravvivere alla giornata. Effie non era un'amante delle battute, ma eccola lì, con davanti una zuppiera di salsa chili al formaggio preparata con le sue mani, e perché? Perché l'alternativa sarebbe stata restare sola in una casa vuota a piangere su un bicchiere di vino, e di recente lo aveva fatto anche troppo spesso.

«Effie! Sei venuta! Fantastico.» Dee sembrava sorpresa, ma anche compiaciuta mentre spalancava la porta. «Le altre sono in salotto. Vieni, portiamo le vivande in cucina. Mmh, il profumo è delizioso.»

Effie la seguì nella vasta cucina immacolata. Mentre riempiva una ciotola di patatine, Effie occhieggiò la stanza accanto: parecchie donne con in mano bicchieri da cocktail pieni di liquido verde. Sullo sfondo, musica a basso volume e lo scoppiettio del finto caminetto. Sì, era decisamente arrivato il momento di farsi delle amiche.

Fu più facile di quanto avesse previsto sorridere durante le presentazioni. Ne conosceva già qualcuna, dagli anni in cui faceva la volontaria nella classe di Polly. Ricordava di aver tenuto la mano sulla fronte della figlia di Amy Kendig, quando si era sentita male sull'autobus. «Ciao» disse ora alla donna, che sollevò il bicchiere in risposta.

Dee batté le mani. «Ehi, tutte quante! Lei è Effie Linton, la madre di Polly. L'ho finalmente convinta a unirsi a noi.»

I saluti furono calorosi, e almeno in apparenza sinceri.

Effie accettò un margarita e si sistemò accanto a una certa Becky, che risultò essere la cognata di Amy. Vendeva cosmetici, e dato che Effie nutriva un'incrollabile adorazione per l'eyeliner liquido, discussero per venti minuti dei trucchi per realizzare il perfetto sguardo da gatta.

«Ti farò avere qualche campione» disse Becky, e alle proteste di Effie aggiunse: «Ehi, il primo giro è sempre gratis. Dopo di che, mi aspetto che tu comperi qualcosa».

Arrivò Amy a riempire i loro bicchieri. «Non potrei mai dire a mio marito quello che spendo ogni mese con Becky» esclamò. «Mi ucciderebbe!»

«Ma il mio ti adora, soprattutto quando ordina le portiere di ricambio per la sua Jeep» rise la cognata.

«Io non ho un marito.» Effie parlò di getto, ma un'occhiata ai volti delle altre le disse, un po' troppo tardi, che era leggermente brilla.

«Io ho un ex» saltò su Dee, e il momento passò.

Era quello il problema dei margarita, pensò mentre ne accettava un terzo. Vanno giù così facilmente che prima di rendertene conto ti ritrovi a ballare sul tavolo coperta solo da un paralume, a scambiare ricette per il wok con una donna in felpa con un motivo di gattini sul davanti. Lei non aveva mai posseduto un wok, anche se il modo in cui pontificava Cissy le faceva venir voglia di andare immediatamente a comprarne tre, solo per provare quelle ricette. Tutte quante.

«Adoro la fottuta tequila» borbottò.

Cissy sbatté le palpebre. «Oh. Hm...»

Al diavolo. Non avrebbe dovuto usare quella parola. Quelle donne probabilmente prediligevano termini come *accidenti* o *maledetto*. Quelle donne, pensò ancora, non amavano i lavoretti di bocca. E questo era troppo fottutamente triste.

Finì di bere e saggiamente lo posò sul tavolo, anche se ne avrebbe volentieri bevuto un altro.

Non era sempre così? Ma non era il caso di fare altri passi falsi, decise. Si sarebbe trattenuta. Questo, almeno, era il piano prima che Dee arrivasse con una caraffa piena.

«Un altro giro?» chiese. «Forse ho sbagliato a prepararne ancora. Dovrò gettarlo via.»

«Non per me, grazie» si schermì Cissy. Effie recuperò il suo bicchiere. «Grazie. L'ultimo sorso.»

Mentre Cissy si allontanava, Dee pescò dal vassoio decimato un bastoncino di carota e lo tuffò nel bicchiere di Effie. Lei rabbrividì. Impegnata a bere, non aveva toccato nulla, e quando si era finalmente detta che doveva mangiare qualcosa, la salsa al chili che aveva preparato era già cosparsa di briciole. Sobria, si sarebbe costretta a mangiarne almeno un po', ma si era lasciata alle spalle la sobrietà un paio di ore prima.

«Sono davvero contenta che tu sia venuta.» Dee le tese il vassoio.

«No, grazie.» Effie sorseggiò il cocktail. «Sì, è divertente. Grazie per avermi invitata.»

Il salotto era ormai quasi vuoto. Quasi tutte se ne erano andate da un'ora circa, e altre due stavano infilando i cappotti. Rise. «Merda, ora di andare.» Vuotò il bicchiere e si alzò.

«Polly dov'è?»

«Con Heath.» Effie si interruppe, cercando di valutare

la reazione dell'altra. «Che non è mio fratello. E neppure suo padre.»

Dee rise, ma era a disagio, e guardò di nuovo verso le ospiti. «Lo so. L'ho detto anche alle altre.»

«Oh, va bene.» Effie si strinse nelle spalle. Era stata più ubriaca di così, ma non negli ultimi tempi. Stava strascicando le parole, forse?

Alle sue spalle, una folata di profumo annunciò la presenza di Becky. La donna passò davanti a Dee e prese un bastoncino di carota che intinse nei resti di salsa. «Così posso fingere di mangiare sano» spiegò, guardando con desiderio il vassoio di dolci. «Ma guardiamo in faccia la realtà, ho tutte le intenzioni di far fuori quei biscotti. Vorrei avere la tua forza di volontà, Effie.»

Lei rise. «Credimi, sono tantissime le cose a cui non riesco a resistere.»

Ricomparve Dee, che si era allontanata per congedarsi da altre amiche. «Bene» esclamò. «Viene a prenderti Gene, Becky?»

«Sì. L'ho chiamato; sta arrivando.»

Ora di togliere le tende, pensò Effie. «Vado anch'io.»

«Non sei venuta in auto, vero?» chiese Becky.

Lei rise. «No. Sono venuta a piedi. Abito a un paio di isolati da qui.»

«Possiamo darti un passaggio, se vuoi.»

«No. Camminare mi piace.» Effie si stava chiedendo dove fosse il suo cappotto. Tutto quello che ricordava era che Dee lo aveva preso in custodia quando era arrivata.

Un bastoncino di carota in mano, Becky la guardava. «Non hai... paura?»

La vista stava facendo brutti scherzi a Effie. Per un momento, le parve che il viso dell'altra fluttuasse. «Perché dovrei avere paura?»

«Dopo quello che ti è successo. Sono convinta che io

avrei il terrore di andare in giro da sola.»

Effie staccò la mano dal tavolo. Di colpo il rischio di barcollare non la preoccupava più. Sentiva la schiena rigida, come se la spina dorsale fosse stata sostituita da una sbarra d'acciaio. «È stato molto tempo fa. Se avessi ancora paura di andare sola da qualche parte, avrei parecchi problemi a cavarmela, non credi?»

«Di sera, volevo dire» si corresse l'altra. «Con il buio.»

«Lui mi ha presa alle tre del pomeriggio.»

Dee rise, a disagio. «Vado a prenderti il cappotto» disse.

E Becky sembrava imbarazzata. «Non intendevo offenderti.»

«Non sono offesa. Meglio chiedermelo apertamente, che bisbigliare alle mie spalle.» Effie si rivolse a Dee. «Posso avere un po' d'acqua prima di andare?»

«Ma certo.» L'altra riempì un bicchiere all'erogatore del frigo e glielo tese con un'occhiata a Becky.

L'acqua era fresca, dolce, e Effie la gustò fino all'ultimo sorso. «Se c'è qualcosa che vuoi sapere, Becky, farai bene a chiedermelo adesso. Quella fottuta tequila mi ha steso.»

L'altra ebbe una risatina, incerta. «Non avrei dovuto dire nulla. Non sono affari miei.»

«È proprio questo il punto.» Questa volta, Effie si riempì il bicchiere da sola. «Nessuno chiede più niente. All'inizio, sembrava che nessuno riuscisse a parlare d'altro. Ma sono passati quindici anni e sai una cosa? La maggior parte della gente nemmeno ricorda che è successo.»

«Ma tu sì» disse Dee con voce quieta.

«Io, e un branco di picchiatelli su certi forum per fuori di testa.» La voce di Effie era secca. «E le donne che frequentano i gruppi di mamme. Avevo tredici anni e stavo tornando a casa dopo la lezione di educazione artistica. Lui mi ha afferrata e mi ha costretta a salire sul suo furgone. Mi ha colpito alla testa e mi ha fatto un'iniezione. Mi sono svegliata nel seminterrato, sotto quelle fottute luci arancioni. Non è che non abbia tentato di fuggire; l'ho fatto, ma mia madre mi aveva fatto mettere le scarpe nuove e avevo le vesciche. Nessuno ha visto alcunché, o perlomeno è quello che si è detto. Ho passato tre anni prigioniera in una casa che non distava dalla mia più di venti minuti a piedi. Non pensate che se qualcuno lo avesse visto mentre mi trascinava via, avrebbe detto qualcosa?»

Becky ebbe un sussulto. «È orribile.»

«Già.» Effie guardò le due donne. «Ci hanno fatto un documentario, sapete. Be', una parte. Hanno intervistato un sacco di persone che lo conoscevano. L'ex moglie. I figli. I vicini che alla fine avevano chiamato la polizia.»

«Oh, mio Dio! Ma che diavolo... dov'è Stan? Chi siete voi? Mio Dio...»

Le grida della donna feriscono le orecchie di Effie. Non mangia da parecchi giorni. Ed è passata una settimana dall'ultima volta in cui papà *è sceso da loro. La brocca dell'acqua è quasi vuota. Sono sdraiati, stretti l'uno all'altra per un po' di calore, anche se il suo respiro rasposo le dice che è ancora vivo. Ecco di nuovo la voce femminile, poi delle grida soffocate, il tonfo di piedi sulle scale.*

Una brezza fresca.

E poi luce, un fievole riquadro nell'oscurità. La porta.

La porta è aperta.

«Io però non ho voluto dire niente» continuò Effie. «Mi hanno offerto dei soldi, ma che bisogno ne avevo? Avevo l'assicurazione di papà. Mi sono sempre chiesta se non l'abbia stipulata perché sapeva che sarebbe morto presto. Non ho mai chiesto a mia madre quando l'avesse accesa.»

Con un sorso Dee vuotò il bicchiere d'acqua. «Hanno parlato con mia madre. Alla fine quella parte non è andata in onda, ma ricordo che l'hanno intervistata in cucina.»

Effie cercò un modo per insultarla, un'espressione offensiva; non ne trovò. «Era quasi tutto sbagliato, comunque» disse allora. «E sbagliano anche nei forum. I tizi che hanno realizzato il documentario pensavano di conoscere tutti i fatti, ma non è così. Per questo i fuori di testa che postano commenti su di me, sul mio lavoro e tutto quanto... credono di capirne il significato, ma si basano su inesattezze e mezze verità... i quadri che dipingo» spiegò, cogliendo l'espressione confusa di Becky. «Hanno raffigurazioni nascoste. Spesso a comprarli sono persone che idealizzano le vittime del crimine. Credo. Ho smesso di visitare quei forum da un sacco di tempo. Sono disgustosi.»

«Mi dispiace» mormorò Dee.

«Sì, dispiace anche a me.» Becky tossì. «Merda, Effie, non sapevo.»

«Già. Come se fosse un grosso segreto.» Con estrema cautela, Effie posò il bicchiere nel lavello. «Solo che non lo è.»

Quando vide Becky aprire la bocca, attese quasi con ansia. Che diavolo, voleva farlo. Voleva parlarne, finalmente, tirare fuori tutto, perché potessero spettegolare, se così volevano, o magari dimenticare, come lei desiderava. Perché *Mamme e Margarita* poteva essere il gruppo di amiche più sfigato che lei avesse mai visto, ma voleva che la invitassero di nuovo. Voleva delle amiche. Voleva ridacchiare parlando di stelle del cinema e mangiando patatine piccanti, e all'inferno, perché no, voleva criticare un marito a cui non piaceva vederla spendere troppi soldi per un eyeliner.

Così attese che Becky le facesse una domanda, una qualunque. Invece, il cellulare nella tasca dell'altra vibrò. Lei lo prese borbottando parole di scusa. «È arrivato Gene» disse poi. «Sicura di non volere un passaggio? È tardi e fa freddo.»

«Grazie, ma camminare, davvero, mi piace. Fa bene, e poi abito vicino. Strade piene di lampioni.» E mentendo: «Ho anche lo spray al peperoncino».

Uscita Becky, Dee fece un fiacco tentativo di riordinare, mentre Effie recuperava il cappotto. «Mi dispiace per Becky» disse la prima quando la vide ricomparire.

«No, va bene. Te l'ho detto, preferisco le domande al sapere che ne parlano alle mie spalle. Non ho niente di cui vergognarmi, dopotutto. La mia è stata sfortuna. Ne abbiamo tutti la nostra parte; semplicemente, la mia mi ha reso famosa per mezzo secondo quindici anni fa.»

Dee le rivolse un sorriso esitante. «Se ti venisse voglia di parlarne, ti ascolterò volentieri. In caso contrario, andrà bene ugualmente. Sono davvero addolorata, e questo è tutto.»

«Sono contenta di essere venuta, stasera.» Effie sapeva che ci sarebbero volute ore per smaltire la sbronza, e già pensava a come si sarebbe sentita l'indomani mattina, ma stava dicendo la verità.

«Mandami un messaggio quando arrivi, okay?» Dee la guardava preoccupata. «Vuoi che chieda a Jon di accompagnarti? Sarà qui fra un'oretta. Non mi dispiacerebbe averti qui fino al suo arrivo. Non riesco a dormire, se non lo vedo.»

«Jon?» esclamò Effie. «Neanche a parlarne!»

Dee sorrise. «Sì. Sta andando benissimo fra noi, e in un certo senso credo di doverlo a te, Effie. Ci vediamo praticamente tutti i giorni, sai. È come se il tempo non fosse mai passato, ma al tempo stesso è tutto diverso.»

«Ora non siete più due ragazzini.»

«Ma mi fa sentire come una diciassettenne.» Dee era arrossita. «Tutta eccitata e su di giri ogni volta che lo vedo.»

«Sono felice per te.» Era il caso di abbracciarla? Che fosse dannata se lo sapeva, ma Effie lo fece ugualmente. Esitò prima di dire: «Mi dispiace essere stata così orribile con te per quella storia di Meredith. Sul serio».

«Me lo meritavo.» Dee scrollò la testa. «Ma è acqua passata. Ci vediamo presto, d'accordo?»

La notte era gelida. Camminando, Effie cacciò le mani nelle tasche alla ricerca dei guanti. Per un secondo rimpianse di non aver accettato il passaggio, ma al pensiero del tragitto in auto sentì in bocca il gusto acre della bile.

Per tornare a casa avrebbe dovuto prendere a destra, percorrere due strade, attraversarne una e proseguire per un isolato. Se avesse camminato di buon passo, di lì a un quarto d'ora sarebbe stata nel suo letto, al caldo.

Invece svoltò a sinistra.

Quattro isolati, poi un quinto e una strada da percorrere solo per metà a causa del vicolo. Ed eccola lì. La casa di *papà*. L'erba troppo alta che luccicava sotto una patina di ghiaccio. Il vialetto, sconnesso e mai riparato. E alle finestre sul davanti qualcosa che lei non aveva mai visto in tutti gli anni che era passata di lì.

Una luce.

. 37 .

«Hai mentito.» Effie lo aveva gridato più e più volte prima che Bill la tacitasse mettendole una mano sopra la bocca. Ora abbassò la voce perché sapeva che lui non avrebbe esitato a usare le maniere forti per zittirla.

«Gesù, Effie. Non ti ho mentito.» Bill indossava solo i pantaloni del pigiama; stava dormendo quando lei aveva cominciato a dare pugni alla sua porta.

Lei non aveva dormito; invece, aveva passato un paio di ore orribili desiderando che la nausea avesse la meglio una volta per tutte, e un altro paio a sorseggiare tè bollente mangiucchiando cracker. All'alba il peggio era passato, anche se la testa le doleva ancora e le sembrava di avere gli occhi pieni di vetro.

«Me lo avevi promesso» disse ora. «Mi avevi detto che se fosse uscito me lo avresti fatto sapere. Fanculo, Bill. È fuori. C'è qualcuno in quella casa, ed è lui. Lo so.»

Bill sbadigliò. «Potrei fare qualche telefonata» borbottò poi. Andò nel cucinotto per riempire la tazza. Era già piena e il caffè schizzò e sibilò sulla piastra bollente prima che lui rimettesse a posto la caraffa senza offrirgliene. «Posso fare qualche telefonata. Per saperlo con certezza. Ma Cristo, Effie, che importanza ha ormai?»

«Come puoi farmi una domanda simile?»

Per un momento Bill parve mortificato. «Dico solo, è un vecchio, ormai. Ha scontato la sua pena...»

«Non è vero» lo interruppe lei. «Non ha scontato la

sua pena. Non era previsto che uscisse, e invece è là, in quella fottuta casa.»

«Potrebbe trattarsi di chiunque, Effie.» Fece per toccarla, ma lei lo schivò. «Dai, su. Non fare così.»

«È quello che dicono gli uomini quando le donne agiscono in un modo che a loro non piace. Forse non ho il diritto di sentirmi come mi sento? Non ho il diritto di essere sconvolta? Fanculo, Bill.»

«Effie» l'ammonì, ma lei lo conosceva. Oh, se lo conosceva. Si erse in tutta la sua altezza, accostando il viso al suo prima di sputare le parole. «Fan. Culo.»

Allora la sua mano le artigliò i capelli, costringendola a piegare la testa e lei gridò ma non resistette. Invece, attese che la baciasse, o magari la girasse per farla piegare sul tavolo. Non staccava gli occhi dal suo viso, pieni di lacrime, lacrime che si rifiutava di versare.

Bill la lasciò andare così di colpo da farla barcollare all'indietro. Lo vide voltarle le spalle, passandosi il dorso della mano sulla bocca. «È troppo presto, Effie. Vattene a casa.»

Lei si raddrizzò, si ravviò i capelli. «Bene.»

«Non fare la... al diavolo, Effie.» Bill le posò le mani sulle spalle. «Mi dispiace. Non ne sapevo niente, te lo giuro. Quel tizio... non è niente, non è nessuno. Sì, quelle mamme con i loro siti sui predatori sessuali, forse loro lo hanno saputo, ma credimi, su una scala più grande Stan Andrews è una nullità.»

«Non per me» disse Effie.

Quando Bill la attirò a sé, lei non oppose resistenza, ma senza rilassarsi nell'abbraccio. Preferiva il dolore fisico a quel debole tentativo di consolazione.

«Andrà tutto bene» disse ancora Bill.

Gli occhi chiusi, Effie respirava il profumo della sua pelle. Gli premette le labbra sul petto nudo, ma senza baciarlo. Infine indietreggiò.

«Grazie» disse con un sorriso neutro.

Bill sembrò sul punto di dire qualcosa. Esalò un lungo respiro. «Sai che non permetterei mai che ti accadesse qualcosa.»

Come se avesse il potere di impedire alla terra di girare. Poteva avercela con lui per aver infranto una promessa impossibile da mantenere? Irrazionalmente sì, ma non lo avrebbe dato a vedere. Sorrise ancora, e sulla porta si fermò per soffiargli un bacio.

«Merda» disse Bill, infelice. «Effie.»

Lei rispose chiudendosi la porta alle spalle.

Così era successo. Effie aveva tirato fuori tutto; la versione integrale del rapimento, gli anni nel seminterrato, la presenza degli orologi nei suoi dipinti. I dipinti stessi. Il suo amore per Heath, e le ragioni di quell'amore.

Mitchell l'aveva ascoltata, prima accigliato, poi con un'espressione di attonito disgusto che non tentò in alcun modo di nascondere. Quando lei finalmente tacque, non disse nulla. Effie bevve un lungo sorso di acqua ghiacciata, contenta di avergli dato appuntamento in un locale pubblico, dove poteva sperare che le sue buone maniere lo avrebbero trattenuto da reazioni sgradevoli.

Non che le avesse previste. Stupidamente, aveva pensato che il buon Mitchell le avrebbe assicurato di capire i suoi problemi, per via della sorella incasinata, per via del fratello morto... per via o basta. Ma ora, guardando le sue labbra serrate, capiva fino a che punto si fosse sbagliata.

In un certo senso era un sollievo.

Mitchell era quello che era, Effie era quello che era, ed eccoli lì tutti e due. Lui l'aveva scopata una volta, aveva dormito a casa sua e usato il suo dentifricio, e tutto quello a cui lei riusciva a pensare dopo essersi denudata l'anima per quasi un'ora, era quanto ci fosse ancora da imparare sul suo conto che Mitchell non conosceva.

Quanto fosse stanca di cercare di nasconderlo.

Quanto poca voglia avesse di spiegarlo.

«Se vuoi altri dettagli, puoi trovarli in rete» disse. «C'è praticamente tutto.»

«Credo di saperne abbastanza» fu la risposta. «Quindi ora lui è fuori?»

Lei annuì.

«Ed è tornato ad abitare nella stessa casa? Quella in cui vi ha tenuto prigionieri?»

«Sì.»

«Merda» alitò Mitchell. «È davvero un grosso, grosso pasticcio.»

«Lo hanno rilasciato sulla parola. I figli non hanno venduto la casa.» Forse avrebbe dovuto prendergli la mano, pensò Effie, ma non si mosse. «Ci sono passata davanti e ho visto una luce. È là.»

Mitchell aggrottò la fronte. «Ci sei passata davanti? Non è un po' morboso? Dannazione, Effie, è già abbastanza sgradevole che tu viva così vicino.»

«Ci ho vissuto vicina per tutta la vita.» Effie parlò a voce bassissima. «Ho comprato casa mia perché era a un passo da mia mamma.»

La spiegazione, comprese immediatamente, non l'aveva fatta apparire meno eccentrica ai suoi occhi. «Non ho bussato né niente» precisò. «Ci sono semplicemente passata davanti.»

Lui la studiava attento. «Forse avresti dovuto farlo.»

«Cosa... no.» Effie scosse la testa. «Proprio no.»

«È evidente che hai parecchie questioni irrisolte in merito a quello che è successo.» La guardò attraverso gli occhi socchiusi, un'occhiata che lei non seppe interpretare. «Avresti dovuto dirmelo prima.»

Effie sbuffò, improvvisamente arrabbiata, «Ma certo, come no. Lezione uno, come rovinare irrimediabilmente un appuntamento. E dimmi, Mitchell, come avresti reagito se mi fossi presentata, ti avessi stretto la mano e a cena ti avessi spiegato nei dettagli i motivi per cui non riesco a mangiare come una persona normale?»

Mitchell non ebbe esitazioni. «Non ti avrei più invitata a uscire» disse secco.

Effie si appoggiò all'indietro sulla sedia. «Capisco. Perché sono merce danneggiata?»

«No. Perché io sono stato onesto con te, Effie. Cercavo qualcuno per una relazione stabile. Tu mi hai detto che volevi la stessa cosa. Pensavo che tu stessi giocando un po' con me, ma mi sono detto, dalle tempo, vediamo cosa succede. In quel sito circola un sacco di gente, eppure non è facile trovare qualcuno con cui stabilire un'intesa. Pensavo che noi lo avessimo fatto. O comunque che avremmo potuto riuscirci.»

Effie lo guardò. «Cercavo anch'io una storia seria. La cerco ancora. È vero, ho impiegato un po' ad aprirmi con te, ma perché speravo che dalla nostra conoscenza potesse nascere qualcosa di buono... tu mi piaci.»

Mitchell scosse la testa. «Ti piaccio.»

«Sì, mi piaci» ripeté Effie con sicurezza. «Non è un buon punto di partenza?»

«Lo sarebbe stato. Prima.»

«E ora non più?» Accorgendosi di stare serrando i pugni, Effie nascose le mani sotto il tavolo.

«Non lo so. È parecchia roba da digerire. E poi c'è Heath e il tuo amore per lui. Perché tu lo ami.» Alzò una mano per impedirle di protestare. «Non dire niente. Forse avresti dovuto dirmi tutto quella sera.»

«Sì, forse avrei dovuto. Ma non ti ho mentito. Ti ho detto che fra me e Heath era tutto finito, in quel senso.»

Mitchell ebbe una risata breve, aspra. «Non prendermi per stupido. Quella sera hai detto anche che lui era nella tua vita e ci sarebbe sempre stato.»

«Per Polly!» esclamò Effie, ma l'espressione di lui non le permise di continuare. «Mitchell...»

Lo guardò alzare entrambe le mani come per spingere l'aria, e, forse allontanare lei. «No, va bene così. Si ama chi si ama, e non c'è modo di cambiare le cose. Io, be'... non sono il tipo che accetta il secondo posto per il resto della vita, ed è proprio questo che mi toccherebbe. A meno che tu non mi prometta adesso che non lo rivedrai più.»

Era una promessa che in quel momento sembrava più fattibile di quanto non fosse mai stata in passato, ma che Mitchell avesse avanzato una simile richiesta bastò a far irrigidire Effie. «Non farò una simile promessa. Lui è importante per mia figlia, e per me.»

«Quindi se ti chiedessi di scegliere fra lui e me, sceglieresti lui?»

«Non è una scelta davanti a cui dovrei mai trovarmi.» Effie sentiva montare il risentimento. «Tra me e te è appena cominciata.»

Mitchell sospirò. «No, Effie. Tra noi è finita. Mi dispiace. Ma tengo troppo a trovare qualcuno di cui potermi fidare.» Si alzò. «Sei una ragazza fantastica. Ma non sei la ragazza giusta.»

«Wow. Grazie.»

Un altro sospiro. «Nemmeno io sono il tipo giusto per te. Mi dispiace.»

Effie chiuse le mani intorno alla tazza. Non aveva bevuto neppure un sorso e il caffè era ormai freddo. Alzò gli occhi su Mitchell e sorrise. «Non devi. Sei stato franco fin dall'inizio a proposito di quello che cercavi, e io ho creduto davvero di potere far sì che funzionasse. Lo volevo. Spero che tu mi creda.»

«Ti credo.» L'espressione di lui era quasi solenne. «E

spero che trovi la maniera di farlo funzionare con lui.»

Lei non si alzò. Sarebbe stato troppo orribile dover schivare un abbraccio, o, peggio ancora, un bacio d'addio. Lui stava cercando di essere gentile, ma non aveva la minima idea di quello che stava dicendo. Far funzionare le cose con Heath? Si chiamava miracolo. «Grazie.»

«Buona fortuna.»

«Grazie» ripeté, e si giro per metà in un gesto di congedo.

«Altro caffè, cara?» La cameriera la guardava con aria di attesa, ma anche con una punta di ansietà.

Con un cenno di diniego, lei si alzò. «No, grazie.»

«Non ha mangiato molto. Vuole una scatola per gli avanzi?»

«No. Li getti pure.»

Era diventata brava in questo, si disse mentre usciva dalla tavola calda. A gettare via le cose. Sembrava fosse l'unica cosa che era capace di fare.

. 38 .

Per quel momento Effie si era vestita con più cura di quanta ne avesse mai adottata per i suoi appuntamenti. Uno dopo l'altro, aveva scartato una dozzina di possibili combinazioni. Troppo elegante. Troppo casual. Alla fine, optò per un paio di jeans skinny da infilare in un paio di stivali al ginocchio. Un top e sopra un cardigan. Una sciarpa. Il giubbotto di pelle.

Cento volte era passata davanti alla casa senza fermarsi, ma quel giorno lo fece. Non aveva parcheggiato nel vialetto, bensì in strada, e lì rimase, seduta in auto, per una ventina di minuti, aspettando che qualcuno bussasse al finestrino ed esigesse di sapere cosa ci facesse lì, ma il marciapiede rimase deserto. Indugiò a fissare davanti a sé, le mani strette intorno al volante, finché non ne poté più. Allora scese. Andò alla porta.

Bussò forte. Tre volte. Poi di nuovo quando nessuno rispose.

Non si era preparata una storiella, nel caso non fosse davvero lui, non ci aveva pensato fino al momento in cui sentì all'interno qualcuno che strascicava i piedi, e poi una voce flebile che borbottava: «Un momento. Sto arrivando».

La porta si aprì e lui era lì. Non sembrava lo stesso uomo. Con gli anni si era rattrappito, le spalle si erano incurvate e i pochi capelli scuri erano diventati ancora più radi e grigi. La pelle del viso era cascante e occhiaie simili a lividi gli cerchiavano gli occhi. Era diventato vecchio, e palesemente in cattiva salute, ma era lui.

Papà, pensò, ma non lo disse.

«Posso aiutarla?» Anche la sua voce era diventata vecchia. Rauca e come intasata. La guardava senza il minimo segno di riconoscimento.

Effie aprì la bocca, ma le parole non vennero. L'uomo fermo sulla porta si accigliò. Non era così che lei aveva immaginato la scena. Lui, vedendola, sarebbe sbiancato, forse avrebbe indietreggiato, o magari avrebbe sorriso invitandola a entrare, anche se no, no, lei naturalmente non lo avrebbe fatto. Avrebbe urlato contro di lui, invece, o si sarebbe girata senza una parola. Aveva perfino fantasticato di dargli un pugno in faccia. Di scaraventarlo a terra e, inginocchiata accanto a lui, picchiarlo a sangue.

Niente di tutto questo: rimase lì, a bocca aperta come un pesce, finché lui disse: «Non ho bisogno di Gesù e neppure di un aspirapolvere. Quindi, se vende qualcosa, può anche andarsene».

Effie aveva ritrovato la voce. «No, no... mi dispiace. Pensavo che questa fosse... ho bussato alla porta sbagliata. Mi scusi.»

Il sorriso non era cambiato, anche se i denti si erano fatti gialli e sporchi. Fu quella vista a farla indietreggiare, e quando il tallone mancò il bordo del gradino, rischiò di cadere all'indietro.

«Attenta. Non vorrà farsi male.» Lui le rivolse un'occhiata curiosa che quasi subito si tramutò in subdola diffidenza. Raddrizzò le spalle. «Cosa vuole? Chi è lei?»

Chi è lei?

Chi è lei?

Chi è lei?

Effie borbottò qualcosa, parole simili a una manciata di ghiaia gettata contro una finestra.

Si voltò. La schiena diritta, non un accenno di tremito.

Lo sentì gridare qualcosa che suonò come una domanda, ma lei non poteva parlare. Non vedeva nulla davanti a sé se non la sua auto. Armeggiò goffamente con le chiavi, facendo scattare l'allarme per un orribile secondo, prima di riuscire a disattivarlo. In un lampo era al volante e avviava il motore, il piede sull'acceleratore.

Effie non usava mai il cellulare quando guidava, ma quel giorno lo tirò fuori di tasca e digitò il numero di Heath. Aveva bisogno di lui, ma lui non c'era e lei lo aveva fatto. Aveva incasinato tutto. Lo aveva allontanato, da quello stupido concentrato di orgoglio e arroganza che era, e ora che aveva bisogno di lui, lui non rispondeva alle sue chiamate.

«L'ho visto» disse alla casella vocale. «L'ho visto e lui non... non mi ha riconosciuta. Chiamami. Ti prego. Ho bisogno di te. Ti prego, Heath, mi dispiace tanto. Ti prego, tesoro, chiamami. Mi manchi tanto e ho bisogno di te.»

Poi, sebbene fino a quel momento avesse avuto fortuna, il rosso scattò prima che lei fosse pronta. Effie inchiodò sui freni. Lasciò cadere il telefono. L'auto slittò sull'asfalto umido e si fermò così bruscamente che batté con violenza lo sterno contro il volante. Aveva dimenticato di allacciare la cintura di sicurezza.

Poi l'auto dietro di lei la tamponò con forza sufficiente a catapultarla di nuovo in avanti. Quando i denti scattarono, chiudendosi sulla punta della lingua, vide le stelle. Le stelle.

Un istante dopo, fu proiettata per la terza volta in avanti quando la terza auto tamponò quella immediatamente dietro di lei. Fragore di vetri infranti. Il suono di un clacson. E in tutto questo Effie rimase immobile, troppo attonita per reagire, e non si mosse finché qualcuno bussò al finestrino per chiederle se era tutto a posto.

Quando si voltò, l'uomo indietreggiò con una smorfia, e fu solo guardandosi nello specchietto che lei ne comprese la reazione. Il suo sorriso si era fatto infernale. I denti, contornati dal sangue.

«No» disse allora, assaggiando il sapore del sangue. «Non c'è niente che sia a posto. Proprio niente.»

. 39 .

Sentiva male dappertutto, ma ghiaccio e antidolorifici fecero il loro dovere. Il tamponamento non aveva causato feriti gravi; Effie non aveva rivelato di stare parlando al cellulare al momento del tamponamento, e fino ad allora nessuno si era fatto avanti per smentirla. Strade bagnate, un semaforo rosso, le auto troppo vicine l'una all'altra. La sua aveva bisogno di riparazioni, ma lei avrebbe potuto ancora guidarla fino al momento di portarla in officina. Sarebbe potuta andare molto peggio. Era stato un incidente, e gli incidenti capitano.

Sua madre, naturalmente, si era precipitata ad accudirla. Borbottando e facendo schioccare la lingua, ma lo aveva fatto. Si era perfino premurata di avvertire Polly, in modo che non si spaventasse tornando a casa e vedendo Effie in quelle condizioni. Un'attenzione di cui lei le fu grata. Era stata messa a letto, e per un po' Polly le aveva fatto compagnia, ma presto si era annoiata della sua scelta di programmi televisivi, e adesso lei e sua madre erano in cucina a giocare a carte. Effie sentiva le loro risate, ma non trovava la forza di alzarsi per raggiungerle.

Heath non l'aveva richiamata e col cavolo che lei avrebbe telefonato di nuovo. Lui l'aveva relegata nel passato, e a essere franchi, lei aveva fatto lo stesso. Ma non così. Mai così.

«Mamma?» Sulla porta era comparsa Polly.

«Sì, tesoro?»
«Nana vuol sapere se ti va di mangiare qualcosa.» Quando Effie le tese la mano, la prese e con gesti cauti sedette sul letto. «Grazie, no. Non ho fame.»
«Parli in modo buffo.»
«Perché mi sono morsa la lingua.» Effie cacciò fuori la lingua, e rise quando la figlia fece una smorfia.
«Fa male?»
«Sì.» Effie sorrise. «Ma guarirò. Che sta facendo Nana?»
Polly si strinse nelle spalle. «Sta riordinando la cucina. Ha detto che se non vuoi mangiare, lei andrebbe a casa. A meno che tu non abbia bisogno che rimanga.»
«No.» Effie si agitò sotto le coperte alla ricerca di una posizione più comoda. «Va bene.»
«Mamma...» cominciò Polly, esitante, ma subito si zittì. Effie soffocò un sospiro.
«Voglio andare a dormire da Julia, stasera. Mi ha invitata.»
Il tono della ragazzina era vagamente di sfida, il che sfuggiva alla comprensione di Effie. «Nana può accompagnarti?» chiese. «Io non mi sento di guidare.»
«Glielo chiederò. Ma, mamma...»
«Cosa c'è?»
«Non voglio lasciarti sola.» Per un istante sembrò che Polly fosse sul punto di scoppiare in lacrime.
Allarmata, Effie la strinse a sé, trattenendo i gemiti. «Io sto bene. Con qualche benda e qualche cerotto, ma sono a posto. Certo che devi andare da Julia; e domani starò bene e potrò venire a prenderti.»
«Ne sei sicura?»
«Sicurissima.»
La madre di Effie bussò piano. «Posso accompagnarla io da Julia, se davvero pensi che debba andare. E andare a prenderla domani. Ti risparmierai il tragitto.»

«Mamma, grazie. Sarebbe splendido.»
L'altra inarcò un sopracciglio. «Sicura di non volere un po' di minestra?»
Effie rise. «Ehi, voi due, come devo ripetervi che sto bene? Tutto quello che faro sarà starmene sdraiata qui a guardare un po' di pessima TV, e magari più tardi fare una doccia bollente. Starò benissimo, davvero.»
Fu necessaria un po' di persuasione, ma alla fine la madre e Polly se ne andarono. Effie stava sonnecchiando quando il telefono squillò. Si affrettò a rispondere.
Non era Heath.
«Che cazzo è successo, Effie?» La voce di Billy era tagliente come vetro. «Alla stazione i ragazzi dicono che hai distrutto la macchina.»
«Sto bene. Si è danneggiato il paraurti, tutto qui.»
«Ma che diavolo. Avresti potuto chiamarmi.»
«Perché? Saresti venuto a prepararmi il tè?»
«Forse.»
Effie rise senza allegria. «Ma certo. Perché sei un'autentica Mary Poppins.»
Silenzio. Bill sospirò. A occhi chiusi, Effie ripensava alla porta che si apriva.
Chi è lei?
«Puoi venire, se ti va» disse poi. «Mia madre e Polly sono fuori. Potremmo guardare un film, ordinare una pizza.»
Naturalmente lui avrebbe rifiutato. Era Bill, dopotutto. Ma di colpo Effie non riusciva a pensare ad altro che ad averlo lì accanto. Lui. Qualcuno. Chiunque. «Come non detto» bisbigliò, preparandosi al rifiuto.
«Ci vediamo tra mezz'ora.»
Erano passati quaranta minuti quando arrivò con due pizze surgelate in una mano e nell'altra una bottiglia di Bushmills. «Non ti farà male con le medicine che prendi o che so io?» domandò.

«Prendo solo l'antidolorifico. E qualcosa da bere mi andrebbe proprio.»
Guardando Bill, Effie che indossava ancora un paio di pantaloni da tuta e si era lavata i denti ma non i capelli, si scoprì a pensare che forse avrebbe dovuto mettere un po' di mascara, magari un tocco di eyeliner. Lui l'aveva vista in condizioni ben peggiori, ma averlo lì, in casa sua, la rendeva inspiegabilmente timida.
In cucina, fu Bill a infilare le due pizze in forno e quindi a versare il whisky. «Il distributore del ghiaccio non funziona» lo informò. «Devi prendere direttamente tu.»
Heath lo avrebbe saputo, pensò, e subito si affrettò a scacciare quel pensiero. Heath non era lì. Ma Bill sì.
Lui le tese un bicchiere. «Bevi lentamente. Le pizze saranno pronte fra poco. Devi mangiare qualcosa, e non voglio sentire sciocchezze.»
Seduto di fronte a lei, Bill prese subito le redini della conversazione, raccontandole aneddoti legati al suo lavoro e le bizzarrie con cui aveva dovuto vedersela nelle ultime due settimane. Era leggero, divertente, e lei gli fu grata per lo sforzo che stava facendo.
Dopo mangiato, passarono in salotto per scegliere un film in streaming. Quando lui le passò un braccio intorno alle spalle, Effie si irrigidì un istante prima di rilassarsi contro di lui. Bill la guardò.
«Che succede?»
«Niente. È solo...»
Lui si scostò. «Ho capito. Il tuo ragazzo potrebbe non approvare.»
«Te l'ho detto milioni di volte. Heath non è...»
«Non Heath. Quell'altro. Quello con gli occhiali.»
«Oh.» Effie si morse il labbro inferiore. «Non ci vediamo più.»
La reazione di Bill fu di aumentare la breve distanza

che già li separava. «Oh. Ho capito.»

«Capito cosa?» Lei si versò un'altra dose di whisky.

«Ti ha scaricata, così per una sera va bene anche il vecchio Bill.»

«Questa è una stupidaggine, e lo sai.»

«Cosa c'è di stupido? Esci con questo tizio, e sembra che sia importante. Che faccia la differenza. E subito dopo, ecco che mi inviti a casa tua. Avrei dovuto capire che era perché ti ha scaricata.»

«Non mi ha scaricata» scattò Effie, sulla difensiva. C'era molto di vero in quello che aveva detto Bill. «Abbiamo deciso che era meglio smettere di frequentarci. Non funzionava.»

«Non mi sorprende» borbottò Bill.

Lei si alzò di scatto, gli si piazzò davanti. «Semplicemente non era il tipo con cui potrei avere una relazione stabile.»

«E così sei tornata correndo da me.»

Effie lo guardò stralunata. «Mio Dio» esclamò, «ti comporti come se ti importasse.»

Lui avanzò, costringendola a fare un passo indietro. «E cosa ti fa pensare che non sia così?»

Cadde il silenzio. Bill andò in cucina e tornò con altri due bicchieri di whisky, ma Effie non ne volle. Il problema era che non sapeva cosa volesse. «T'importa?» si decise a chiedere.

«Naturale.» Bill sedette e con un cenno le indicò di fare altrettanto.

«È che con te non si sa mai.»

Bill allungò la mano ad allontanarle i capelli dal viso, scese a sfiorarle la guancia. Poi la lasciò cadere. Si strinse nelle spalle.

Gli occhi chiusi, Effie esitò solo un istante prima di protendersi per baciarlo. Uno sfioramento di labbra, un'esitante incursione della lingua. Quando lui se la tirò sulle ginocchia, gemette, ma non di piacere.

Bill la baciò, con forza, ma quando lei distolse il viso, si ritrasse. «Vuoi che me ne vada?»

Lei lo guardò. «Sei venuto solo perché volevi scoparmi?»

L'uomo la guardò inarcando le sopracciglia. «Per che altro?»

«Per assistermi. Prepararmi il tè. Assicurarti che stessi bene.» Cercò di allontanarsi, ma era irrigidita e dolorante e Bill la prese per i polsi per tenerla ferma.

«Ho portato le pizze e da bere.» Il suo sorriso era accattivante, subdolo. «Non è meglio del tè? E farti venire sarebbe ancora meglio. Avanti, Effie. Fatti mangiare quella passerina. Dimenticherai tutto il resto, te lo garantisco.»

Per un'ora, pensò lei. Forse anche meno. Lo aveva usato per il sesso in passato, ma ora il pensiero che la toccasse le dava il voltastomaco. Tirò con forza e lui la lasciò andare. «Sono un'idiota.»

«Ah, ci risiamo. Pensávi, cosa? Che sarei stato il tuo eroe?»

Effie lo guardò. «Mi hai già salvata in passato.»

Bill non replicò. Si passò una mano sulla bocca. Scosse la testa. Non c'era alcuna luce nei suoi occhi, alcuna traccia di amore nella sua voce. Si alzò e fece qualche passo prima di voltarsi verso di lei.

«Quando ti ho visto su quel letto, la prima volta, ho pensato che fossi morta. Eri talmente immobile, sdraiata in mezzo al tuo sudiciume, una specie di Bella Addormentata conciata da buttare via. E ho pensato, non è possibile che sia viva. E neppure l'altro ragazzo, quello sul pavimento. Ero sicuro di avere davanti due cadaveri. E a quel punto tu hai aperto gli occhi.»

«Saremmo morti, se non fosse stato per te.» Effie aveva in bocca un gusto amaro. «Una settimana senza mangiare, avremmo potuto resistere ancora, ma quattro giorni senz'acqua? E le droghe? Sì, eravamo quasi morti quando sei arrivato tu.»

«È grazie a Sheila Monroe che non siete morti.» La voce di Bill era piatta, monocorde. «Se non fosse andata lì a cercare di scroccare un po' di droga a quel verme, io non mi sarei mai fermato. Ma lei è uscita dalla casa urlando. Ha avvertito i vicini. Ha lasciato tutte le luci accese di sopra. La porta del seminterrato con tutte quelle fottute serrature... Cristo. Le serrature...»

Effie e Heath non avevano mai parlato del ruolo giocato da Sheila. Era vero che se non fosse andata alla casa alla ricerca della droga che *papà* le elargiva tanto spesso, loro due sarebbero certamente morti. Era altrettanto vero che implicarla negli abusi perpetrati da *papà* avrebbe rovinato la sua vita già così fallimentare. Era stato Heath a chiedere clemenza per la donna, e Effie lo aveva assecondato perché per lui era stato così importante. Non aveva mai realmente capito perché, ma d'altra parte lei non era mai stata costretta a fare le cose imposte a Heath. Poteva perdonare Sheila, se lo faceva lui.

«Ma sei stato tu a rispondere alla chiamata» disse ora. «Lei ci ha lasciati lì. Sei stato tu a trovarci, ed è grazie a te se siamo vivi. E poi, più tardi, abbiamo cominciato a scopare. Mi hai salvato anche allora, più spesso di quanto possa spiegarti. È questo che vedo quando ti guardo.»

«Quando io guardo te» disse Bill, «vedo quella porta, e le serrature. E penso, è impossibile che qualcuno possa superare una cosa simile e stare bene. Ma tu ci sei riuscita; hai una casa, un lavoro. Una figlia.»

Nonostante il dolore, Effie raddrizzò la schiena, «C'è una cosa che non ti ho mai detto, Bill.»

Lui sbuffò.

«Sono sicuro che ci sono migliaia di cose che non mi hai mai detto.»

«Polly è tua.»

La risposta fu una stretta di spalle. «Lo so.»

Effie sussultò. Avrebbe voluto sedersi, ma si costrinse a non muoversi. «Cosa significa, lo sai?»

«Credevi che non l'avrei capito guardando la ragazzina? È identica a me quando ero piccolo. Ha i miei capelli. I miei occhi. Cristo, Effie, davvero credevi che non lo sapessi?»

Lei scosse la testa. Il mondo vorticava intorno a lei. «Non hai mai... come hai...»

«Sono un fottutissimo poliziotto. Mai pensato che avrei tenuto io una di quelle lezioni che organizziamo per le scuole? Credi che non vi abbia viste insieme? O che non sappia contare? L'ho saputo nell'attimo stesso in cui sei rimasta incinta.» Rise, una risata aspra, sferzante.

Non fu facile per Effie trattenere le lacrime. «Non hai mai detto niente» bisbigliò.

«Lo sai, fare il padre non mi interessa. E neppure il marito. Sono cose che non sento. E poi, tu te la facevi con Heath, giusto?» Il tono era amaro, benché la sua espressione restasse neutrale. «C'era lui di mezzo. Ed è a lui che ti sei rivolta, non a me.»

«Pensavo che mi avresti detto di abortire. O di dare il bambino in adozione.»

«E lo avrei fatto» disse Bill. «Anche se non mi avresti ascoltato. Avresti fatto a modo tuo. Non so, forse pensavo che lo avresti perso, come avevi perso il primo. Quando ho capito, la gravidanza era già avanzata; non avrebbe avuto molto senso farti sapere che conoscevo la verità.»

«Avevi una figlia, e in tutti questi anni non hai detto una parola. Hai lasciato che lottassi da sola.»

Il rigurgito di bile la colse di sorpresa. Tossì.

«Non hai lottato. Hai sempre avuto lui. È da lui che eri corsa. Lo hai sempre fatto, e sempre lo farai. Non riesci a staccartene.» Bill sollevò entrambe le mani. «Cazzo, se non scopiamo, me ne vado. Tutto questo è stupido.»

«Sei venuto qui! Hai detto... tutte quelle volte, ti sei comportato...» Effie si sentiva soffocare. «Tu... mi hai molestata! Hai usato la tua autorità, il tuo potere, non so, ero una ragazzina e tu hai approfittato di me!»

In un lampo lui le fu accanto, la afferrò. Le sue dita sulle braccia facevano male. «Sei stata tu a sedurmi. Ricordi, Effie? Come mi supplicavi di scoparti? Come ti appiccicavi a me, con la camicetta bagnata che lasciava vedere tutto? Mi hai messo la lingua in bocca mentre mi passavi la mano sull'inguine.»

«Avresti dovuto dire no» ansimò lei.

Di colpo Bill la lasciò andare. «Sì» disse. «Avrei dovuto dirlo, cazzo, quella prima volta e tutte le successive.»

«Ma non lo hai fatto.»

Si fissarono. Lo aveva mai amato?, si chiese Effie. Aveva mai pensato, anche solo per un secondo, che lui potesse amarla? «Perché?» chiese.

Lui ebbe un sogghigno prima di piantarle addosso uno sguardo fermo, sicuro. «Non lo so.»

«Avrebbero potuto esserci altre donne.»

«Ce ne sono state. Parecchie.»

Effie annuì asciugandosi le lacrime. Odiava pensare che lui la vedesse piangere. «Ma loro si aspettavano di più, vero? Non si accontentavano delle tue chiacchiere sul non volerti sposare.»

«Già. Immagino di no.»

«Quindi... avevi capito che io non ti avrei mai costretto a fare quello che non volevi? È questo?»

«Cristo, Effie» disse Bill con voce piana. «Non possiamo lasciar perdere? Ricominciare a scopare e fingere che basti?»

«Ma non basta. Non a me. E se dicessi, proviamoci? Abbiamo una figlia, ed è una ragazzina speciale. Impareresti a conoscerla, e insieme staremmo a vedere cosa succede. Potremmo fare un tentativo.»

«Non c'è nessun tentativo che possiamo fare insieme, tu e io. Non funzionerebbe mai. Puoi dire quello che vuoi, mettere le cose in modo carino, ma la verità resta questa.» Bill scosse la testa. «Io e te? Non succederà mai, non in questo modo. Lo sai come lo so io, e sai perché. È un fatto che non può cambiare.»

Lei gli si avventò contro, e lui lasciò che lo schiaffeggiasse e gli tempestasse il petto di pugni prima di allontanarla usando una sola mano. Quando Effie gli crollò addosso singhiozzando, la sostenne per qualche istante prima di allontanarla quasi con rabbia. Poi in silenzio andò in cucina a recuperare il cappotto. Sulla porta d'ingresso, il grido di lei lo fermò il tempo necessario a voltarsi a guardarla. «Come fai a saperlo?» gridò Effie.

Per un momento Bill sembrò... triste. Per un momento, qualcosa balenò nei suoi occhi prima che il suo viso tornasse a indurirsi. «Le serrature, ricordi? Su tutta quella maledetta porta. È questo che sei, Effie. Una fottutissima porta chiusa. E lo sarai sempre. Per tutti tranne che per lui.»

E a questo non c'era nulla che lei potesse rispondere.

. 40 .

«Dove trovi le idee?» chiese Heath. La stava guardando e fino a questo momento non aveva aperto bocca.

Effie non sapeva bene cosa rispondere. «Nella mia immaginazione» disse alla fine sfumando una linea con il dito. «Dov'è che tutti trovano le idee?»

«Io ho un sacco di idee, ma nessuna diventa un disegno. O perlomeno, non saprei disegnarle.»

Lei lo guardò con un sorriso. «Ci riusciresti, se provassi.»

«Naa. Tu hai talento. Non è qualcosa che si impara. Devi averlo.» Heath si alzò dal letto per guardare al di sopra della sua spalla. Indicò qualcosa che Effie aveva disegnato d'impulso. «Quello cos'è?»

«Siamo noi.» Effie sfiorò i minuscoli segni che aveva tracciato all'interno della corteccia di un albero.

«Un orologio?»

«Sì.» Aspettò di vedere se avrebbe capito.

Heath restò in silenzio per una manciata di secondi, poi disse: «È il tempo. Tutto il tempo che abbiamo già passato qua sotto».

«Sì.» Effie guardava le lampade arancioni. Le doleva ancora la testa per essersi concentrata troppo mentre cercava di disegnare con una luce così orrenda. Il giorno prima, la zuppa aveva un vago sapore metallico, e lei era ancora sotto l'effetto delle pillole che *papà* doveva aver frantumato dentro. L'avevano tenuta da parte, pensando che non si sarebbe avariata troppo in fretta. Erano passati giorni dall'ultima volta in cui le luci sfolgoranti si erano accese e loro avevano sentito la canzone, la canzone che le dava la nausea. Non era l'assenza più lunga di *papà*, ma avevano comunque cominciato a razionare il cibo.

Heath la guardò. «È un segreto.»

«Sì. Come noi.» Effie posò il mozzicone di matita. Aveva finito tutti i colori. «Sono tutte le ore che abbiamo passato qui.»

«Le ore perdute» disse Heath.

Le sue parole furono come una pugnalata. «Sì» sussurrò.

Lavorò accora un po', sfumando, ammorbidendo. L'orologio nell'albero non aveva solo i numeri dall'uno al dodici; lei usava anche il tredici e il quindici. L'età che avevano al momento della cattura. Usava il cento e il quattro, il numero di settimane che era riuscita a calcolare finora. E per divertirsi, aggiunse altre cifre nascoste.

«Vorrei avere materiale migliore» disse. «Probabilmente riuscirei a fare quadri davvero buoni.» E prima che lui potesse replicare: «Scusa. Non dicevo sul serio, Heath. Scusami».

Lui scrollò la testa. «È okay.»

Effie si mise al suo fianco e gli prese la mano. «No. So cosa ci vuole perché io abbia materiale nuovo. Non lo voglio.»

«Non ha importanza.» Heath parlava a voce bassa. «Dovrò farlo comunque.»

Effie gli posò la testa sulla spalla. «Non per una cosa così stupida.»

«Hai fame?» chiese lui. «Dovremmo mangiare prima che si spengano le luci.»

Lei aveva sempre fame, ma tutto quello che avevano erano porzioni minuscole di cibo disgustoso. L'avevano passato al setaccio nel tentativo di ripulirlo dalle cose più disgustose, ma a volte lei pensava che mangiare al buio sarebbe stato preferibile. Almeno non sarebbero stati costretti a vedere quello che *papà* aveva mescolato al cibo.

«Credo di sì. Un po'.»

«Io ho sete.» Dalla credenza cigolante, Heath prese una bottiglia di limonata, la sollevò verso la luce. «Era aperta, ma credo che sia okay.»

Si divisero la bibita e un sacchetto di *pretzel* stantii che avevano un gusto leggermente amaro, ma non davano la nausea a Effie. Lei lasciò che Heath mangiasse di più. Era più grosso e ne aveva maggior bisogno. Inoltre, anche se non poteva dirlo senza fargli del male, se lo meritava. Era lui quello che guadagnava da mangiare per entrambi.

Improvvisamente cominciò a fare troppo caldo e aveva sete, ma la limonata era finita. Aprì e richiuse gli occhi guardando le luci arancioni, che ora erano alternativamente più piccole e più grandi. Un trucchetto da *Alice nel Paese delle Meraviglie*.

«C'era qualcosa nella limonata» disse Heath. «Scusa.»

La risata di Effie sembrò il gorgoglio di un torrente fra i ciottoli. Le ossa delle sue mani erano diventate trasparenti e le stavano crescendo le ali. Stava per succedere qualcosa.

«C'è sempre qualcosa in tutto» disse.

Non aveva intenzione di baciarlo. Non avevano mai parlato di quello che succedeva quando le luci si spegnevano e lui si infilava nel letto con lei. Di come la toccava, o delle cose che gli piaceva che lei facesse. Non avrebbe dovuto baciarlo sulla guancia, sull'orecchio, sul collo. Non avrebbe dovuto schiudergli le labbra con la lingua, né sedersi sulle sue ginocchia.

Era la prima volta che lo facevano con le luci accese, anche se naturalmente lei lo aveva già visto nudo. Non c'era molto spazio per la pudicizia, là sotto. Ma era diverso ora, con le mani sul corpo di lui e il suono dei suoi gemiti.

Qualcosa li aveva sopraffatti, qualcosa che non erano in grado di combattere. Perché era bello, e laggiù nel seminterrato non c'era altro che lo fosse. Erano molte le ragioni per cui avrebbero dovuto fermarsi, ma tutto ciò che Effie voleva era riprovare quella sensazione, quella che cancellava ogni altra cosa.

Stare con Heath escludeva il mondo.

In tutto ciò si smarrirono. Se ne saziarono, e poi ancora, e finalmente si addormentarono abbracciati, senza curarsi di rivestirsi né di tirare su le coperte.

C'era musica, quella solita canzone, e Effie lottava per sfuggire al sonno, vischioso come melassa. La soffocava, non riusciva a respirare. Era madida di sudore.

«Lo sapevo» disse *papà* dalla soglia. «L'ho sempre saputo. In piedi, schifosi marmocchi!»

Prese Heath per un braccio, strattonandolo, fino a farlo cadere dal letto. Effie era finalmente di nuovo lucida e si catapultò a sua volta giù. Le piante dei piedi colpirono il cemento sporco. La caviglia cedette.

Quando Effie gli si avventò contro facendo mulinare le braccia, l'unica cosa che riuscì a ottenere fu un pugno secco in faccia che la fece stramazzare a terra. Ma non c'era dolore; tutto era sfocato, ammorbidito, fluttuante. Riuscì a rialzarsi. Gridando.

Gridando sempre più forte.

Se fossero riusciti a sopraffarlo, sarebbero potuti fuggire. Trovare la chiave. Nella sua tasca. Aprire la porta. Su per le scale. Sfondare la porta, avrebbero potuto sfondare la porta, lo avrebbero fatto.

Qualcosa si infranse. Vetro. Niente chiave, niente porta, nessuna fuga, le girava la testa, e cadde all'indietro quando *papà* la colpì di nuovo. Si chinò su di lei, schiumava saliva. Era paonazzo.

Puzzava, aveva l'alito fetido. Gli occhi erano iniettati di sangue, a fessura come quelli di un gatto o di una lucertola. Oh, merda, merda, cosa c'era che non andava nei suoi occhi?

Il suo polso si spezzò con un crepitio più sonoro del vetro infranto. Sentì un dolore immediato, feroce e divorante. Lei non riusciva neppure a urlare; cadde.

«Ho sempre saputo che eri una puttanella. Lo sapevo! Te lo sei scopato durante tutto questo tempo, vero?» *Papà* la colpì di nuovo. Allo stesso braccio. Altro dolore. Il grido di Effie era soffocato, il gemito metallico di una teiera.

«Lasciala in pace!» Heath colpì *papà* alla schiena con la vecchia sedia, che andò in pezzi. Le schegge di legno schizzarono dappertutto, qualcuna sul viso di Effie, graffiandola.

Papà si voltò. Era molto più robusto di Heath, i suoi pugni erano martellate. Heath brandì una gamba della sedia con l'estremità frastagliata.

Papà crollò in ginocchio. La gamba della sedia che sporgeva dal suo stomaco oscillava leggermente. Non c'era molto sangue, almeno non quanto ci si sarebbe potuto aspettare, fino a che lui non la estrasse, e allora ce ne fu un mare.

Papà si alzò. Colpì di nuovo Heath facendolo crollare a terra con un tonfo forte come un tuono. Gli sferrò un calcio. Poi un altro, e un altro ancora. Una mano sul buco nell'addome, da cui il sangue continuava a sgorgare.

Effie non riusciva a muoversi. Il braccio le faceva

un male atroce. La testa le girava. Era un incubo, pensava mentre strisciava verso Heath, che non si svegliava. Anche lei era completamente intontita. Ma avrebbe voluto non esserlo.

«Siete come gli altri, voi due. Piccoli, disgustosi cazzoni, fichette bugiarde. Come vostra madre, piena di sudicio e di bugie, oh oh stupide puttanelle.»

Papà sputò. Agli angoli della bocca si raccolsero grumi spumosi di sangue. Urlava ancora, ma Effie non lo sentì. Le ronzavano le orecchie, c'era una conflagrazione, un tintinnio, poi...

Poi ci fu il buio.

E il buio durò molto molto a lungo.

. 41 .

La casa non era sulla strada di nessuno dei luoghi che Effie frequentava, ma faceva in modo di passarci davanti almeno due o tre volte la settimana. Nevicava, ma non c'era mai nessuno a spalare il vialetto. Lì davanti non c'erano mai rifiuti da ritirare. La cassetta della posta non aveva mai la bandierina rossa alzata.

Ma dentro le luci erano sempre accese.

Ci sarebbe passata davanti facendo jogging per dare una sbirciata all'interno, ma l'inverno aveva affondato i denti nel paese e non mollava la presa. In un paio di occasioni, una sagoma aveva scostato appena le tende, o quanto meno era quello che lei aveva immaginato.

Mai avrebbe pensato di passarci in compagnia di Polly, ma come una drogata che promette che quella sarà l'ultima dose, così era Effie nei confronti di quella casa. Tanto che ci fu il giorno dell'ambulanza parcheggiata nel vialetto. Il giorno in cui un poliziotto, non Bill, grazie a Dio, bloccava il traffico, così che Effie dovette fermarsi per lasciar passare le auto che provenivano dalla direzione opposta.

«Che succede?» Polly alzò gli occhi dal cellulare, su cui era occupatissima a cercare di passare al livello successivo del suo gioco prediletto.

Effie abbassò il finestrino. «Che succede?» chiese alla donna sul marciapiede, con il suo cane al guinzaglio.

«È morto un tizio» rispose quella, ansiosa di condividere l'informazione. Non vergognandosene affatto. Allegra, anzi.

«Mi sa che la figlia è venuta a dare un'occhiata dopo giorni che non lo vedeva, e lo ha trovato morto.»

«Colossale» disse Polly.

Effie guardò la figlia, resa immune dalle morti casuali di sconosciuti, da troppa violenza in televisione. O chissà da che altro. «Com'è morto? Si sa?» chiese ancora.

«Un infarto, mi sembra che abbia detto qualcuno.» La donna si strinse nelle spalle. «Era molto anziano, e a dirla tutta, era una vergogna che i figli lo lasciassero tanto solo. La casa era in uno stato di totale abbandono.»

«Da quanto tempo vive nel quartiere?»

La domanda di Effie parve sorprenderla e anche offenderla un po'. «Cinque anni. Perché?»

Senza rispondere, Effie sollevò il finestrino e si allontanò. Il cellulare di Polly fischiò e squittì. Lei finì il livello prima di girarsi verso la madre.

«Mamma.»

«Sì, Polly?»

«Era quella la casa?»

Con un sussulto, Effie girò la testa per guardarla, mentre stringeva con più forza il volante. «Cosa te lo fa pensare?»

«So che era vicina a quella di Nana. E da qui non si va al centro commerciale.» Un'esitazione. «E... ho visto la foto in rete, quando cercavo quella roba che non avrei dovuto vedere. Mi dispiace, non l'ho più fatto da allora.»

Effie si sforzò di concentrarsi di nuovo sulla guida; i lividi dell'incidente erano scomparsi da poco. «Sì. La casa era quella. Non sarei dovuta passare di qua con te.»

«Ora è morto. Questo non ti fa sentire meglio?»

Senza preavviso, Effie accostò e mise in folle, poi si

girò a prendere la figlia per il davanti del piumino bianco. «Non dire mai più una cosa del genere! Desiderare la morte di qualcuno è sbagliato, Polly.»

La ragazzina non batté ciglio, ma una volta libera scivolò un po' più vicina al finestrino. «Scusa.»

«No, scusa tu. È solo...» Non era facile impedire alla voce di tremare. «È complicato, Polly. È brutto, e fa male e... mi dispiace. Mi dispiace tanto.»

D'impulso, Polly si allungò ad abbracciarla. «Non piangere, mamma. È okay. Insomma, ora puoi stare bene, no?»

Effie si aggrappò a lei prima di imporre a stessa di riprendersi. Le auto sfrecciavano troppo veloci accanto a loro. Un clacson suonò la sua protesta. Avrebbe potuto dirsi fortunate se nessuno le avesse urtate.

Si incollò sulla faccia un sorriso. «Sì, tesoro. Ora posso stare bene.»

Non era così, naturalmente.

Quante volte aveva sognato la morte di *papà*? Per anni aveva lottato contro incubi in cui lo strangolava e guardava il suo viso farsi cianotico e la lingua, nera, sporgere dalla bocca. Aveva sognato l'incendio, loro tre che bruciavano vivi e *papà* che rideva. Aveva sognato di vederlo tagliare Sheila in minuscoli pezzi e poi costringere lei e Heath a mangiare. Anni di sogni orribili, e adesso che lui era realmente morto, riusciva a pensare soltanto che non aveva mai avuto la possibilità di affrontarlo.

Peggio ancora, il notiziario locale non gli aveva dedicato nemmeno una parola.

Nulla sull'ambulanza e l'auto di pattuglia con le luci lampeggianti, nessun commento di vicini compiaciuti e ipocriti. Nulla in televisione, nulla neppure nei siti web.

Nulla nel forum.

Effie lo aveva ignorato per anni. Neppure la curiosità di scoprire quello che dicevano dei suoi ultimi lavori era bastata a spingerla a tuffarsi in quello che sapeva essere un letamaio di voyeurismo quasi osceno. Ma aveva un login. Vecchissimo, legato a un indirizzo e-mail che non usava da un'eternità, e conosceva la password. Impossibile dimenticarla; era naturalmente *leoreperdute*.

Sullo stramaledettissimo forum dove i picchiatelli sezionavano qualsiasi piccolissima cosa accaduta a Heath e a lei, non era apparso un solo commento sulla morte di *papà*. C'erano post sulla sua detenzione e il suo rilascio, informazioni sulla casa. Niente sul fatto che proprio là lui era morto.

Giorni, una settimana, un'altra settimana. Ancora nulla.

Effie setacciò il sito del quotidiano locale alla ricerca di un necrologio, l'avviso di un servizio funebre, una cerimonia commemorativa; la prova che qualcuno, chiunque, avesse notato la scomparsa dell'uomo che aveva cambiato la sua vita. Ma niente.

Telefonò a Heath. «È morto. E non importa a nessuno. Nessuno ci fa caso. È come se non fosse mai esistito.»

Poi rimase in silenzio, pregando che lui rispondesse, ma naturalmente non era così che funzionavano le caselle vocali. Lui non richiamò. Era il solo in grado forse di capire perché fosse tanto turbata, e lo aveva perduto.

Se *papà* non esisteva, pensò Effie, se ciò che era accaduto a loro due non esisteva, allora... esisteva lei?

E aveva importanza, senza Heath?

. 42 .

Le ci era voluta tutta la mattina per convincersi a salire in macchina e ad andare là, ma adesso Effie si sentiva calmissima. *Papà* non c'era più. Nulla avrebbe potuto riportarlo indietro.

Ma lei aveva bisogno di farlo. Di entrare in quella casa e poi uscirne, libera di rifarlo anche dieci volte, se lo avesse desiderato. Cento volte. La prova che lì non c'era più niente in grado di trattenerla.

C'era un paio di auto nel vialetto e altre erano parcheggiate davanti, così lei si fermò sul lato opposto della strada. Una coppia con un bambino uscì dalla casa per salire su un SUV. Attese, ma la porta rimase chiusa. Era il momento. Ora o mai più.

Aveva razziato l'armadio alla ricerca di abiti adatti a una professionista di successo, qualcuno in grado di pagare il prezzo ridicolmente ragionevole richiesto per la casa. Prima d'allora, Effie non era mai andata a una vendita con visita libera, ma aveva la sensazione che l'agente immobiliare l'avrebbe identificata all'istante come una perditempo curiosa, e non voleva dover affrontare domande imbarazzanti.

Doveva bussare? O entrare e basta? La sua esitazione fu ricompensata dalla vista della porta che si apriva per lasciar uscire una coppia anziana. Effie si fece da parte per lasciarli passare, entrò.

Era tutto così... piccolo.

Era anche luminoso, arioso, pulito. Tinteggiato di fresco. Dalla cucina arrivava un profumo di vaniglia. Mentre percorreva il corridoio, notò che non c'erano quadri. Alla sua destra, un soggiorno di poco più basso e arredato con pochi mobili scelti con cura; nella piccola stufa a legna il fuoco crepitava allegramente.

«Salve!» Una donna, molto probabilmente l'agente immobiliare, la salutò con un sorriso raggiante. «Grazie per essere venuta. Sul tavolo troverà materiale esplicativo, e si serva pure di biscotti e punch. Se ha qualche domanda, sarò lieta di esserle di aiuto.»

Mosse qualche passo, facendo scricchiolare il parquet, e Effie trasalì. Conosceva quel suono, anche se lì era molto più debole che nel seminterrato. Si costrinse a sorridere. «Grazie.» Sfogliò uno degli opuscoli, fingendosi interessata. Biscotti e punch?, pensò. Come avrebbe potuto ingoiare anche un solo boccone in quella casa?

La cucina non era affatto come la ricordava. Il pavimento, un tempo ricoperto di lurido linoleum, adesso era uno splendente laminato nuovo di zecca.

«La casa è stata completamente ristrutturata» stava dicendo l'agente immobiliare. «Il proprietario è realmente motivato a vendere.»

«Chi è?» domandò Effie.

«La figlia del primo proprietario, che è deceduto.» La donna le scoccò un altro dei suoi sorrisi troppo radiosi, quindi tornò a dedicarsi alla coppia, che faceva domande sull'impianto idraulico.

Effie stringeva forte l'opuscolo. Quattro camere da letto, due bagni, cucina, soggiorno, sala da pranzo. Garage.

Seminterrato ristrutturato per intero.

La porta non era stata sostituita, anche se era stata ritinteggiata e la maniglia era nuova e scintillante. Effie la sfiorò con le dita lì dove un tempo c'era uno sbarramento di serrature. Toccò la maniglia. La abbassò.

Lampadine nuove illuminavano la scala, e non si vedeva neppure una ragnatela. Ma il legno era scheggiato, i gradini cigolavano e lei aveva il cuore in gola mentre scendeva.

Le luci sono a soffitto. Vivide, Bianche. Accecanti.

La canzone. La canzone sta suonando. Quella canzone sulle navi, sul navigare, è orribile e crudele, loro sono qui sotto, in questa stanza, e non navigheranno mai lontano. Mai.

A Effie fa male il braccio. Un dolore sordo, compatto, che deflagra se lo muove troppo. Quindi non lo muove. Non lo muove affatto. È sbagliato da parte sua desiderare che gli effetti della droga non siano svaniti, ma così è. Sotto di lei, il letto è fradicio di sudore, e benché disgustata non ce la fa ad alzarsi per togliere le coperte. E in ogni caso, non ne hanno altre con cui rimpiazzarle.

Heath tace da un po', anche se il suo respiro cadenzato rassicura Effie. Ci ha messo talmente tanto tempo a riprendere i sensi dopo che papà *lo ha colpito, che Effie ha temuto fosse morto. Per un po' ha temuto di essere morta a sua volta, e ora si domanda quanto tempo ci vorrà prima che sia davvero così.*

Tenere il conto dei giorni era sempre stato difficoltoso, perché non c'era nessuna coerenza negli orari e i tempi in cui le luci venivano spente e accese, e neppure nelle visite di papà*. Tutto ciò che Effie sa è che non scende da così tanto tempo che loro sono rimasti senza cibo e acqua.*

Hanno esaurito perfino quel po' di acqua contenuta nel serbatoio del water, appena sufficiente a inumidire loro la gola.

«Effie?»

Lei non apre gli occhi. Non c'è nulla da vedere.

«Sì.»

«Voglio riprovarci.»

«È chiusa a chiave» dice stancamente Effie. «La porta è ancora chiusa, sarà sempre chiusa, puoi provarci quanto vuoi, ma non puoi sfondarla e non puoi aprirla.»

«Io ci provo.»

Lei riesce a mettersi seduta. Non si toccano, ma percepisce la presenza di lui nel buio. «Ti do una mano.»

«Non con quel braccio, no.»

«Se ci proviamo in due...» Ma Effie si zittisce subito. Non crede che funzionerebbe, e poi il braccio le farebbe ancora più male. Torna a sdraiarsi.

Il tempo passa. Lei, almeno, immagina che passi. Il dolore al ventre si fa intenso come il pulsare del braccio, poi entrambi si attenuano, svaniscono. Resta solo l'oscurità. Solo il silenzio.

Effie ha un freddo terribile.

«Effie. Voglio che tu sappia che ti amo. Odio papà per quello che ci ha fatto, ma senza di lui non ci saremmo mai incontrati,lo sai?»

«Lo so» risponde Effie, o almeno crede di rispondere. La sensazione è che le labbra si stiano muovendo, ma forse è solo la sua immaginazione.

«Ti amo, e ti amerò sempre.»

La mano di Heath nella sua. Ha le dita di ghiaccio, ma forse sono le sue. Comunque sia, non c'è calore fra loro eccetto quando ricorda quello provato quando lui la baciava. Il caldo è un ricordo.

E c'è una luce, fievole, che proviene dall'altra stanza.

Una voce di donna, querula, incuriosita. Che grida un nome. Poi un grido soffocato. Il tonfo di un tavolo che si rovescia. Ombre si allungano e fluttuano. Effie intravede una sagoma. Capelli lunghi. Il puzzo dolciastro di un profumo familiare.

«Oh, mio Dio! Oh, mio Dio! Oh, oh Dio!»

Dio ha smesso di occuparsi di loro, pensa Effie, mentre Heath si sta sforzando di alzarsi. La luce rimane accesa. Heath è per terra. C'è qualcuno sulla porta, poi scompare.

Passa altro tempo.

Un'altra voce, più bassa. Luce. Vivida, adesso. Ferisce gli occhi di Effie attraverso le palpebre abbassate, e lei cerca di coprirsi il viso con la mano, ma a malapena riesce a muovere le dita.

«Ehi? Merda secca.» La voce è alterata. Come disturbata.

Una figura incombe su di lei. È vestita di blu. Ha una pistola, che però mette via per posarle una mano sul braccio, con gentilezza, ma il dolore torna a divampare e Effie urla. O cerca di urlare. Non ha abbastanza fiato.

«Va tutto bene» dice l'agente di polizia. «Sono l'agente Schmidt. Sono qui per aiutarvi. Andrà tutto bene.»

Effie aprì la bocca in cerca di aria. Era stata sul punto di svenire. Le sue dita stringevano il corrimano con tanta forza da far scricchiolare il legno. Inciampò nell'ultimo scalino e si ritrovò a scendere troppo in fretta verso...

Moquette. Morbida, folta moquette di un opulento blu reale. Il seminterrato era bene illuminato con lampade a soffitto multicolori. Un unico grande spazio interrotto solo da svariati pilastri di legno. Nessun'altra stanza. Nessuna parete.

Tutto quello che lei si era aspettata di vedere era scomparso. Come stordita, si spostò al centro della stanza. Qui il loro soggiorno. Qui il bagno fetido. E qui, la minuscola camera da letto dove avevano trascorso così tanto tempo. Tutto svanito, sostituito da pareti tinteggiate di bianco e dal lieve profumo floreale di deodorante per ambienti. In un angolo, ronzava un piccolo deumidificatore. Due finestrelle protette da graziose tendine leggere lasciavano filtrare un po' di luce. Anche i telai di queste erano stati ridipinti, ma se si guardava con attenzione era ancora possibile distinguere i punti in cui erano state inchiodate le assi che le avevano coperte.

Sparito, era sparito tutto, lì non restava nulla che ricordasse quello che era accaduto, e per un verso questo era perfino peggio del fatto che *papà* non l'avesse riconosciuta.

Crollò in ginocchio. Poi sulle mani. China in avanti, appoggiò la fronte sulla moquette, in attesa di vedere se avrebbe urlato o pianto; se sarebbe svenuta oppure morta.

Pur con gli occhi socchiusi, percepiva la luce. Sopra di lei echeggiò lo scricchiolio familiare, gradino dopo gradino. Quello non era cambiato, e oh, che assurdità che ne traesse conforto. A fatica si mise carponi.

Alzati, si impose. *Alzati, Effie. Non sei venuta qui per essere di nuovo una prigioniera. Datti una mossa, torna di sopra ed esci da quella fottuta porta.*

Non ci sono più serrature.

Tremando, riuscì a portare un piede dietro di sé. L'altro non bastava. Non riusciva a mettersi in posizione eretta. Le sue dita affondavano nella moquette fino al fondo ruvido. Quando una graffetta la punse, premette di più, accogliendo il dolore con gratitudine.

«Signora... sta bene?»

Alzati, Effie. Stai facendo la figura della sciocca. Devi alzarti immediatamente.

Girò la testa, tentando un sorriso. «Sì, sì. Io...»

«La conosco!» esclamò la donna. «Oh mio Dio, so chi è lei.»

«Avevo dodici anni quando mia madre lasciò mio padre, e mio fratello ne aveva quindici. Non volle dirci perché. Non ci fu nessuna custodia congiunta. Non vedevamo mai nostro padre se non una o due volte all'anno durante le vacanze. In quelle occasioni, veniva a casa nostra e si sedeva in soggiorno mentre noi scartavamo i regali o facevamo chissà che altro. La mamma rifiutava di parlargli, e non ci lasciava mai soli con lui.»

La donna si chiamava Karen. Doveva avere dieci, dodici anni più di Effie, ma guardandole nessuno lo avrebbe immaginato. Erano più o meno della stessa altezza. Avevano lo stesso colore di occhi. Non fosse stato per gli occhi, che Karen aveva mattone scuro, avrebbero potuto essere sorelle.

«Era stato in ospedale per due settimane prima che vi trovassero. L'infezione causata da quella ferita non curata. Lo ha quasi ucciso.» Karen si alzò per riempire di nuovo le tazze. Aveva spedito via l'agente immobiliare e i visitatori in modo da poter parlare in pace con Effie.

Effie pensava che fosse una fortuna che l'altra non avesse chiamato un'ambulanza. O la polizia. Faticava ancora a mettere insieme una frase dal senso compiuto.

«Sarebbe stato meglio se fosse morto allora» riprese l'altra. Le tremava un po' la voce. «Sarebbe venuto qualcuno; vi avrebbero trovato prima.»

«Qualcuno è venuto comunque, grazie a Dio.»

«Quando fu arrestato, chiesi a mia madre se era stato qualcosa che lui aveva fatto a spingerla al divorzio. A quel punto avevo quasi trent'anni. Ero sposata, con due figli. Permettevo a mio padre di vederli, ma non da solo. Era come se sapessi senza sapere, e nondimeno...» Karen rabbrividì. Prima che riprendesse a parlare ci volle un minuto buono, ma Effie non cercò in alcun modo di riempire il silenzio. Poi Karen si alzò per asciugarsi il viso con un foglio di carta da cucina. «Prese te e quel ragazzo per sostituire mio fratello e me. E alla fine riuscii a farmi dire dalla mamma il motivo per cui lo aveva lasciato. Aveva trovato dei diari, e dei disegni. Cose malate che riguardavano noi due. Voleva tenermi al sicuro perché non diventassi una puttana. E mio fratello, in qualche modo era un suo sostituto, quello che avrebbe fatto le cose che a lui erano precluse. Era impotente, o qualcosa del genere. Non... non ho voluto domandare altro a mia madre.»

Effie si portò la mano alla bocca. Avrebbe voluto odiare Karen. Si chiedeva se Karen la odiasse.

«Non mi ha mai toccata» disse. «So che in aula abbiamo detto cose diverse, e so che è quello che tutti pensano. Ma in realtà non ha mai toccato... me.»

Karen sembrava sul punto di vomitare. Inspirò ed espirò a fondo più volte, poi scosse la testa. «Mi dispiace così tanto. Se ci fosse qualcosa da fare, lo farei.»

Effie guardò verso la porta del seminterrato, chiusa, ma non a chiave. Poi sorrise debolmente. «Hai fatto molto.»

Seguì un altro silenzio, questa volta più lungo. Karen tornò al tavolo, ma invece di sedersi prese la sua tazza, la sciacquò e la depose ad asciugare su un canovaccio. Era un segnale, si disse Effie. Ora di andare.

«Che ne è stato del ragazzo? Sta bene?»

Una domanda per cui non esisteva una risposta semplice. Effie esitò, ma, decise, non avrebbe avuto senso lanciarsi nel racconto della propria vita. «Sta bene, sì. Ci teniamo in contatto.»

«Sembri aver reagito bene. Sei... carina.»

«Oh, a parte perdere del tutto il controllo nel tuo seminterrato, sto alla grande.» La sua voleva essere una battuta, ma Karen sussultò visibilmente. Effie si alzò. «Scusa. Stavo cercando di sdrammatizzare.»

Evitando il suo sguardo, l'altra si tamponò gli occhi con un fazzolettino di carta che poi cacciò in tasca. «Volevo essere sicura che non fosse rimasto nulla di quello che è accaduto là sotto. È morto. Non c'è ragione per cui qualcuno, chiunque, debba ricordare ciò che ha fatto.»

Se non che di ragioni ce n'erano. C'era Effie. E c'era Heath. Lo avevano superato, erano sopravvissuti, e lo avevano fatto insieme. Erano gli unici due a sapere com'era stato davvero.

Non lo disse. Punire Karen per le azioni del padre non sarebbe servito a nulla. Se un sorriso neutro prima di congedarsi era quanto serviva a Karen per farle riprendere la sua vita senza un fardello ancora più gravoso, be', lei lo avrebbe fatto e basta.

E fu quello che Effie fece.

. 43 .

«Non ho mai voluto una cosa simile per te. Lo sai.» La madre accarezzava gentilmente i capelli di Effie. «Non riesci a immaginare cosa abbia significato per me? Quanto sia stato orribile, e perché dopo abbia fatto del mio meglio per proteggerti, perché prima me ne ero dimostrata orribilmente incapace?»

«Non è colpa tua se Stan Andrews mi ha rapita, mamma. Non te ne ho mai dato la colpa.» Era una piccola bugia... le vesciche provocate dalle scarpe, per questo aveva biasimato la madre. Ma non per il sequestro.

Effie si appoggiò alla madre, gli occhi chiusi. Pensò a quante volte aveva fatto la stessa cosa, quando era più giovane. A quanto spesso lo avesse fatto Polly con lei, e come a volte lo facesse ancora, ma per ritrarsi quasi immediatamente. Polly stava crescendo.

«Tu però devi capire una cosa» disse. «Quello che abbiamo passato... cancellarlo è impossibile. Possiamo accantonare il passato e andare avanti, ma continua a esistere. E, mamma... se fingessi il contrario, negherei quella che probabilmente è stata l'esperienza più significativa della mia vita. È stato ciò che è accaduto in quel seminterrato a fare di me la persona che sono.»

Sua madre scrollò la testa. «Ma non voglio che sia quello ad averti reso ciò che sei. Voglio che il merito sia mio e di tuo padre. Voglio per te altre esperienze, belle esperienze, che compensino le brutte.» Parlando, le accarezzava i capelli proprio come faceva quando lei era piccola. Se avesse tenuto gli occhi chiusi, pensò Effie, avrebbe potuto fingere di avere ancora otto anni. Sei. Una bimbetta con un palloncino in mano e la faccia sporca di torta.

Sospirò. Non c'era modo di tornare indietro. Non ai tempi belli, e neppure a quelli brutti.

«Voglio che tu vada avanti» riprese quietamente sua madre. «Sono terribilmente orgogliosa del tuo talento, ma ogni volta che vendi uno di quei quadri, penso che per dipingerlo hai dovuto tornare in quel luogo. Con lui.»

Heath.

E allora Effie si alzò a sedere. «La vera arte nasce da luoghi di dolore, mamma. E io gli voglio bene, e così Polly. Quindi vorrei, vorrei che per amor nostro, o perlomeno per amore di lei, tu ti sforzassi di accettarlo. Perché io non posso vivere senza di lui. Né voglio farlo.»

«Oh, Effie.» Sua madre tornò a scuotere la testa.

Si alzò e le si mise davanti. Senza piangere né tremare. Calma, sorridente. «Non capisci. Heath è il mio mondo. Se l'universo scomparisse ma lui restasse, troverei comunque la forza di vivere. Senza Heath, tutto il resto è solo un'ombra, qualcosa di alieno di cui non potrò mai fare parte. Ho bisogno di lui, mamma, lo amo, e non mi dispiace più che sia così.»

Si alzò anche sua madre, le prese le mani, stringendo forte, poi finalmente annuì. «Va bene» disse. «Perché ti voglio bene anch'io. Perché sei mia figlia e voglio che tu sia felice. Mi sforzerò di accettare questo, e lui.»

D'impulso Effie la abbracciò. «Tutto quello che ti chiedo è di provarci.»

. 44 .

Vedere Heath con Lisa sarebbe stato duro. Forse non l'esperienza peggiore che Effie avesse vissuto. Tutto quello che poteva fare era raddrizzare le spalle e stamparsi in faccia un sorriso; dopotutto, era in gran parte colpa sua.

«Voglio venire alla tua mostra» borbottò Polly, imbronciata. «Nana e io potremo starci un po' e poi aspettare in albergo.»

Effie rise, sebbene l'idea di un incontro fra Polly e qualcuno dei picchiatelli del forum non fosse affatto divertente. «Prometto di portarti un'altra volta, tesoro. E comunque, hai già visto tutti i miei quadri.»

«Non a una mostra. Diventerai famosa, mamma?»

«Difficile diventare famosi finché si è vivi. E tu e Nana state andando a fare shopping; ti divertirai ugualmente. Come sto?»

«Sei carina con i ricci. Ehi, hai i tacchi.» Polly parve dubbiosa. «Ti faranno male i piedi.»

Effie rise di nuovo. «Lo so, ma questa è una festa elegante. Devo cercare di sembrare adulta.»

«Manca il rossetto.»

«L'ho già messo.»

Polly alzò gli occhi al cielo. «Non sto parlando di burro cacao, mamma.»

«Okay, okay. Me lo metterò, promesso. Se Nana arriva mentre sono in camera, dille che vi raggiungo subito.

Devo sbrigarmi; il tragitto è lungo. Dio, finirò imbottigliata...»

«Andrà tutto bene.» Polly le prese la mano. «La mostra sarà fantastica, venderai tonnellate di quadri, e finalmente potrai comprarmi un iPad.»

Sua figlia, la gioia della sua vita. Effie la strinse a sé; si aspettava resistenza, invece l'altra ricambiò l'abbraccio stringendola forte.

«Ti voglio bene, Polly. Tantissimo. Lo sai questo?»

«Sì» fece Polly con un sospiro. «Lo so.»

Due ore dopo, Effie aveva schivato il grosso del traffico e arrivava più o meno puntuale alla galleria. Maledicendo la pioggerellina che minacciava i riccioli consigliati da Polly, parcheggiò ma senza scendere. «Dannazione» brontolò a mezza voce. «Arriverai fino in fondo, e anzi, sarà fantastico, e ti divertirai da morire.»

Ciononostante, le ci volle un'altra decina di minuti per decidersi a uscire e attraversare il parcheggio, incerta sui tacchi troppo alti. Una volta dentro, consegnò il cappotto alla guardarobiera e si rifugiò in bagno a darsi una sistemata. L'eyeliner regalatole da Becky era stupefacente, e di colpo si sentì più sicura. Ci sarebbe riuscita, che si sentisse o meno pronta.

«Effie!» In fondo al corridoio Elisabeth la salutò agitando un braccio. «Ce l'hai fatta.»

«Ce l'ho fatta» assentì lei, a disagio nel vestito elegante.

«Sei bellissima. Adoro quel vestito; con il vintage non sbagli mai. E le scarpe! Wow.»

Effie si azzardò a guardarsi intorno. «Ci sono solo io?» chiese.

«Certo che no. Ti avevo detto che avremmo promosso l'evento.» Elisabeth la prese sottobraccio. «Hai già venduto due quadri.»

«Cosa? Sul serio? Quali?» Effie si bloccò di colpo. «È uno scherzo, vero?»

«Non scherzerei mai su una cosa del genere. Mi hai appena offerto una settimana al mare.» Elisabeth si fece seria. «Questa personale, Effie, darà una svolta alla tua carriera.»

Effie la seguì per un metro o due prima di fermarsi di nuovo. «C'è qualcuno di... loro?»

«Quei tipi del forum? Se ci sono, si stanno comportando bene. Ma avvertimi, se qualcuno ti molesta. Stasera abbiamo la sicurezza. Dico sul serio; chiunque ti disturbi o ti innervosisca, deve andarsene.»

Effie aveva visto delle foto della galleria allestita per l'occasione, ma non era preparata all'illuminazione studiata, ai tessuti leggeri, alla musica di sottofondo. E i suoi quadri ovunque. Dita e polsi ricordavano ancora quanto duramente avesse lavorato, ma vederli appesi e sui cavalletti era in qualche modo scioccante.

«Ti porto un bicchiere di vino. Va bene?» chiese Elisabeth. «Bianco o rosso? Al buffet troverai formaggio e frutta. I dessert invece sono nella sala adiacente. Mescolati alla gente» la incoraggiò poi. «Io torno subito.»

Prima che Effie potesse cominciare a temere che nessuno le rivolgesse la parola, condannandola a starsene sola in un angolo per tutta la serata, Naveen la raggiunse con qualcuno che voleva presentarle. Dopo, lei scoprì con stupore e sollievo che tutto andò liscio. La gente andava e veniva; qualcuno le fece domande su questo o quel quadro; nessuno accennò al seminterrato. Sembrava che la maggior parte di loro ignorasse completamente ciò che le era accaduto.

Con un secondo bicchiere di vino in mano, si sentì finalmente abbastanza rilassata da mangiare qualcosa. Al buffet, salutò con la mano Elisabeth, ma la donna era immersa in un'animata conversazione con qualcuno e non la vide. Effie scrutò incuriosita il suo compagno; lui non staccava gli occhi dal viso di Elisabeth, che invece teneva ostinatamente lo sguardo fisso a terra. Non lo guardava mai.

«Will Roberts. Un fotografo» disse Naveen alle sue spalle.

Effie si girò. «Uno dei vostri artisti?»

«A volte. Pensi che dovrei andare a soccorrerla?»

«Pensi che voglia essere soccorsa?»

Il mercante d'arte ridacchiò. «Non è quello che vogliono tutte le donne?»

Effie scosse la testa. «No. A volte non abbiamo bisogno di essere salvate.» Non aveva inteso essere brusca, ma Naveen le indirizzò una lunga occhiata scrutatrice prima di annuire. «Immagino che tu abbia ragione. Se dovesse avere bisogno di me, sa che ci sono.»

La conversazione si spostò su altri argomenti, poi lui le presentò altra gente, fra cui lo stesso Will, che si complimentò con lei con tanta effusione da farla arrossire. Effie ricambiò il favore lodando la fotografia che aveva visto nell'ufficio di Elisabeth.

Heath non si era ancora fatto vedere, e lei non sapeva se sentirsi turbata o sollevata. Forse non sarebbe andato. Aveva incluso anche Lisa nell'invito, ma se la donna avesse rifiutato, e proibito anche a Heath di andare?

Ancora: avrebbe potuto biasimare Heath se non fosse comparso? In fondo era stata lei a spingerlo tra le braccia di Lisa. E se fra i due le cose funzionavano... be', Effie non meritava altro.

Ansiosa di allontanare quei pensieri, sorseggiò il suo terzo bicchiere di vino. La serata si sarebbe conclusa nel giro di poco, e lei non vedeva l'ora di filarsela. Il boutique hotel prenotatole da Elisabeth distava pochi isolati a piedi, un breve tragitto che però le sarebbe apparso lunghissimo con quei dannati tacchi.

«Come va?» chiese a Elisabeth che l'aveva appena raggiunta. La gallerista aveva l'aria stanca, ma il sorriso era genuino. «Pronta a sfilarmi queste scarpe, se proprio vuoi saperlo.»

«Mi associo. E non potrò mai ringraziarti abbastanza. Tutto questo è più di quanto abbia mai sognato.»

Elisabeth accostò il bicchiere al suo prima di vuotarlo. «Ne sono felice.»

A una certa distanza Effie scorse il fotografo. Lo indicò con un cenno quasi impercettibile della testa mentre guardava l'altra con aria interrogativa. «Quindi...»

Elisabeth non si voltò. Il suo sorriso era sfolgorante come un diamante, e altrettanto duro. «Non era stato invitato.»

«Avresti potuto chiamare la sicurezza» disse Effie, ed entrambe scoppiarono a ridere. Fu in quel momento che scorse una figura familiare. Heath era in giacca e cravatta... lo aveva mai visto con la cravatta? Portava lucide scarpe nere e i capelli ordinatamente pettinati all'indietro.

«Eccolo» esclamò Effie. «È venuto. E da solo.»

Elisabeth si voltò a guardare. «Un amico?»

Non avrebbe pianto, pensò Effie. Per nulla al mondo. Sbatté più volte le palpebre e annuì. Lui era lì. Era venuto. Non aveva dimenticato. Non l'aveva abbandonata.

Heath era lì.

. 45 .

Come sempre, poco importava quanto tempo fossero stati separati, era come se nulla fosse cambiato. Heath la seguì da un quadro all'altro, bevendo del vino.

«Mangi... cioè, questo va bene?» chiese Heath quando lei gli offrì un po' di formaggio.

«Va bene.» Per provarlo, Effie ne prese un cubetto.

Nessun altro nella sala poteva capire l'importanza di quel gesto, ma Heath sì. E in mezzo a tanta gente, lui era il solo ad avere importanza. Quella consapevolezza le tolse letteralmente il fiato; la lasciò ansimante, con il cuore che le martellava nelle orecchie. Poi Heath le prese la mano e ogni cosa tornò a fuoco.

«Ehi» disse allora, «che ne dici se ce ne andiamo?»

Lo guidò lungo i due isolati che li separavano dall'hotel. Quando si accorse della cautela con cui lei camminava per via dei tacchi, Heath rise, e ridevano ancora mentre salivano le scale, entravano in camera e si buttavano sul letto, scossi da un'ilarità così splendida che Effie quasi scoppiò a piangere.

«Pensavo che non saresti venuto» disse. Si sfilò le scarpe, agitando le dita con un sospiro di sollievo.

«Non me lo sarei perso per nulla al mondo.» Heath appese il cappotto. «Lo sai.»

Non era facile impedire alla voce di tremare. «Non sapevo... pensavo che forse Lisa non voleva che venissi.»

«Ah. Lisa.» Heath non aggiunse altro.

Lei lo guardò. Lui si strinse nelle spalle. Lei inarcò un sopracciglio.

«Ha rotto con me.»

«Oh.» Effie prese una bottiglia d'acqua e ne tese una un'altra a lui.

«Ha detto che era inutile cercare di avere una storia con qualcuno che può stare solo con chi gli fa del male.»

«Oh.» Effie cercava di sentirsi solidale, addolorata, ma riuscì solo a sorridere.

«Già. E aveva ragione. Non andava fra me e lei, non nel modo in cui avrebbe voluto.»

«Almeno ci hai provato» disse Effie.

Lui parve riflettere qualche istante prima di scuotere la testa. «No. Non realmente.»

Con chiunque altro ci sarebbero state altre parole, ma loro non ne avevano bisogno. Pochi passi, e lei era già fra le sue braccia. Heath la sollevò, la portò al letto, sparpagliando un po' ovunque i cuscini.

Mille volte avevano fatto dell'amore una battaglia, ma quella sera lui la spogliò con lentezza, lasciandola con solo gli slip e il reggiseno di pizzo. Lei rise vedendo la sua espressione, ma Heath no.

«Sei così maledettamente bella» disse.

Effie tornò seria. «Mi sento bella, con te.»

Lui la coprì con il suo corpo per baciarla, ma lei rotolò così da potergli slacciare la camicia. Lo fece con calma, un bottone alla volta, seguendo con la lingua e le labbra il sentiero tracciato dalle sue mani. Lo faceva sempre quando lo baciava in quel modo, pensò nel sentirlo rabbrividire.

Erano stati nudi insieme innumerevoli volte, eppure quella sembrava in qualche modo la prima. Baciò il tatuaggio che lui aveva nell'incavo del gomito. Baciò le vene palpitanti del polso. La cicatrice. Baciò il palmo della mano, che poi si portò al viso. Quando lui la staccò per afferrarle i capelli, Effie sospirò e aprì gli occhi.

Heath la baciò sula bocca. Sul mento. Sulla mascella. Scivolò sulle curve del viso fino alla tenera vulnerabilità della gola, in cui affondò delicatamente i denti fino a farla gemere e inarcarsi e offrirsi tutta. Scese più in basso, mordicchiandole la clavicola e i seni. Effie rabbrividì quando le prese in bocca un capezzolo, inumidendo il tessuto leggero.

«Più giù» mormorò con un sorriso.

Obbedendo all'istante, lui le tracciò cerchi sulle costole. Sorrideva contro la sua pelle.

«Più giù.»

Heath le mordicchiò l'anca. Sfiorò con le labbra le mutandine di pizzo e ne agganciò l'elastico con due dita, gliele sfilò. Le sollevò un ginocchio posandosi la gamba sulla spalla, e le fece scivolare una mano sotto le natiche per sollevarla. La sua lingua trovò la vulva, la schiuse. Con forza, gentilmente, ancora con forza; di lì a poco Effie era sull'orlo dell'orgasmo, e fu allora che lui la tenne inchiodata dov'era, incurante dei suoi gemiti, dei tentativi di divincolarsi.

«Per favore» ansimò lei.

Heath alzò la testa. Sorrideva, e la vista delle sue labbra umide le trasmise un nuovo fremito di piacere. Con la mano gli prese il mento, i loro sguardi si cercarono, si incontrarono.

«Il tuo sapore» mormorò rauco Heath. «È così dannatamente buono.»

L'adorazione che trapelava dalla sua voce le fece venir voglia di ridere e piangere insieme, e fece un po' di entrambe le cose. Si aprì a lui, senza limiti né barriere. Gli donò tutta se stessa, e lui ne godette fino a farla urlare, più e più volte. Il corpo di lei si irrigidì, si tese e infine si rilassò, in tempo per una nuova ondata di piacere che la lasciò senza fiato.

Quando finalmente smise di tremare, Effie lasciò ricadere le braccia. «Mio Dio» alitò.

Con una risata, lui le baciò l'interno delle cosce. Si stese su di lei, le mani piantate sul materasso per non pesarle.

«Ti voglio dentro di me» sussurrò Effie.

«Sì. Lo voglio anch'io.»

Quando però fece per attirarlo a sé, lei lo sentì opporre resistenza. «Baciami» disse allora.

«Non voglio schiacciarti con il mio peso.»

«Non potresti mai.»

La baciò. E lentamente entrò in lei, con estrema lentezza... fino a quando Effie sollevò i fianchi per prenderlo tutto, e allora gemettero entrambi. Lei lo sentiva pulsare dentro di sé, ed era così bello che si lasciò sfuggire un piccolo sospiro.

Nel sentire il sapore del sale, fu costretta a premersi i pollici sulle palpebre per fermare le lacrime. Il sapore di lui, di lei... che importanza aveva, quando da tanto tempo erano una persona sola? Lo strinse di nuovo a sé.

«Tienimi stretta.»

Heath si mosse dentro di lei, e benché avesse già avuto un duplice orgasmo, Effie sentì il piacere montare mentre lui giocava con il suo corpo come solo lui sapeva fare. A lungo si mossero all'unisono, e lei non si aspettava di venire ancora, ma più lui aspettava, più sentiva di avvicinarsi al culmine, finché ansimò, si dimenò e gli affondò le unghie nella schiena per incitarlo a prenderla più forte, più in fretta. Gli agganciò i piedi ai polpacci, e Heath rise contro il suo collo, trasmettendole un piacere squisito.

«Voglio che tu venga con me, Effie.»

«Ma sono... oh sì, sto venendo.»

Così tante volte, con così tanti uomini si era persa dentro di sé nell'attimo dell'orgasmo. Prendere il proprio piacere senza dividerlo con il partner era diventata più di un'abitudine; era un esercizio. Non con Heath. No, lì e in quel momento e per sempre, Effie dette e si aprì e condivise. Erano insieme. In tutto.

Senza più forze, lasciò che le ondate la sommergessero e lo tenne stretto mentre lui rabbrividiva. Poi lo baciò, bevendo il suo respiro e donandogli il suo.

E infine Heath crollò. Per un attimo pesò su di lei, poi rotolò al suo fianco e la baciò sulla tempia.

Rimasero così, sonnecchiando, fino a quando lo stomaco di Effie cominciò a borbottare. Solo allora lei si liberò dall'abbraccio. «Siamo fradici» commentò.

«Una doccia?»

«Bleah. Sì, immagino. Fra qualche minuto. Mi sento pigra.»

Heath tornò ad accoccolarsi contro di lei, che si appisolò per svegliarsi di scatto da un incubo dove l'uomo torreggiava su loro due abbracciati. Aveva la bocca secca e il cuore le batteva forte, ma a differenza di molte altre volte, le bastò tornare a sdraiarsi accanto a Heath e lasciare che il sogno sbiadisse.

Rise nel sentire il suo stomaco farsi di nuovo vivo. «Ho fame!» esclamò quando lui la baciò. «Razziamo il minibar, oppure, no, ordiniamo una pizza! Il menu è sulla scrivania.»

Heath si sollevò su un gomito per guardarla. «Pensi di ordinare una pizza. Da un locale che non conosci.»

«Te l'ho detto. Ho fame.»

«Che ti è successo? Dov'è finita Effie?» Heath sembrava così preoccupato che sarebbe stato impossibile capire se stesse o meno scherzando. Nel dubbio, lei gli allungò una sberla. Lui la schivò senza fatica e le bloccò le mani prima di spingerla di nuovo giù.

Lei resistette, ma senza troppa convinzione, poi gli offrì la bocca. Allora rapida si liberò e gli si mise cavalcioni. «Va bene, va bene» cedette Heath. «Ti darò qualcosa da mangiare.»

«Non ho detto di volere salsiccia sulla pizza.»

Lui rise e con gentilezza la allontanò per mettersi seduto. «Vuoi la pizza? Sul serio? Okay, la ordino.»

«La voglio, sì.»

Lui le diceva che era bella, ma ai suoi occhi lui stesso appariva talmente affascinante che guardarlo le faceva quasi male. Conosceva ogni centimetro del suo corpo, e non se ne era mai stancata. Non sarebbe mai successo.

«Heath...»

Ma lui stava parlando con qualcuno e ordinando una pizza grande con funghi e peperoni, e qualunque cosa lei avesse da dire, andò perduta. Si alzò per andare in bagno, indicandogli a cenni di seguirla, cosa che lui fece quasi subito.

Giocarono e risero fino a che Heath cadde in ginocchio davanti a lei, la guancia premuta contro il suo ventre bagnato. E lì nella doccia, tornò a baciarla nel suo punto più sensibile, fino a che Effie non lo supplicò di fermarsi.

«Non posso» disse. «Non di nuovo. Tre volte sono abbastanza.»

Parole che lo resero solo più determinato. La spinse contro la parete per leccarla con lo stesso ritmo costante che non aveva mai mancato di mandarla in orbita. Di certo però non era possibile che... poi, oh sì. Ecco. Di nuovo Effie scivolò nel piacere, ripetendo a fior di labbra il nome di lui.

Fu un colpo leggero alla porta a farlo scattare in piedi. Il tempo per Effie di uscire dal bagno con un asciugamano intorno alla testa ma nient'altro addosso, e Heath aveva preparato una sorta di picnic sulla scrivania.

«Vuoi una bibita? Posso fare un salto in corridoio.» La guardò con aria d'attesa.

«Così?» Lei indicò l'asciugamano che aveva intorno alla vita, il suo unico indumento. «Come no. L'acqua andrà benissimo.»

Heath assunse una posa scherzosamente aggraziata, «Chissà. Potrei finire sul notiziario della sera.»

«Abbiamo già dato» ribatté Effie.

«E non abbiamo rimediato neanche uno straccio di maglietta.» Si guardarono sorridendo.

«Ti amo» sussurrò infine Effie. «Sei tutto per me. E voglio passare con te il resto della vita.»

Heath le prese la mano, la baciò. «Affare fatto.»

Il loro mondo non cambiò. Lei non si sentì diversa da com'era un istante prima di pronunciare quelle parole. E naturalmente aveva senso, pensò Effie mentre Heath la baciava e la baciava. Perché il mondo non era cambiato.

Era cambiata lei.

Questo volume è stato stampato nel giugno 2016
presso la Rotolito Lombarda - Milano